북툭
카톡

읽다 떠들다 가지다

북톡카톡

초 판 1쇄 인쇄 | 2015년 4월 25일
초 판 1쇄 발행 | 2015년 4월 30일

지은이 | 김성신 · 남정미

펴낸이 | 김명숙
펴낸곳 | 나무발전소
교 정 | 정경임
디자인 | 이명재

등 록 | 2009년 5월 8일(제313-2009-98호)
주 소 | 서울시 마포구 합정동 358-3 서정빌딩 7층
이메일 | tpowerstation@hanmail.net
전 화 | 02)333-1962
팩 스 | 02)333-1961

ISBN 979-11-951640-9-7 03810

이 도서의 국립중앙도서관 출판예정도서목록(CIP)은 서지정보유통지원시스템 홈페이지(http://seoji.nl.go.kr)와 국가
자료공동목록시스템(http://www.nl.go.kr/kolisnet)에서 이용하실 수 있습니다. (CIP제어번호:CIP2015009887)

읽다 떠들다 가지다

북툭카툭

김성신 · 남정미 지음

나무
발전소

● 일러두기

이 책은 두 저자가 모바일 메신저 서비스인 카카오톡 상에 이루어진 수다 서평이 바탕이 되었다. 모바일 상에서 주고받은 100% 실제 입말 서평이라 신조어, 비속어, 줄임말, 저렴한 외국어 등등이 난무한다.

만약 당신이 맞춤법이 틀린 걸 못 참는 사람이거나 비속어를 싫어하는 사람이라면 이 책을 읽기 전에 신경안정제를 적정량 복용하시길 바란다. 우리의 목표는 완벽한 책 만들기가 아니다. 단지 우리가 아는 한도 내에서 가장 효과적인 방식으로, 솔직한 책 이야기를 나누고 싶을 뿐이다.

숨을 깊이 들이마셨다 내쉬어보자. 두 다리를 어딘가에 편안하게 올려놓고, 편안한 마음으로 책을 펼치자! 세상에 많고많은 책 중에 이런 '웃긴' 책도 만나게 마련이다. 행운이 있기를!

프롤로그

성신 남정미 씨! 우리 '북톡카톡' 책 출간을 마구 자축합시다!

정미 케케케케케~

성신 그렇게 좋아?

정미 제가 대학을 졸업할 무렵 방송을 시작하면서, 가슴속에 품은 세 가지 꿈
이 있었답니다.

성신 그래! 분명 남정미에겐 뭔가 그런 수상한 것이 있을 줄 알았어! 그게 뭐
였는데요?

정미 첫째는 코미디언으로 상을 받아 보는 것! 둘째는 내 이름을 건 라디오의

진행자가 되어보는 것! 그리고 마지막 세 번째는… 제가 쓴 책이 나오는 것!

성신 스무 살 초반의 아가씨가 참 야무진 꿈도 꾸었군요. 그래서 그 세 가지 중에 두 가지는 일찌감치 이루었고, 이제까지 남아있던 마지막 꿈이 이루어진 것이군요.

정미 선생님은 이제 저를 저보다 더 잘 아시는 군요.^^

성신 정미씨 진심으로 축하해요. 그런데 이루고 싶었던 꿈을 그렇게 다 이루었으니 어쩌나? 이제 신선할배들 불러다가 폭탄주나 말면서 놀아야 할까? 크크~

정미 소녀 아직은 시집도 안 간지라, 신선할배들과의 대작은 쫌!

성신 하하하! 돌이켜보니 우리가 이 북톡카톡 프로젝트를 시작한지 꼬박 2년이네요. 우리 참 기특해요! 그죠?

정미 아니, 2년이나 되었군요! 아니 이년이?ㅋㅋ

성신 그 2년 동안 우리 삶에는 참 많은 변화가 있었네요.

정미 무엇보다 저는 책 이야기로도 세상을 웃길 수 있다는 것을 보여줄 수 있어서 뿌듯해요.

성신 정미씨는 이제 서평가로서도 활동하지만, 코미디의 역사에 기록될만한 큰 업적을 남기는 거예요. 정미씨는 지금 TV에만 갇혀있던 코미디의 영역을 책의 세계로까지 확장시킨 거잖아요? 어마어마한 일이지요.

정미 우하하하! "쿠텐베르크의 은하계를 다 웃기는 뇨자!" 이젠 그야말로 필생의 꿈!

성신 은하계! 오호라. 남정미의 개그는 이제 '우주적 코미디'가 되는 것이군요. 하하~

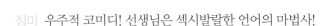

정미 우주적 코미디! 선생님은 섹시발랄한 언어의 마법사!

성신 정미씨와 이 북톡카톡 프로젝트를 함께하는 동안 나 역시 큰 배움이 있었어요. 출판평론가라는 직업이 대체 누구에게 복무하는 일인지 다시 확인할 수 있었거든요.

정미 응?

성신 자그마치 15년을 출판평론가라는 직업을 가지고 살면서 스스로 말 못할 아쉬움들이 있었거든요. 출판사들로부터 그 많은 신간들을 지원받아 서평을 쓰고 방송을 해왔는데, 그렇다면 나는 과연 받은 만큼 되돌려주었냐는 것이지요.

정미 오호! 도덕적 천재신데?

성신 내가 출판사의 귀한 책들을 고작 나 잘난 척하는 수단으로나 이용한 것은 아닐까…, 그런 생각들 때문에 늘 괴로웠거든요.

정미 그런 생각까지 하시다니! 선생님은 진정한 선비시군요!

성신 과찬의 말씀! 어쨌든 정미씨의 전적인 믿음과 헌신으로 이 북톡카톡 프로젝트가 독자와 출판계 양쪽으로부터 칭찬을 받고 있으니 나는 더 이상 행복할 수가 없어요. 정미씨 덕분이에요. 진심으로 고마워요.

정미 그럼요! 다 제가 잘난 덕 아니겠습니까? 우히히~ 선생님께서 저에게 아낌없이 퍼부어 준 애정! 그 은혜는 잊기 전까진 잊지 않겠어요.^^

성신 은혜 따위를 운운하는 것은 뒤를 돌아보는 것이오. 그러지 말고 우린 계속 앞을 보고 갑시다. 그대도 이제 명실상부한 출판평론가이니, 우린 공식적으로도 동료지요. 같이 계속 갑시다. 동지!^^

정미 황송하네요. 하여간에 우리의 설레발로 인해 누구라도 '아! 책은 쉬운 것이구나!', '독서는 재미있는 것이구나!' 이렇게만 여기게 된다면, 저는 더 이상 바랄 게 없어요. 단지 이제…

성신 단지 이제?

정미 이제 바라는 것은 아주 소박한 것 하나! 우리 책이 성경만큼 팔리길 바라…!

성신 크하하하핫! 소박!

정미 후훗~ 나는야 의자 다리도 먹어치우는 독서계의 뉴트리아가 될 것이오. 그러니 그대 부디 이렇게 연약한 뉴트리아의 곁에서 계속 지도편달 해주시와요.

성신 뉴트리아? 괴물 쥐라는? 거 참 훌륭한 비유요. 그래요. 우리는 흑사병만큼 무섭다는 독서병을 온 세상에 잔뜩 퍼뜨립시다.

정미 그래요. 스승님! 이제 저와 함께 책판에서 신나게 놀아보아요. 그러니 485살까지 살아주세요.

차례

11

Part 4 변함

Part 5 깨달음

뭔가로 만들어주는 책 10+1

사람은 책을 만들고, 책은 사람을 만든다고 했던가!
물론 맞는 말이다.
하지만 이 말을 들을 때마다 궁금하지 않던가?
대체 어떤 책이 구체적으로 어떤 사람을 만드는가 말이다.

전문가가 되기 위한 가장 쉬운 방법이 무엇인지 아는가?
그 분야의 책 딱 10권만 찾아 읽는 것이다.
세상의 그 많은 전문가들 중에 자기 분야 책을 10권 이상
읽은 사람 찾기가 의외로 어렵다.
그러니 10권에 딱 1권 더 읽는다면 그 어떤 전문가보다
똑똑해진다.

책은 반드시 사람을 뭔가로 만들어준다.

봄

욕쟁이 아가씨 국밥집, 요즘 애들의 '욕 배틀'을 듣다가

〈100명 중 98명이 틀리는 한글 맞춤법〉

 뭐해요? 일요일 저녁인데?

영화표 사놓고 조금 전에 별다방 들어왔어요. 그런데…, 옆 테이블에 처녀애들 두 명이 앉아 있다가, 한 명이 나중에 들어왔거든요….

 그런데? 왜? 예뻐? ^^

그것들이 지금 내 옆에서 이러고 있어요.
여인 1 야 쵸 시바, 너 좔 느껴
여자 2 뭐야 진짜 캐짱
여자 3 아 좔라 막혀. 시베 이게 내 탓이야?
여자 1 시댈 늦은X이 지랄이다
여자 2 야 무도 봐써? 지디랑 도니랑 완전 캐미터져
재들 어느 나라 말 하나? 듣기 평가 한참 했네.

 전송

성신 하하하하 웃긴 말투네. 그런데…, 예쁘냐고? ㅋㅋ

정미 헐~ 됐고! 지금 내가 말하는 것 하나라도 맞춰 봐요. '야, 너 교카충했어?', '뭐야, 갑툭튀는!', '잘하면 문상 줘요?'

성신 푸핫~ 내가 아주 단호하게 대답해 줄 수 있지, 몰라!

정미 '야, 너 교(통) 카(드) 충(전) 했어?', '뭐야, 갑(자기) 툭 튀(어 나와서는)', '잘하면 문(화) 상(품권) 줘요?' 이걸 알아듣겠냐고요?

성신 알아듣진 못하지만 그런 은어를 쓰는 심리적 이유는 좀 알 것 같아. 일종의 전문어처럼 일정한 테두리 안의 사람들끼리만 통용되는 언어를 사용해서 내부자끼리의 결속을 강화하고자 하는 심리적 방어기제가 깔려 있다고 할 수 있겠지.

정미 그럴 수 있겠지. 하지만, 나보다 어리다 싶으면 멱살 잡고 "교카충이 뭐여?"라고 물어볼 나 같은 어른이 있는 한! 니들만의 결속은 있을 수 없어!!!!!

성신 그대 말대로 나이 들어 갑자기 고쳐질까 싶긴 하네. 그런 의미에서 보면, 아이들의 저렴한 언어습관은 일종의 '언어로 된 문신' 같단 생각이 종종 들어. 문신을 새길 때는 얼핏 멋있을 것 같지만, 실제로는 별로 멋지지도 않잖아. 또 세월 지나면 반드시 후회하게 되고, 지우려면 무척 고통스럽거나 아예 불가능할 수 있다는 점에서도 은어 습관과 문신은 닮은꼴 아닌가?

정미 한번은 컨디션 저조한 날, 후배들이 이런 문자를 보내왔어. '얼릉 낳으시길 바래여', 대학생들이나 되는 놈들이. '낳으시길 바랜다' 니! '내 배는 갑툭튀가 아니었구나…. 애가 나오려는 것이었구나….' 했다니까요.

성신 푸하하핫~ '낳는다' 는 단어에 그만 화들짝 하셨구먼! 유서 깊은 안동 양반가의 조신한 우리 남씨 규수께서… 하하하.

정미 놀리지 마!! '복수' 를 낳을라니까!

성신 난 얼마 전에 이런 적이 있었어. 네티즌들이 자발적으로 영화를 번역해 자막으로 만들어놓은 SMI파일을 구했는데, 거기에 '어의없다', '문안하다', '예기하다' 뭐 이 따위로 표기해 놓은 것 있지! 처음엔 오타인가 보다 했는데, 계속 그렇게 쓰더라고. 영화를 대본도 없이 번역할 정도로 영어 실력은 뛰어난 놈들이 대체 한글 맞춤법 실력은 어찌 저럴 수가 있는가 하는 생각을 했지.

정미 그렇다면 저 중생들 구제할 방법은 영 없을까요?

성신   최근 〈100명 중 98명이 틀리는 한글 맞춤법〉이란 책이 새로 나왔는데, 내
　　　돈 주고서라도 한 백만 권 사서 아이들에게 나눠 주고 싶은 책이었어! 책
　　　값이 14,000원이니, 백만 권이면 딱 140억 원만 있으면 되겠네.~~^^

정미   뭐 누구나 통장에 2,000억씩은 넣어 놓고 사니까~ 140억 그까이꺼 뭐….
　　　(여기가 짐바브웨냐? -_-^) 어쨌든 전 그 책 읽다가 한글사랑 전투력이 급
　　　속 충전되는 경험을 했죠.

성신   백만 권 사서 뿌릴 만한 좋은 책이라는 것에 합의를 보았으니, 그럼 그대
　　　가 70억만 내시오. 내가 나머지 70억 내리다! 그렇게 반까이 합시다. 앗!
　　　반띵이라 해야 하나?

정미   나…, 지금…, 　　　주머니에 700원 있어!

성신   가진 돈이 29만 원보다는 적으니 기꺼이 용서하겠소! 음하하하~ 나는
　　　관대하다! 크세르크세스보다 700원어치 더 관대하다!

정미   그래! 관대한 그대가 책 좀 사서 뿌려! 예쁜 애들 좋아하잖아?
　　　요즘 예쁘게 생긴 아가씨들이 얘기하는 것을 들어보면 살벌해 아주….
　　　방송으로 치자면 입 열 때부터 끝날 때까지, 전부 '삐~' 처리해야 돼. 이

건 뭐 60년 전통을 자랑하는 욕쟁이 할머니랑 욕 배틀 붙어도 절대 안 지 겠어. '시부랄 내가 졌당께, 이 국밥집은 니 년 것이여.' 그렇게 가게 하 나는 물려받을 혓바닥 내공이라니까…. 어떻게 그냥 이대로 우리의 예 쁜이들이 국밥집 오픈 멤버 되게 보고만 있을 거요?

성신 욕쟁이 아가씨 국밥집… 와우 대박 아이템인데?! 하하.
700원 가진 우리가 뭘 어쩌겠어? 그저 책이나 읽어주며 '때찌! 예쁜 애 들이 그런 말 쓰면 안 돼요~' 하는 수밖엔….

 이 책이 궁금하다

100명 중 98명이 틀리는 한글 맞춤법 : 한국어 사용자의 필독서

(김남미 지음 | 나무의 철학 | 2013년)

우리가 꼭 알아야 할 국어 체계의 핵심적인 내용과 원칙을 풍성한 사례를 통해 알려주는 책이 다. 크게 5장으로 구성되어, 제1장에서는 '맞춤법 정복'을 위한 기초적인 내용을 다룬다. 2장 에서는 '낫다'와 '낳다', '로서'와 '로써'같이 발음이 비슷해서 헷갈리는 말을, 3장에서는 '왠지'와 '웬지', '며칠'과 '몇 일' 등 모양이 비슷해서 헷갈리는 말을 살펴본다. 4장에서는 국어 실력의 또 다른 핵심인 띄어쓰기를 정리하고, 마지막으로 5장에서는 또 하나의 우리말이 라고 할 수 있는 한자어에 대해 알아본다.

늙음이냐 낡음이냐 그것이 문제로다

〈쓴맛이 사는 맛〉

쌤쌤쌤! 며칠 전에 난 기사 봤어요?

어떤 기사요? 남정미 시집간대?

흑흑~ 그럼 좋겠지만, 엄청 슬프고도 또 화가 나는 뉴스였어요. 나이든 경비아저씨가 또 맞았잖아요. 젊은 입주민에게 말이에요.

그래요. 세상이 참 큰일이다 싶더군요. 여기가 뭐 약육강식의 사바나야? 사파리 동물원이야?

정미 그것도 고작 고장난 엘리베이터 왜 안 고치냐는 이유로 말이에요. 아파트 경비아저씨가 제집 종이야? CCTV 보니까 주먹질하고 발로 차는데, 진짜 끔찍하더라고요.

성신 그래요, 참 끔찍했어요. 폭행당한 경비아저씨는 노인이던데….

정미 힘없는 노인이 아들뻘 되는 사람에게 맞고 있는데
참 말이 안 나오더라고요.

성신 이런 일들이 자꾸 반복되고 많아지는 것을 보면 우리 사회 전체에 뭔가 문제가 생긴 것이 분명해요!

정미 요즘 젊은 친구들 사이에 많이 도는 우스갯소리 중에 이런 말이 있대요. '생활형 갑질!' 만인의 만인에 대한 갑질이라는 뜻이겠지요.

성신 그래요. 이런 사건들이 특정한 한 개인의 문제라기보다는, 그런 인격파탄의 짓거리를 서슴없이 할 수 있게 된 어떤 사회적 배경이 있지 않을까 생각해요.

정미 물질주의, 황금만능시대, 한마디로 뒤틀린 자본주의 사회의 자화상일 테지요? 다들 폭발 직전의 시한폭탄을 하나씩 안고 사는 것 같아요.

성신 사회적으로 증폭된 스트레스가 폭발하고 있다는 생각이 듭니다.

정미 이런 스트레스는 어떻게 풀어야 하는 거죠? 대체….

성신 한 사회에서 지능과 지성이 모자라는, 폭력적이고 범죄적 성향의 인간이 존재하는 비율은 언제나 똑같아요. 문제는 그것이 얼마나 잘 통제되고 관리되느냐의 문제일 텐데 말이지요. 그런데 지금은 통제가 잘 안 되고 있다는 거예요.

정미 더 강력한 법이 필요할까요?

성신 법은 늘 '최소한'이지요. 법으로 사회의 정신적 기반이 되는 도덕심까지 유지하는 것은 무리예요. 바로 그래서 '어른'이 필요한 겁니다. 행동거지나 생각의 지표가 될 수 있는 현명한 어른 말이에요.

정미 어른! 어른? 다 큰 사람? 애들한테 '야야야! 하지 마! 그런 짓 하면 안 된다!' 이렇게 타이를 수 있는 그런 어른?

성신 그렇죠!

정미 초고령화 사회라고 할 만큼 우리나라에 이미 노인들이 많은데 왜 그럴까요?

성신 옛말에 "상놈은 나이가 벼슬이다!"라는 말이 있어요. 나이들었다고 다 어른은 아니란 이야기죠.

정미 맞아! 그저 나이가 벼슬인 사람이 너무 많지….

성신 세상에 태어나서 유일하게 잘한 일이 오래 산 것, 그거 하나밖에 없는 노인들!

정미 '늙음'과 '낡음'이 어떻게 다른지를 확실히 보여주시는 그런 '어르신'들이 우리에겐 정말 절실한데 말이에요.

성신 그렇지요, 그냥 나이만 든 사람은 '노인'. 현명함을 가지고 옳고 그름에 대해 다음 세대에 가르쳐줄 수 있는 존경받을 만한 분들은 '어른'. 나는 그렇게 나눠진다고 생각해요.

정미 우리 시대에 존경받을 만한 '어른'이 계시나요?

성신 혹시 채현국 선생을 아시나요?

정미 아! 그분이 계셨구나! 알죠오오오오오! 알다마다요!

성신 작년 1월 '노인들이 저 모양이란 걸 잘 봐두어라.' 라는 제목의 칼럼 주인공! 이런 분들이 진짜 이 시대의 어른이지요.

정미 그 인터뷰 하나로 젊은이들의 '좋아요' 클릭을 한 몸에 받으신 분! 당시 그 인터뷰 기사에 악플이 하나도 없어서 모든 네티즌들을 놀라게 했다는 그 전설의 채현국 할배!

성신 최근에 책이 한 권 출간되었지요? 〈쓴맛이 사는 맛〉이라고.

정미 네! 저 그 책 너무 신나게 읽었어요.

성신 채현국 선생은 한때 개인소득세 납부액이 전국 2위일 정도의 사업을 일군 거부(巨富)였고, 70~80년대엔 민주화 운동가들을 후원했으며, 현재는 효암학원이라는 사학재단을 운영하고 있는 교육자예요.

정미 이런 대목이 떠올라요. "아름답게 늙는 것은 노인들의 권리이자 의무이다." 오호 진짜 짱 멋있어요.

성신 그런 이야기들이 전혀 관념적이지 않고 현실에서 또한 자신의 삶으로서
고스란히 보여주고 계시니까 절로 존경심이 생기는 것이지요.

정미 인생은 '정답'이 아니라 '해답'을 찾아가는 과정이라는 말씀도 기억에
남아요.

성신 권리는 누리면서 책임과 의무는 소홀히 하고, 독선과 아집으로 뭉친 노
욕만 잔뜩 목격하게 되니 젊은이들이 사회 전체에 염증을 느낄 만도 하
지요. 그래서 지금의 젊은이들은 노인들을 '꼰대' 정도로만 여기게 된
거죠. 게다가 이런 분위기를 정치가 악용하는 바람에 사회 전반적으로
노인과 젊은이들의 대결 양상이 만들어졌다고 봐요. 그런데 이것은 우
리 사회의 엄청난 위험이에요.

정미 그래서 이 책은 꼰대가 아닌 어른이 청춘에게 들려주는 진짜 인생 이야
기라는 점에서 아주 시의적절하다는 생각이 들어요.

성신 자신들은 투기에 비리에 온갖 짓 다 해놓고, 이제는 대접까지 받겠다고

나서는 질 나쁜 노인들과는 정반대의 모습이니 젊은이들이 열광적으로 존경하는 것이지요.

정미 저도 진심으로 존경해요.

성신 채 선생은 책에서 이렇게 말해요. "재산이란 사회의 것이지 개인의 것이 아니라고 믿는다. 이 세상의 것을 자신이 잠시 맡은 것일 뿐, 애초에 재산은 자신의 것이 아니므로 세상과 나누어야 한다고 믿는다." 그런데 이게 말로만이 아니라 이미 자신이 실제로 실천하신 거잖아요. 그러니 말에 힘이 느껴질 수밖에요.

정미 쌤은 책에서 어떤 대목이 가장 인상 깊으셨나요?

성신 세상에 '장의사적인 직업'과 '산파적인 직업'이 있다고 서술한 대목. 장의사적인 직업이란 타인의 불행이나 갈등을 수단으로 삼는 직업들을 뜻하고, 반면 산파적인 직업이란 산파가 아이를 낳는 것을 도와주듯이 타인을 이롭게 하고 새로운 것을 탄생시키는 의미를 갖는 직업이라는 것. 젊은이들에게 산파적 존재로 살기 위해 애쓰라고 말씀하시는 대목이요.

정미 '나는 과연 산파적인 존재인가?' 저 같은 경우는 그것을 묻기 전에….

성신 웅?

정미 나는 산파를 만날 가능성이 있는 존재인가를 먼저 물어야겠군요. 흐흑~

성신 푸하하하하~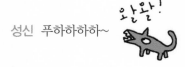

정미 헤헷~ 농담이구요. 저의 경우엔 이 대목이 가슴에 팍 와 닿았어요. "삶이란 삶을 사랑할 줄 알게 되는 과정이다. (…) 수많은 갈등과 반복, 그 과정에서 피 터지게 싸운 결과, 우리는 삶을 사랑하게 된다. 삶이 때로 공허하고 저주스러운 것은 그만큼 사랑할 가치가 있다는 반증이 된다."

성신 이 대목도 좋았어요. "날 배짱과 뻔뻔함도 가져야 한다. 다만 목표는 함께 잘사는 것이어야 한다."

정미 저는 뻔뻔함이 부족해서 큰일이에요.

성신 함께 잘살겠다는 목표를 세워보세요. 그런 선한 의지를 가지면 절로 조금은 귀엽게 뻔뻔해질 수 있지 않을까요?

정미 쌤….

성신 네?

정미 "빨리 가려면 혼자 가라. 하지만 멀리 가려면 함께 가라!" 제가 제일 좋아
하는 앱흐리카(아프리카) 속담이에용. 멀리 가고 싶으니까 우리 함께 갈
까요?

성신 올해에는 꼭! 남정미와 함께 아주아주 멀리 가버릴 그대의 신랑감을 구
해보도록 노력하겠어. 제발 조르지 좀 마!

이 책이 궁금하다

쓴맛이 사는 맛 : 시대의 어른 채현국, 삶이 깊어지는 이야기
(채현국 · 정운현 지음 | 비아북 | 2015년)

"노인들이 저 모양이란 걸 잘 봐두어라." 2014년 1월 한 일간지에 실린 도발적인 제목의 인터뷰
기사로 채현국 선생은 세상에 이름을 알렸다. 자신도 노인이면서 책임감 없는 노인들을 봐주지
말라고 거침없이 말하는 모습에 사람들은 강렬한 인상을 받았다. 이 기사가 나온 직후 인터넷에
서의 반응은 실로 뜨거웠다. 특히 젊은이들은 댓글을 통해 신선한 충격을 받았다고 토로했다.
채현국 선생은 서울대 철학과를 졸업하고 KBS의 전신인 중앙방송국 공채 1기 연출직에 입사했
지만, 곧 그만둔 뒤 아버지의 탄광 운영을 돕는다. 그 뒤로 사업은 승승장구, 한때 개인소득세 납
부액이 전국 2위를 기록할 정도로 거부가 된다. 그러나 1973년, 홀연히 직원들에게 재산을 모두
분배하고 사업을 정리한다. '돈 쓰는 재미'보다 몇 천 배 강한 '돈 버는 재미'에 빠져 돈 버는 것
이, 권력이 되고 신앙이 되어버리기 전에 그만둬야겠다고 생각한 것이다. 그는 이미 성공한 사업
가였지만, 70~80년대 독재정권 시절 핍박받는 민주화 인사들에게 은신처를 제공하고 활동자금
을 지원하기도 했다. 1988년부터 효암학원의 이사장으로 취임해 효암고등학교와 개운중학교를
후원하며 교육자의 삶을 살고 있다. 이 책은 우리 시대 청춘들을 향한 채현국 선생의 뜨거운 메
시지를 담고 있다.

뭔가로 만들어주는 책
'웃기는 사람으로' 만들어주는 책 IO+I

웃음의 과학 : 이윤석의 웃기지 않는 과학책
(이윤석)

웃음과 미소, 유머의 본질을 밝히고 있는 이 책은 웃음의 주체이자 생산자인 인간 본성에 대한 이해까지 시도한다. 17년 동안 현장에서 진정한 웃음을 고민해 온 인기 코미디언 이윤석이 쓴 책이다.

웃기는 레볼루션
(권경우, 김봉석, 김소연, 김종갑, 반이정)

한국 예능 프로그램 혹은 리얼버라이어티계의 혁명을 일궜다고 할 수 있는 〈무한도전〉의 내용과 〈무한도전〉이 우리에게 주는 의미에 대한 이야기를 담은 책이다. 〈무한도전〉이 웃기는 사회학적 이유랄까?

소통유머 (김진배)

사람이 사람에게 가장 쉽게 행복감을 주는 방법이 있는데, 그것은 바로 '따뜻한 마음이 담긴 유머 한마디'란다. 저자는 오늘날 참다운 소통이 사라진 이유가 서로 진정한 관계를 만들지 못하고 상대를 목적이 아니라 '나의 성공을 위한 수단'으로 대하기 때문이라고 꼬집는다. 유머야말로 관계를 살리고 소통으로 가는 가장 큰 문이라고 이야기한다.

유머의 공식 (요네하라 마리)

요네하라 마리가 동서고금의 갖은 유머들을 분석하고 연구한 끝에 그 안에 흐르는 열한 가지의 원리를 밝혀냈다. 어떻게 하면 듣거나 읽는 사람들이 재미있어 하거나 웃음을 터뜨리는 유머를 쓸 수 있는지에 대해 이야기하는 이 책은 때로는 은은한 미소를 짓게 만드는가 하면 때로는 포복절도하게 만든다.

디자인유머 (박영원)

'유머'를 디자인 안에서 표현하는 방법에 대한 내용을 담은 책이다. 디자인과 광고 관련 전문가들에겐 필독서.

연장전에 들어갔습니다
(오쿠다 히데오)

귀여운 딴죽장이 오쿠다 히데오의 포복절도 스포츠 개그. 스포츠를 즐겨 보는 사람이라면 누구나 느끼고 있었을 법한 궁금증을 특유의 말투로 펼쳐 보인다. 문학적 수준의 고급 유머가 보여줄 수 있는 또 하나의 경지.

빌 브라이슨 발칙한 유럽산책
(빌 브라이슨)

지적이며, 깊이 있고, 섬세하고, 신랄한 여행기. 심술궂은 영감탱이 같은 빌 브라이슨의 여행기는 언제 봐도 웃긴다. 그는 이 책을 통해 여행이란 무엇인가를 얻기 위해 노력하기보다는 단순히 그 시간을 즐기는 것이라고 이야기한다.

유머의 기술 (이상훈)
단언컨대 이걸 읽으면 분명 웃기는 사람이 될 수 있다.

웃음의 심리학 (마리안 라프랑스)
웃는 사람들의 숨겨진 심리상태가 궁금하다면 이 책을 강추!

교황님의 유머 (커트 클링거)
어렵거나 심각하지 않은 요한 23세의 이야기를 담고 있다. 세상에서 가장 고귀하고 성스러운 유머가 필요하다면. 유머의 하이엔드.

배꼽 잡는 유머 영어 (편집부)

미국 사람도 웃기고 싶다면. 약간 노골적이면서도, 일상을 뒤트는 익살스러운 이야기들을 통해 영어권 사람들의 여유와 재치를 엿볼 수 있는 책이다. 보다 영어를 친숙하게 접할 수 있는 좋은 기회를 제공하며, 자신만의 상상력과 창의력을 더하면 색다른 유머를 창출할 수 있다.

갑질은 촌티 나는 꼴값이야

〈갑과 을의 나라〉

쌤애애애~~엠~~ 밥 내놔!

뭐? 왜? 내가 왜 그대에게 밥 따위를?

나 오늘 책 한 권 읽었는데, 거기서 그러더라. 밥값 내는 놈이 을이래. ㅋㅋ 얻어먹는 놈은 갑이고!

생각해 보니까 밥값은 늘 쌤이 냈잖아. 그러니까 나는 쌤한테 갑이야. 앞으로도 계속 밥 좀 사셔야겠어~

밥 사는 을이야 언제든지 돼줄 수 있지만, 내 엉덩이는 언제든 'grab' 되는 '을' 타입 엉덩이는 절대 아님!!! 푸핫

전송

정미　별로 호감 가는 엉덩이 아니니 그건 걱정 마셔요. ㅎ

성신　그럼 땡큐(근데 난 뭐가 고마운 거야 대체? 바보ㅠㅠ)

정미　최근에 나온 강준만 교수 책 읽어봤어요? 〈갑과 을의 나라〉라고.

성신　찌찌뽕! 〈갑과 을의 나라〉 읽은 거지? 내 그럴 줄 알았다. 진즉에^^

정미　역시…　　　　　　　　잘난 척 좀 해볼라케떠니….

성신　그 책 감동의 도가니탕이더구먼. 준만 옵빠 오우 쏘우 쿨 쏘우 섹시!!
　　　그건 그렇고 그댄 어쩌자고 그딴 책을 읽으셨나? 개그맨이 읽기엔 너무
　　　무섭고 위험한 책 아녀? 그런 책 잘못 읽다가 개그 감 왕창 떨어지는 것
　　　아니냔 말이야. ㅋㅋ

정미　　　　　　　　　　　　　　　　무서운 책이긴 하지~ 최근에 나 고정 게스
　　　트로 나가던 라디오, 개편되면서 짤렸잖아. 방송국 – 갑, 개그맨 나부랭
　　　이인 나 – 을. 너무너무 대놓고 내 상황을 딱 지적하잖아요. 제목부터
　　　가…. 이게 개그 감 떨어지는 건 문제가 아닌 거야. 가련한 내 처지 위안
　　　이나 삼을까 싶어 얼른 사 와서 읽었지롱. 헤~

성신 갑자기 눈물 난다. 뭔 개그맨이 사람을 자꾸 울려?…^^ 뭐야 넌? 대체
정체가.ㅋㅋ

정미 책 사들고 오다가 갑자기 가슴 답답해지는 게….
갑이나 한번 돼봤음 좋겠다, 뭐 그런 생각이 들더라고요.

성신 갑이 된다. … 음… 뭐 발상이 후지진 않은데.
갑질 하고 싶어서 갑 되고 싶다는 거면 그건 쫌…
갑질이나 꼴값이나잖아. 그래서 요즘엔 잘못하면 쪽팔려 갑!

정미 책에서도 꾸준히 갑질 하는 놈들을 지적하고 있긴 하던데….

성신 위아래 없이 욕지거리나 하고 멀쩡한 남의 집 딸래미 엉덩이나 함부로
'그랩' 하고 싶어서…. 그래서 굳이 되고 싶은 게 갑이라면, 그런 거 그렇
게 꼭 해보고 싶어?

정미 불과 며칠 전까지 을로 살던 것들이, 그 아픔, 그 비참, 그 고뇌, 다 겪었던 것들이…. 아는 놈들이 어떻게 그러지? 내 참!

성신 그 갑지랄을 떨고 싶어서 평생 얼마나 참고 살았을까 생각하면 눈물이 앞을 가리기도 하지만, 그런 꼬라지를 앞으로도 계속 봐야 한다는 생각을 하면, 토 나와!

정미 어쨌든 강 교수는 갑질의 기원을 엄청 오래전부터 잡던데요. 조선시대 관존민비의 폐습이 근대화 과정에서 사회진화론을 거쳐 지금의 갑을관계가 된 거라고. 조상님이 물려주신 소중한 문화유산, 우리가 지켜나가긴 개뿔 지켜나가? 헤~

성신 ㅋㅋㅋ갑을관계의 근원이 조선시대 관존민비 사상이라는 준만 오빠의 섹시한 역사학적 해석이야말로 우리 스스로 무릎을 탁~ '그랩' 하게 만들지.

ㅋㅋㅋ

정미 푸헤~ 아직도 이 양반 '그랩'에 완전 꽂혀 있구먼! ㅋㅋ 부러웠냐?
하여튼 책을 읽다 보니 이놈의 갑질이란 게 그리 쉽게 사라질 것이 아니라는 생각이 들었어요. 그래서 무척무척 우울해요.

성신 그런데… 나는 그 책 읽다가 문득 이런 생각도 해봤어.

정미 …?

성신 군대에서 보면 어떤 놈은 지가 쫄따구 때 당한 대로 되돌려주겠다 하고, 또 어떤 놈은 당해보고 안 좋은 거 알았으니 저는 안 그래야겠다 하고. 이렇게 둘로 나뉘잖아?

정미 그렇지요.

성신 그런 것처럼 갑질이란 게 결국 촌티 나는 꼴값일 뿐이니 그딴 짓 쪽팔려서라도 못 하겠다, 사람들이 점점 이러기 시작하면 금방 없어질 수도 있지 않을까?
우리나라 사람들 촌티 나는 거 못 견디잖아. ㅋ
어쨌든 난 준만 오빠의 이 책이 바로 그런 각성을 가능하게 만들어주기 때문에 이참에 다들 한번씩 꼭 읽어보라고 권해주고 싶어.

정미 '갑질은 촌티 나는 꼴값' 이다. 거 참 통쾌하기는 하네.

성신 난 그게 이 책이 궁극적으로 말하고자 하는 메시지라고 생각해. ㅋㅋ

정미 둘이 같은 책 읽고 수다 떠니 재밌네. 유익해 유익해 유익해!

성신 그리하여 독서의 완성은 토론에 있다 하잖는가…^^

정미 '그랩' 했던 놈하고, 밑에 사람 함부로 굴리는 놈하고, 땅콩 회항시킨 놈
     하고, 생활형 갑질하는 놈들 다 모여서 이 책 읽고 토론 좀 해라. 유익해
     유익해 유익해… 무척 유익하긴 한데…
     나 졸려. 굿나잇~

성신 굿나잇~

✏️ 이 책이 궁금하다

갑과 을의 나라 : 갑을관계는 대한민국을 어떻게 지배해왔는가
(강준만 지음 | 인물과사상사 | 2013년)

강준만 전북대학교 신문방송학과 교수는 그동안 '지역감정', '언론권력', '강남좌파', '안철수 현
상' 등을 이슈화하며 한국사회의 명암을 추적해 왔다. 이 책은 대한민국의 현대사를 지배해 왔고
이제는 심각한 사회현상으로 자리 잡은 이른바 '갑을관계'를 분석하고 있다. 저자는 갑을관계는
사람이 사는 곳이라면 어디에서나 나타날 수 있는 현상이지만, '노예관계'라는 말이 나올 만큼
왜 유독 한국사회가 유난한 것인지 그 이유를 분석하고 있다.

'세상에 태어나서 제일 잘한 일이 좋은 대학 들어간 일' 달랑 그거 하나뿐인 것들

〈우리는 차별에 찬성합니다〉

 슈퍼울트라미녀개그우먼 남정미씨~~~~

왜 그러셩? 잘생긴 성신 샘!

 나 오늘 제자와 이야기 나누다 별 희한꼴랑한 이야기를 들었네.

왜왜왜? 무슨 이야기?

 작년에 중소기업에 입사한 친구 하나가 그러더라고. 제 바로 위에 대리가 있는데, 너무 무능하다는 거야. 그런데 그 신세 한탄 끝에 그 대리가 아무래도 지방대 출신이라 그렇게 무능하다는 거야.

정미 뭐가 어쩌고 어째? 지방대? 지방대가 뭐 어때서! 왜 어때서!!! (아니아니~ 내가 지방대 나와서 이렇게 흥분하는 거 절대 아니야!)

성신 난 좀 놀라서 물었지. 너도 그렇게 썩 대단한 대학 나온 것도 아니면서 뭔 그런 소릴 하냐고 말이야.

정미 그랬더니 뭐래? 잘못을 뉘우치던가요?

성신 무슨…, 그랬으면 놀랄 이야기도 아니지. 뒷얘기가 더 가관이야. 나보고 이러더라고. "선생님 그렇게 말씀하시면 정말 섭섭하지요. 저는 그래도 서울에 있는 대학 어렵게 들어가서 졸업했는데, 어떻게 사람 같지도 않은 지방대 출신 따위에게 저를 갖다 대세요?" 이러는 거 있지. 내 참.

정미 아주 고 지지배, 사람 같지도 않은 지방대 출신 따위의 나를 만나 180도 각도에서 날아가는 무하마드 알리 싸대기를 한번 맞아봐야~ '아 지방 고추가 맵구나…' 할 건가벼?

성신 푸핫~ 어쨌든 나는 너무 놀랐어. 왜냐하면 그 녀석 대학 때 똑똑하고 예의도 반듯한 그런 아이라서 내가 많이 예뻐했거든…, 특별히 성격이 모나거나 삐뚤어진 친구가 아니었단 말이지.

정미 역시 사람은 겉으로만 봐선 모르는 거야!

성신 그래서 물었지.

"너만 그렇게 생각하는 거니? 아니면 네 또래들이 다 그렇게 생각하는
거니?"하고 말이야.

그랬더니, 요즘 자기 또래들은 대체적으로 그렇게 생각한다면서, 심지
어 어느 학교 출신이냐 정도가 아니라, 같은 학교 내에서도 수능점수 높
은 학과는 낮은 학과 친구들과 말도 안 섞으려 한다는 거야. 한마디로
'너 따위가 어디 감히…' 이런 식이란 거지.

정미 하긴 요즘 이십 대들은 보니까 저 혼자 잘 먹고 잘 사는 게 제일 중요한
것 같더라. 비싼 과외 받고, 해외 어학연수 다니면서 제 부모 등골브레
이커로서 나름 어렵게 공부했잖아! 그렇게 해서 어렵사리 궤도에 올라
탔는데, 제 앞길에 걸리적거리는 놈 있으면 다 제거하고 싶기도 하겠지.
그 구실을 찾다 보니 그게 학벌차별이 된 것이고.

성신 옳은 지적이에요. 어쨌든 그 아이는 그러면서 나에게 '수시충'이라는 말
은 들어봤느냐고 묻더군. 정미 씨는 이게 무슨 말인지 알아요?

정미 수시충? 교카충(교통카드충전)은 들어봤는데. 수시충은 또 뭐야?

성신 대학에 정시입학한 학생이 아니라 수시입학해서 들어온 같은 과 친구를 그렇게 부른다더군요. 벌레 충자 붙여서…. 같은 맥락으로 지역균형, 기회균등 전형으로 입학한 친구들에게는 '지균충', '기균충' 이라고 부른대요. 혐오와 멸시의 뉘앙스를 가득 담아서….

정미 이젠 수능 점수로까지 사람 등급을 매기는 거네? 하! 그것 참. 슬프다.

성신 맞아. 너무 어이가 없어서 슬퍼지기까지 하더라고.

정미 하긴. 내가 아는 어떤 애는 학교 어디 나왔어? 그랬더니 어느 대학 나왔다는 거야. 마침 나랑 비슷한 나이길래. '그럼 누구누구 알아? 너랑 같은 과인데…' 그랬더니 한참을 망설이다가 '사실 자기 편입했다고, 그래서 과 아이들 잘 모른다고. 그러면서 얼굴이 막 붉으락푸르락 해지더라고. 편입이 죄도 아닌데, 그러고 있는 걸 보니 좀 그렇더라.

성신 정미 씨 혹시 〈우리는 차별에 찬성합니다〉라는 책 읽어봤어요?

정미 네. 며칠 전에 읽어봤어요. 진짜 충격이었어.

성신   나도 오늘 우연히 그 책을 서점에서 찾았는데, 지금 우리가 하고 있는 이 이야기를 담고 있더군. 그래서 '이게 내 제자만의 문제가 아니구나. 이미 보편적인 정서가 된 거구나.' 하고 생각했어요.

정미   이 책의 부제가 괴물이 된 이십 대의 자화상이에요. 저자는 그런 뒤틀린 정서를 가진 이십 대들을 괴물로 표현하고 있더라고요.

성신   괴물…. 영화 속 괴물을 향해선 그냥 박멸을 위한 총질이나 하면 되겠지만, 이 땅의 이십 대들은 박멸 대상이 아니잖아. 박멸을 해야 한다면 그건 새파란 청춘들을 그렇게 괴물로 만들어버린 우리 기성세대의 탐욕과 이기주의겠지.

정미   '극단적으로 치열한 경쟁이 일상화되고, 여기에 철학 부재의 자기계발 논리가 접목되었다. 이 논리는 경쟁에서의 승패는 전적으로 자신에게 달려 있다는 기본 전제 아래 자기 자신을 통제하고 희생하면서까지 자기계발을 할 것을 주문한다. 이후 자신이 투자한 노력과 시간을 기준으로 그보다 노력이 부족한 이들을 가혹하게 평가한다. 따라서 나보다 덜 노력한 사람은 나보다 전적으로 하류의 인간이다. 또한 하류의 인간이어야만 한다.'
이 책이 말하고자 하는 바를 정리하면 대충 이런 건데…,
절로 수긍이 가더라고요.

성신 정미 씨 말이 맞아요. 이런 이십 대들을 놓고 위로나 한답시고 토닥거리는 것은 근본적인 문제해결에 전혀 도움이 되질 않는 일이겠지요.

정미 이제 얘기해 줘야 하잖아? 너희들로 하여금 차별에 찬성할 수밖에 없게 만든 것은, 자기계발을 제대로 하지 않은 너희의 잘못이 아니라, 사회의 잘못이라고. 그리고 '인류는 세상을 바꾸면서 진보해 왔다'고. 그러니 이제 그대들이 바꿔볼 수도 있을 거라고…. 그렇게 우리가 말해줘야 하지 않을까요?

성신 그래요. 나도 그렇게 생각해요. 그들이 처한 상황에 대한 분명한 이해가 필요한 시점이에요. 그런 면에서 〈우리는 차별에 찬성합니다〉라는 이 책은, 아주 시의적절한 문제제기를 하고 있단 생각이 들어요.

성신 이런 문제를 가진 친구들이 그대로 기성세대가 된다면 사회가 어떻게 될까? 노예제가 부활하지 않을까? 채찍을 든 자와 채찍을 맞는 자! 아니, 자본주의스럽게 더 세분화되고 전문화되어서, 어쩌면 이럴 수도 있겠지. 채찍을 소유한 자와 그걸 빌려서 남 때리는 자, 돈 받고 대신 맞는 자, 돈 내고 남 채찍 맞는 거 구경하는 자, 채찍 맞은 자에게 화풀이용으로 다시 맞는 자.

정미 농담이라도 섬뜩하네. 나는 지방대 다니면서 먹고 노는 게 전부였지만, 명문대 졸업한 후로 줄곧 놀고 있는 친구한테 밥 살 정도는 되는 것 같아. 그렇다면 이건 건방진 하위계급의 하극상인가?

성신 ^^ 내 나이쯤 되니까 세상에서 제일 한심한 놈들이라면, 그건 '세상에 태어나서 제일 잘한 일이 좋은 대학 들어간 일' 달랑 그거 하나뿐인 것들이더라고. 바로 그런 놈들이 세상을 망치지. 참 예외 없이 무능한 놈들인데, 어찌된 건지 세상 망치는 일엔 엄청 유능하더라고.

정미 그 중소기업 다닌다는 제자님 한 번 만나게 해주슈. 대기업 들어간 친구 소개시켜 주게. 그 앞에서 어떻게 나오는지 보고 싶엉 +_+

성신 내 제잔 건드리지 마. 예쁜 아이란 말이야. 예쁘면 다 용서해야 되는 게 요즘 트렌드 아냐? 하하하, 농담이고. 그 아이가 뭔 죄가 있어. 그 아이를 그렇게 만든 나와 당신, 그리고 우리 기성세대의 죄지.

정미 난 예쁜 것들에게 절대 너그럽지 않아!!!

성신 그딴 심보는 못난 여자들이나 가지는 것이라오. 그댄 충분히 예쁘니까 용서도 좀 하면서 사시오.

정미 그럽시다. 난 멋진 어른이 될 거예요. 역사는 때때로 단 한 사람으로 인

해서도 변해왔잖아요? 나는 일당백이니까, 백배는 더 빨리 변화시킬 수

있을 거야요! 이런 나와 함께하겠나, 김 선생?

손에 손잡고~ 벽을 넘어서~

성신 우리 사는 세상 더욱 살기 좋도로오오옥~

이 책이 궁금하다

우리는 차별에 찬성합니다 : 괴물이 된 이십 대의 자화상
(오찬호 지음 | 개마고원 | 2013년)

사회학자인 저자는 오늘날 한국의 이십 대 청년들의 문제점을 신랄하게 파헤치고 있다. 저자는 오늘날 이십 대들이 자신의 현재 위치에 대한 방어와 타인에 대한 공격성을 가진 가해자이자 사회의 피해자라는 양면적 특성을 모두 갖고 있음을 보여준다. 이십 대 변화의 근원은 무엇보다도 그들이 겪고 있는 극심한 불안이라고 진단한다. 아무리 노력해도 안정적인 삶을 기대할 수 없게 된 현실에서 이십 대들은 자기 몫을 챙기는 데 매우 예민해졌다는 것이다. '자기 노력에 대한 보상'에 굉장히 집착하게 된 것인데, 이런 관점에서 보면 비정규직이 정규직이 되길 원하는 것은 노력 없이 좋은 결과를 얻으려는 '도둑놈 심보'가 된다는 것이다. 바로 이러한 사례가 오늘날 이십 대의 내면에 만들어진 '새로운 윤리'라는 것이다. 저자는 이렇게 일그러진 이십 대들의 현재와 본모습을 냉철하게 분석해서 문제의 근원부터 찾아보는 것이 필요하다고 역설한다.

약자들의 자발적 자기학대라고?

〈우리의 노동은 왜 우울한가〉

울트라 최고인기 개그맨 우리 쩡미~~
오늘도 방송 스케줄 많았나요?

오늘 비 엄청 많이 왔잖아~ 쥐꼬리만한 돈 좀 벌어보겠다고 목숨 걸고 가서 꼴랑 스케줄 '한 개' 소화했어요. 흐흑ㅜㅜ
근데… 왠지 되게 뿌듯한 거 있지. 열심히 하는 내 모습, 이게 진정 프로구나 싶기도 하고…. 뿌듯해쏘용~

뿌듯하다… 그런데 말이야, '뿌듯'은 정확히 어떤 감정의 상태인 거죠? 좋은 건가? 아님 뭔가 다른 것도 섞여 있는 건가요?
고생스럽긴 하지만 뭔가 성취감 비슷한 것을 느꼈다는 거겠지?

음…, 열정적으로 일하는데 모든 에너지를 쏟았으니, 이 정도면 칭찬받을 만하겠다. 뭐 남에게 보이기 좋은 그림을 그려냈다는, 자기만족쯤으로 해둘게요.
더 이상은 양보 못 해요! 그런 명분도 안 세우면 나의 노동이 너무 우울하잖아요!

  전송

성신 그렇다면 말이야, 혹시 그런 생각은 안 해보셨는가? 그 '뿌듯' 이라는 딱히 설명하기 어려운, 요상스런 감정이야말로 스스로가 스스로를 착취하는 과정을 합리화하려는 어떤 강박적 행동일지도 모른다는….

정미 앗!!!! 쌔, 쌤은… 너무 많은 것을 알고 있어요!!!

성신 내가 아는 건가? 책이 아는 거지! ㅋㅋ 하여튼 말이야, 딱 지쳐 쓰러져 죽기 직전까지 자기 자신을 착취하기 위한 정신적 합리화 말이지….

정미 자기 착취를 계속하기 위한 합리화? 맞아, 문명이 발달해서 기계가 몸쓰는 일을 다 해주는데도, 정작 사람인 내가 일을 안 하고 있으면 쓸모없다고 취급되는 것 같아요.

성신 그래요! 그런데 요즘 사람들 사는 것을 보면서 이런 생각을 종종 하게 되요. 과거의 착취는 강한 자가 약한 자를 이용하는 단순한 양상이었는데, 어느 순간부터는 약자들이 자기 착취를 함으로써 강자에게 자발적으로 갖다 바치는 아주 이상한 약육강식이 일어나고 있는 것 아닌가 하는 생각이요.

정미 '약자들의 자발적 자기학대'라…. 이미 너무 많은 사람들이 그러고 사는 것 같아서 슬프네.

성신 혹시 〈우리의 노동은 왜 우울한가〉라는 책 읽어봤어요?

정미 네, 그 책 표지에 "당신의 노동은 안녕하십니까?"라고 적혀 있더군요.

'아니요~~~'하면서 냉큼 집어서 읽었어요. 근데 철학책이데? 잘못 짚었다. 했네요.

성신 ㅋㅋ 나도 처음엔 그저 흔한 자기계발서인 줄 알았는데, 전혀 아니더군요. 그런데 그 책 읽으면서 가장 인상 깊었던 단어나 문장이 있었다면?

정미 '놓아두기!' 다소 결과론적으로 보자면, 그 단어가 생각나요.
뭐 물론 중간에 '포르노'도…, 기억에 엄~~~~청 남긴 했지만 ♬

성신 역시 용감하고 씩씩한 우리의 남정팔 여사께서는 결론으로 곧바로 직행하시는구먼. ㅋㅋ 나는 이런 문장이 나의 전두엽을 후려쳤다오.

정미 ❓❗

성신 '가상적 향락 노동자!' 일의 즐거움을 만끽하고 있다는 모든 인간들을 향해, '너희들은 노동을 즐거움으로 가장하여 스스로에게 강박적으로 착취를 강요하는 가상적 향략 노동자일 뿐이야.' 라고 말하는 부분. 그 부분은 정말 섬뜩하더군요.

정미 '노동을 통한 즐거운 자아실현과, 한시도 일에서 손을 놓지 못하는 강박을 혼동하고 있는 건 아니냐?'라는 물음에도 움찔했어요. 찔려서.^^

성신 ㅋㅋㅋ 난 이 책에서 결론적으로 내놓고 있는 해법이 참 맘에 들어요. '일에 대한 강박적 사랑을 내려놓고 자기 자신에 대한 자유로운 사랑의 가능성에 대해 사유하는 것이 필요하다.'는 바로 그 결론 말이지요. 또 '우리에겐 탈진과 중독이 아니라 자유와 행복이 주어져야 한다.'는 대목에선 가슴이 다 뭉클! 요렇게 뭔가 똑 떨어지는 결론이 제시되는 철학서라니, 정말 섹시하지 않아요? 하핫!

정미 내 말이! 결국 '사유'를 통해서 사람의 자유와 행복이 결정되는 것 같아. 근데, 막스 베버가 그랬다잖아요, "노동은 신의 명령이자 징벌"이라고, 난 전생에 착했나봐! 왜 벌 안 내리셔? 왜 스케줄이 꼴랑 한 개야?

성신 그대 스케줄이 꼴랑 한 개뿐인 것은, 개그 짜야하는 시간에 막스 베버 따위를 읽기 때문이지! 푸하핫~

정미 쳇! 괜찮아요. 개그보다 더 큰 소통을 하기 위해서, 제대로 된 '사유'를 목적으로 읽는 거니까요.

성신 큰일이군! 세계 최초로 개그맨 출신 철학자 + 사회비평가 + 도서평론가 선생님이 탄생할 것 같은 불길한 예감이….^^ 기왕이면 그대 재능을 잘 버무려서 웃기는 철학자 + 웃기는 사회비평가 + 웃기는 도서평론가가 되어보시오!

정미 아~ 근데 진짜 고민이네, 안 웃기는 철학자들 책 봐서……. 내가 진지해 지는 건가? 그렇다면 나를 돛대에 결박해 줘! 오디세우스가 사이렌의 유혹을 뿌리쳤던 것처럼, 나도 철학자들의 안 웃긴 부분을 뿌리칠 수 있게! ㅋ 매우 엄격한 자기통제와 합리적 포기로 대변되는 향락의 상징이 되고 말겠어!!

성신 향락의 상징이라…. 그거 그대에게 제법 잘 어울리오!
　흐흐 잘 자요. 향락의 상징 남 여사.

정미 네네~ 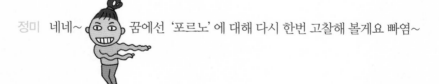 꿈에선 '포르노'에 대해 다시 한번 고찰해 볼게요 빠염~

이 책이 궁금하다

우리의 노동은 왜 우울한가 : 경쟁 사회에서 자유와 행복을 찾아서
(스베냐 플라스펠러 지음 | 장혜경 옮김 | 로도스 | 2013년)

노동이 우리에게 무엇인지, 우리의 삶에서 노동은 무엇을 의미하는지, 우리에게 노동은 단순한 강제인지 등 현대사회에서 노동의 의미를 따져 묻는 책이다. 독일의 철학자 스베냐 플라스펠러는 일의 즐거움을 만끽하고 있다는 모든 이들에게, 노동을 즐거움으로 가장하여 스스로에게 강박적으로 강요하는 '가상적 향락 노동자들'이라고 일침을 가한다. 신체와 건강에 대한 현대인의 관심 또한 이 강박적 노동을 지속하기 위한 조건으로서의 의미를 가질 뿐이라고 강조하고 있다. 이 책은 현대의 노동이 가상의 향락 노동으로 전락한 문명적 과정과 그 정신분석적 토대를 해부하며, 이에 대한 해결책을 모색하고 있다.

맹구가 이 세상을 지배했을 때

〈위험한 자신감〉

샘샘샘샘! 잘 잤나용?
하이하이~

음…, 요즘 잠을 잘 못 자요. 우리가 지켜주지 못한 아이들에게 너무 미안해서…. 그리고 보면 이 세상에는 비겁한 놈, 저열한 놈, 나쁜 놈이 너무 많은 것 같아요. 너무 화가 나서 잠이 안 와요.

마음이 불편하지요. 맞아…. 나도 하루하루 가슴 먹먹하게 보내고 있으니까.

이 생각 저 생각, 정말 많이 하게 되는데, 혼란한 생각들을 정리하는 데는 역시 독서만한 게 없는 것 같아요. 그래서 이건 지난밤에 읽은 책인데요. 〈위험한 자신감〉이란 책, 제목이 눈에 띄어서 읽어봤어요. 최근에 나온 책이죠.

정미 위험한 자신감! 아… 딱 제목만 들어도, 세월호 생각이 나네요. 이 끔찍한 잘못의 원인이 바로 '위험한 자신감' 따위에서 시작되었을 수도 있겠구나 하고 말이죠.

성신 그렇게 볼 수도 있고, 또 아닐 수도 있겠지만, 어쨌든 이 책은 지금 우리가 보고 있는 이 현실에서 한번쯤 생각해 봐야 할 것들을 여러 가지 던져 주네요.

정미 책 표지에 보니까 '현실을 왜곡하는 아찔한 습관'이라고 표현해 놨던데. 어떤 내용인지 하나씩 이야기해 볼까요?

성신 나는 우선 이런 대목이 인상 깊었어요. "분위기를 썰렁하게 만드는 사람들일수록 자신의 유머 감각이 훌륭하다고 평가하고, 싸구려 취향을 가진 사람일수록 자신의 취향이 고급이라고 생각하며, 멍청할수록 자신의 지적 능력을 과대평가한다. 간단히 말해 무능력 때문에 손해를 볼 뿐 아니라 자신이 무능력하다는 사실 자체도 깨닫지 못하는 것이다."

정미 요즘 사람들 '근자감'이라는 말 많이 쓰잖아요? '근거 없는 자신감', 그러니까 바로 그 근자감이 대책 없는 낙관으로 사람을 착각에 빠뜨린다는 거네요? 착각도 일종의 '속임수'니까. 자신감이 넘치는 사람들은 스스로에게 속고 있는 셈이군요.

성신 맞아요. 저자도 딱 그렇게 표현하지요. 그런데 그 근거 없는 자신감으로 혼자만 바보 되는 거야 제 팔자려니 하겠지만, 그것이 사회까지도 굉장히 위험하게 만든다는 거예요.

정미 맞아! 맞아! 이게 진짜 중요한 부분이지. 그런 사람들이 사회를 위험하게 만든다!

성신 실력도 없으면서 '봉숭아 학당'의 맹구처럼 "저요! 저요!" 외쳐서는 기회를 얻고, 하지만 막상 기회를 얻고 나면 자신이 뭘 해야 할지도 모르는 거예요. 세상이 '봉숭아 학당'이라면 웃고 끝나겠지만, 현실의 세상에선 사람이 죽고 사는 문제가 되는 거지요.

정미 바보가 수류탄 안고 다니는 격이네요. 그렇지만 '자신감이 최고다'라고 말하는 사회적 분위기가 있잖아요. 가령 일을 할 때 확신 없는 모습을 보이면, "야! 자신감 좀 가져. 너 그것만 고치면 딱 좋을 거야." 뭐 이런 식이니, 자기 실력을 알다가도 그 위에 헛된 망상으로 거품을 얹게 되는 것 같아요.

성신 옛말에 "벼는 익을수록 고개를 숙인다."고 했지요. 진짜 전문가들은 문제해결에 어떤 구체적인 난관이 있을지 훨씬 정교하게 생각하기 때문에 무모한 자신감보다는 현실적인 가능성을 냉정하게 먼저 살피지요.

정미 그런데 진짜 전문가들이 심사숙고하고 있을 바로 그 타이밍에 "저요, 저요! 저는 자신 있어요!" 하면서 손을 번쩍 치켜드는 사람이 있었으니, 실상 그 문제를 해결할 아무런 능력도 없는 맹구였다는 말이죠.

성신 맞아요. 바로 그래서 저 혼자 바보인 것에 그치지 않고 사회 전체가 굉장히 위험해질 수 있다는 거예요. 그것이 이 책이 말하고자 하는 핵심이지요.

정미 연일 TV나 각종 미디어에서는 자신감을 가진 사람이 성공한 사람으로 포장되고, 긍정적으로 생각하면 언젠가는 성공할 거라는 메시지를 주고 있는 것도 문제네요.

성신 정확한 지적이에요. 나도 책 읽으면서 '자신감'이라는 단어를 가지고 인터넷 서점에서 검색을 한번 해봤어요. 그랬더니 무려 314권이나 되는 책이…, 무려 314권! 우리 사회가 얼마나 자신감 강박증에 걸려 있는지 느낄 수 있었어요. 이 책에서도 그런 걸 오히려 사회가 적극 장려하고 있기까지 해서 큰 문제라고 비판해요. 그런데 여기엔 일종의 사회적 음모도 숨어 있다고 하지요.

정미   그런데 왜 이런 것을 제어하지 않는 거지요? 불안한 사회가 양산될 걸
       뻔히 알면서 왜 계속 '자신감, 자신감' 하고 있는 걸까요? 숨어 있는 그
       사회적 음모는 뭔가요?

성신   오늘날 우리 사회에서 사회안전망 자체가 붕괴되다시피 했잖아요? 그
       런 상황에서 개인들이 겪는 모든 실패를 사회가 책임지지 않고 개인에
       게 실패의 원인을 돌리려는 술책이라는 것이지요.

정미   아~ 와! 이것들이. 아! 진짜 뒤통수 한 대 팍 맞은 거 같네….
       우씨~!

성신   가령 '지금 청년들이 취업이 안 되는 것은 그 개인이 자신감이 없어서이
       지 사회가 뭘 잘못하고 있어서가 아니다!' 뭐 이런 식의 재수 없는 함의
       가 담겨 있다는 거예요.

정미   그래, 맞아!! 애당초 자리가 없는데 뭔 놈의 취직.

성신   바로 그렇지요! 그런데 이렇게 심각한 이야기뿐 아니라 책에는 가볍고
       흥미로운 사례도 많아요. 가령 불륜의 이유를 자신감 과잉이라는 심리

적 요인에서 설명하는 대목도 흥미로웠지요.

정미 오오오오! 불륜의 심리적 요인이라니! 어떤 상황이죠?

성신 왜 처녀가 불륜에 그리 관심이 많은 거요? 혹시 유부남 좋아해요?^^
책은 이렇게 설명해요. 자신감보다는 현실감각이 있는 사람들은 '들킬
수도 있어'라는 내면의 경고를 받아들이는 데 반해서, 들키지 않을 무모
한 자신감에 사로잡힌 사람은 거리낌 없이 바람을 피운다는 거예요. 권
력자들이 쉽게 바람둥이가 되는 이유도 바로 이것이라고 설명하더군요.

정미 흐음…, 현실감각이 있는 사람이라 하면, 누구지? 우리가 알 만한 사람
중에 그런 사람이 있나요?

성신 내 이야기 하고 싶은 거로군요. 그래요, 난 현실감각 그 자체죠! 난 키 작
고 못생기고 돈도 별로 못 버는 그런 남자라고 스스로를 알고 있어요. 다
만 남들이 그렇게 생각 안 해줘서 문제지!

정미 자신감을 가지세요오오오오~~~~~~~~~~~ ㅋㅋ. 내가 너무 영혼 없
이 말했나?

성신 마지막 문장까지는 안 읽었군요. ㅋㅋㅋ

정미 꺄악!! ……………………. 그래도 결혼했으니, 거두어준 와이프가 대인
배! 그런데 난 내가 연애에 실패하는 이유가 '자신감 부족'이 아닐까 생
각했는데…, 흐음, 그게 아니라면! 나는! 나는? 아직 인간이 덜 된 건가?
자신감 회복이야말로 나의 유일한 핑곗거리였는데.

성신 연애의 실패? 그렇다면 연애의 성공은 또 뭐요? 내 아저씨적 관점에선
결혼도 연애 실패의 일종이구먼….

결혼은 못 해도 늘 연애는 하고 있는 그대가 오히려 성공한 '연애인'!
성공한 '연예인'도 되어야 할 텐데…. 하하. 사실 우리가 방금 농담을
주고받았지만, 우리가 나눈 이 대화 속 상황과 비슷한 것을 이 책을 통
해서도 알 수 있었죠.

정미 우리가 나눈 대화 속 상황? 무슨 이야기예요?

성신 자신은 이성에게 정말 매력적으로 보일 것이라는 말도 안 되는 자신감
에 차 있으면 그런 여자가 시집갈 수 있겠어요? '오히려 난 타고나길 별
로다. 매력적이기 위해 부단히 애써야 한다.' 이렇게 마음먹은 사람이
좋은 이성을 만나기가 훨씬 쉽겠지요.

정미 흐음. 문제는 그거였군! 나는 늘 '난 최고다' 라고 생각하고 살았는데, 사실 '너무너무 진짜 최고' 였던 거야! 고작 '난 최고다' 정도로 스스로에 대한 평가절하…. 훗훗

성신 이쯤에서 난 백기를 들겠소! 그리고 빨리 병원 가시오. 과대망상 그거 위험해요.

정미 잇힝~ 한 가지만 더 말해주고 투항하시오! 그럼 이 책을 읽으면서 어떤 걸 얻었으면 좋겠소?

성신 이 책에서 결론적으로 말하고 있는 바는, '무모한 자신감보다는 진짜 실력이 필요하다' 는 거예요. 무모한 자신감으로는 세상 사람들의 웃음거리는 되겠지만, 웃기는 건 개그맨들에게 좀 맡겨두고, 자신의 일에서 최고의 실력을 갖추기 위해 겸손하게 노력하라! 뭐 이런 아주 당연한 이야기지요.

정미 아, 그렇다면 이 책, 꼭 권해주고 싶은 사람들이 있네요. 헬기에 책 잔뜩 싣고 여의도나 한 바퀴 돌면서 뿌렸으면 좋겠다. DDT 살포하듯이.

성신   그 DDT 살포에 대해선 레이첼 카슨* 여사도 용서하실 것 같네요. 2015
      년 대한민국은 '침묵의 봄'이다. 그러시면서….

정미   예썰!!! 저는 헛된 자신감보다는 더욱더 노력하는, 다방면으로다 지속가
      능한 코미디언이 되겠습니다!

성신   정미 씨는 꼭 위대한 코미디언이 될 거라 믿어요. 이 슬픔의 시절에도 의
      미 있는 웃음을 주려고 늘 애쓰는 사람이니까…^^

정미   지나치게 훈훈한 거 나 싫어해!

성신   그럼 말고.

이 책이 궁금하다

위험한 자신감 : 현실을 왜곡하는 아찔한 습관
(토마스 차모로-프레무지크 지음 | 이현정 옮김 | 더퀘스트 | 2014년)

성격심리학의 세계적인 권위자이자 유니버시티 칼리지 런던의 방문교수인 저자 토마스 차모로-
프레무지크 박사가 현대사회의 '자신감 강박'에 주목하여 그 폐해와 해결책을 면밀하게 분석한
책이다. 자신감을 강요하는 현대사회를 분석하고, 자신감이 결코 '성공의 만능열쇠'가 아니라는
점을 보여준다. 저자는 최신 심리학 이론과 실험결과를 바탕으로 직업, 학업, 연애, 인간관계, 건
강 등 모든 분야에 걸쳐 자신감에 대한 우리의 통념을 뒤엎는다. '잘못된 자신감'은 현실을 왜곡
함으로써 자신에게 해를 끼치는 독이라는 점을 일깨워주고, 우리에게 꼭 필요한 것은 진짜 실력
임을 알려주면서 이것을 키우는 법을 소개한다.

＊레이첼 카슨 여성환경운동가로, 〈침묵의 봄〉에서 살충제 등을 쓰면 꽃이나 나무의 새싹, 새들의 지저귐이
없는 암울한 세상이 될 것이라고 지적했다.

"날 배짱과 뻔뻔함도 가져야 한다.
다만 목표는 함께 잘사는 것이어야 한다."

원가로 만들어주는 책

'클래식 애호가' 로 만들어주는 책 l0+l

클래식 상식백과 (이헌석, 이정현)

두 저자는 음악 작품 분석뿐 아니라 시대적 배경과 삶, 음악사에 숨어 있는 이야기까지 아기자기하게 들려준다. 클래식 음악이 주는 즐거움을 알려주는 책이다.

거장 신화 (노먼 레브레히트)

클래식 음악의 탄생과 성장, 그리고 쇠락. 20세기 격변의 역사 속에서 클래식 음악과 지휘자들의 신화를 걷어내고 거장들의 치부와 권력을 가감 없이 드러냈다는 점이 매우 흥미롭다.

로드리고, 그 삶과 음악 (그레이엄 웨이드)

세 살에 시력을 잃고 평생을 암흑 속에 살아야 했던 비운의 작곡가. 그럼에도 대단한 인내와 용기, 천재의 영감에 힘입어 모든 장애물을 극복하고, 마침내 스스로 예술적 운명을 이루어낸 스페인의 거장, 로드리고. 그의 이야기다.

더 클래식 : 바흐에서 베토벤까지 (문학수)

바흐의 〈무반주 첼로 모음곡〉부터 베토벤의 〈현악 4중주 16번 F장조〉까지 바로크 후기부터 낭만주의 초의 클래식 걸작 34곡을 설명한다. 쉬운 설명으로도 클래식의 깊은 감동을 전달할 수 있다는 것을 모범적으로 보여주는 책이다.

한상우의 클래식 FM
(한상우)

30여 년 만의 복간이 반가운 책. 바흐에서 구스타프 말러에 이르기까지 작곡가 50여 명의 생애와 음악사에 미친 영향을 지극히 섬세하고 감성적인 필치로 묘사한 클래식 명저 중 하나다.

음악가들의 초대
(김호철)

위대한 음악가들이 들려주는 삶과 음악 이야기. 친절하고 흥미롭다. 그래서 청소년들에게는 이 책을 가장 먼저 읽어보라고 권하고 싶다.

브루크너, 완벽을 향한 머나먼 여정 (박진용)

19세기 후기 낭만파의 대표 작곡가인 안톤 브루크너. 그가 남긴 11개 교향곡에 대한 특징 및 음반별 소개, 작곡 과정에 얽힌 일화 등을 다루고 있는 브루크너 평론집이다.

에피소드 음악사
(크리스티아네 테빙켈)

정치, 사회, 문화를 넘나들며 음악 발전의 동인들을 서술방식으로 파헤치고 있는 음악사 책.

어떻게 미치지 않을 수 있겠니? (김갑수)

클래식이 우리에게 얼마나 깊은 감동과 울림을 줄 수 있는 음악인지를 정말 잘 설득해 내는 책이다.

클래식 오디세이
(진회숙)

클래식 음악을 문화, 그림, 영화, 여행 등 문학적 맥락에서 총체적으로 바라보고 있는 것이 특징인 책이다.

분더킨트 (니콜라이 그로츠니)
불가리아 태생의 피아니스트이자 소설가 니콜라이 그로츠니의 자전적 음악 소설. 남들보다 민감한 감성과 집중력과 재질을 가진 덕분에 그로 인한 고통 또한 더 깊었던 소년소녀들의 이야기를 담고 있다.

난도혜민 컨버전스 힐링 반창고

〈세상물정의 사회학〉

김샘. 굿모닝!

안녕? 방금 책을 읽다가 문득 이런 생각을 해보았소. '모든 독서는 오독이다!'

갑자기 웬 오도독뼈 같은 소리예요? 오독오독 씹어 먹어야 소화가 잘된다, 이런 뜻?

그따위 소릴 할 줄 알았소. ㅋㅋ 오독은 '정독'의 반대 개념으로서 '잘못 읽는다'는 뜻이라오. 그런데 세상의 어떤 독서도 '정독'일 수가 없잖아요. 독자가 저자의 의도를 100% 이해한다고 해도 그게 과연 정독일까? 종종 저자의 의도보다 독자가 훨씬 더 많은 의미를 부여하면서 해석하잖아요.

  전송

성신 그러니까 설사 저자가 자신의 책을 읽는다고 해도 그것을 정독이라고는 할 수 없지요. 그것도 오독 중에 하나가 될 뿐이겠지.

정미 느닷없이 웬 자다가 책상 긁는 소리예요? 잠이 덜 깨셨나 보군요? 어쨌든 재미는 있네요. 그러니까 '읽는 사람이 해석하기 나름이다.' 이게 답인가요?

성신 빙고~! 역시 똑똑한 여인이야! 결국 독서란 읽는 사람들에 의해 완성되는 것이잖소. 그러니까 책 읽고 나서 자신이 그걸 제대로 읽었는지 아닌지 모른다는 이유로 쫄아서 말도 못 하고 빌빌거릴 필요가 전혀 없단 말이지요. 그러니까 오늘도 책 읽은 이야기 우리 맘대로 신나게 지껄여보자고요.

정미 히히~ 그렇지! 무엇을 어떻게 읽든지 해석은 내 마음대로 하면 되니까….

성신 여전히 많은 사람들은 열심히 책을 읽으면서 자신이 옳게 읽었는지를 불안해해요. 하지만 정독이라는 것 자체가 아예 존재하지 않는다는 것을 알면 일단 마음이 편해지지요.

정미 샘과 같이 읽은 책으로 맘껏 수다를 떨어서인지 몰라도, 요즘 저는 '독서' 라는 행위 자체에 대한 두려움이 점점 사라지고 있어요. 가끔씩 책 읽고 사유하는 내 자신이 스스로 기특할 때도 있다니까요.

성신 많이 기특해하시오. 연애도 그렇게 열심히 해보면 좋으련만….

정미 그건 됐고! 오늘은 또 어떤 책을 오도독거려 볼까요?

성신 오늘 우리가 우리 마음대로 오독해 볼 책은 바로…,

두구두구두구~~~

정미 두둥~ 두둥!

성신 〈세상물정의 사회학〉이란 섹시한 제목의 책이라오.

정미 〈세상물정의 사회학〉이라…, 뭘 보고 섹시하다고 그러는지는 도무지 알 수 없지만, 저도 그 책 아주 재미있게 읽었어요.

성신 난 그대에게도 섹시하다고 하지 않소? 흐흐

정미 뭐얏?

성신   "거참 세상물정 모르네."라고 말할 때 쓰는 바로 그 '세상물정'에 대해
       '사회학'적으로 설명하겠다는 책! 일단 제목부터 꼬인 부분 하나 없이
       깔끔하지 않소? 난 이런 제목의 책을 보면 뇌세포가 절로 발기하오.

정미   참 희한한 변태야.

성신   고맙소, 칭찬으로 듣겠소. 그건 그렇고 그대는 세상물정이 밝은 편이오?
       아님 어두운 편이오? 우린 보통 연예인이면 세상물정에 무지하게 밝을
       것이라 아는데, 그댄 어떻소?

정미   소인은 세상물정 '만' 잘 모르는 순진한 처녀이옵니다. 대신 육체적 물정
       은…, 뭐…, 좀…,

       의상비 매우매우 적게 들어간 남녀체육동영상을 보며 익히고 있사옵
       니다.

성신   체육동영상! 저도 참 좋아하는데요.

정미   세상물정? 세상 돌아가는 상황이야 보면 다 알지! 뻔하잖아! 야동도 맘
       대로 보는 어른인데, 상식적으로 생각하면 되잖아요.

성신 그렇게 볼 수도 있겠지만, '세상물정'이란 다시 말해 '상황논리' 같은 것이라오. 지금 바로 여기서만 통용되는 논리, 즉 논리가 될 수 없는 억지논리, 상식이란 게 실은 그런 것이라오. 옳은 것도 상식이겠지만 옳지 못한 것도 상식이 될 수 있소. 모두가 그렇다고 하면 그런 게 되는 것이니까.

정미 맞아 맞아! 〈세상물정의 사회학〉이라는 책엔 나의 전두엽을 흔들어대던 대목이 있었어! 쪽수에 근거한 보편성, 즉 '상식'이란 것, 그 상식이 바람직함을 갖추면 '양식'인데. 하지만 양식은 상식과의 경쟁에서 늘 지고 만다는 그 얘기! 양식이가 상식에게 늘 두들겨 맞고 지는 이유가 어투 차이에 있다는 이야기! 너무 재미있었어요.

성신 "누구나 상식적으로 살고 상식적인 세상을 꿈꾸지만 불합리한 상식이 우리 모두를 지배할 때 상식은 이렇게 우리 삶을 배반한다. 이런 상식을 교정하고 계몽하고자 하는 양식은 엄격하고 훈계하는 말투를 사용하여, 부드럽게 어루만져 주는 말투를 쓰는 상식 앞에서 인기가 없다. 따라서 양식을 설파하는 지식인들보다 상식을 이용하는 보수정당과 광고의 힘이 세상을 지배하게 된다." 바로 이 이야기지요? 아주 날카로운 지적이라 뇌리에 남아요.

정미 그렇다면 김샘은 양식 있는 사람이네. 세상물정 잘 알고 있다고 생각하는 나에게 엄격하고 훈계하는 말투를 사용하잖아요. 상식적으로다가 다정하게 말해줘어어어어~

성신 그렇게 많은 책이 나와도 요런 책을 만나는 경우가 드문데, 굉장히 흥미로우면서도 동시에 굉장히 우울해져! 우울해지는데도 무슨 이야기가 나올지 계속 궁금해진다는 사실. 무릎을 쳐가면서 읽게 되는 바로 그런 책!

정미 아! 상식적으로 살려고 하는데, 상식이 우리를 배반한다? 이런 현상이야말로 비상식적이다!

성신 바로 그런 식의 적나라한 해석으로 세상물정에 대해 신랄하게 파고들어 가니까.

정미 만날 입에 달고 살았던 '힐링' 약발이 떨어진 지 오래여. 요즘엔 곪았던 부분 위에 피부색 밴드만 계속 바꿔 붙이는 거 같았는데….

성신 '밴드만 바꿔 붙인다', 오호~ 경이로운 비유요.

정미 이제, 천 번을 흔들렸던 내 상처의 고름을 이젠 짜버려야겠어!

성신 그건 또 뭐요? '난도혜민 컨버전스 힐링 반창고' 요? ㅋㅋㅋ

정미 〈세상물정의 사회학〉은 반창고가 아니라 일종의 '해독제' 같은 책이로
       군요.

성신 그래요. 그렇게 정리합시다. 우리가 읽고 싶은 대로! 우리 맘대로!

 이 책이 궁금하다

세상물정의 사회학 : 세속을 산다는 것에 대하여
(노명우 지음 | 사계절 | 2013년)

저자 노명우는 사회학자로서 자신의 경험을 바탕으로 평범한 사람들의 삶과 일상의 문제를 고민
한다. 저자는 세상물정을 헤아려야 하는 이유를 '좋은 삶을 찾기 위해서' 라고 밝히고 있다. 저자
는 보들레르와 벤야민이 말했던 '산책자' 의 시선으로 자본주의 사회에서의 삶을 성찰한다. 나아
가 그람시, 베버, 마르크스를 비롯해 부르디외, 하버마스, 버틀러 등이 제시한 다양한 사회학이론
을 통해 현대사회에 대한 깊이 있고 다양한 이해의 방법들을 설명한다. 결론에 이르러 저자는 우
리가 더 좋은 삶을 개척하기 위해선, 무엇보다 지혜롭게 삶의 이치를 깨닫고 대처하는 것이 필요
하다고 말한다.

매키 오빠도 울고, 나도 울었네
〈돈 착하게 벌 수는 없는가〉

 어이~ 요즘 돈 잘 버는 아가씨~

엥? (-.-) (-.-) 누구? 어디? 설마 나?

 그래, 당신 말이야! 지금 이 카톡 방에 당신 말고 사람 또 있어?
요즘 온 동네 원고료는 남정미 당신이 다 긁는다는 소문이 있던
데…, 뭔 개그맨이 방송국에서 입으로 버는 돈보다 출판동네 상
대로 원고 써서 버는 돈이 더 많은 거요? 대체 어떡하자는 거요?

날 이렇게 만든 건 바로 '샘' 이시잖아요!
웃기는 서평가 되라고 꼬드길 때는 언제고. 웃겨 정말!

 요즘 그대가 쓰는 서평 칼럼 가지고 저술 계약하자고 출판사들이
줄을 선다는 소문이 장안에 파다하던데 말이야.

정미 그건 극비요!! 다른 데서 연락 오면 좀더 높게 부를 거란 말이에요. '얼마까지 알아보고 오셨는데요?' 이러면서!

성신 하핫! 당신이 하루키요? 그래! 꼴리는 대로 한번 해보시오. 어쨌든 남정미 서평집 출간계약 축하하오. 올해 안에 그대의 첫 책을 만나볼 수 있겠군요. 생각해 보면 사람이 돈 버는 일 중에 드물게도, 정말 품위 있고 깨끗한 것이 바로 책을 써서 돈 버는 것이라오.

정미 품위 있고 깨끗한 돈벌이라…. 그러고 보니 그런 돈벌이가 있나 싶어요. 과연 돈, 착하게 벌 수는 없는가!

성신 오호! 그거 책 제목이잖아? 그 책을 벌써 읽었소? 참으로 기특하구려.^^

정미 홀푸드마켓 창업자, 존 매키가 쓴 책. 그 아저씨 경영 마인드 한번 훌륭하더만.

성신 그 정도 분이면 그대가 '오빠' 라고 다정하게 불러주며 마구 존경을 표해도 된다오.

정미 그래! 그 매키 오빠가 경영하는 홀푸드마켓 같은 기업에서 일하면 얼마나 좋을까? 그런 회사 다니는 사람들은 대체 무슨 생각하면서 살까요? 우리 주위엔 그런 사람들이 없으니 상상조차 안 되네. 그 회사 사람들은 불만이 있을까 싶어.

성신 혹시 이러지 않을까? 회사에서 너무 속이 편한 나머지 긴장감이 떨어져서 자신의 유머감각이 훼손됐다며 사장을 고소하는 거야.

정미 그럼, 고소장엔 이렇게 써 있겠지? "세상 살면서 웃을 일이 없습니다. 모든 유머의 근간은 풍자와 조롱이건만, 제가 다니는 회사는 그런 빈틈을 보이지 않습니다. 일터가 지나치게 행복하니 따돌릴 직원도, 상사 뒷담화할 일도 없습니다. 그러니 우리의 유머감각을 잔인무도하게 훼손한 우리 회사를 고소하는 바입니다."

성신 하하! 천재적이오.

정미 그리고 나면 또 다른 직원이 손을 번쩍 들겠지. "동의합니다! 60년 근속하는 동안 우리 회사에서 판매하는 양질의 유기농 식품만 챙겨먹는 바람에 아흔 살이 된 올해, 늦둥이를 낳게 되었습니다. 오늘 아침 소변볼 때도 변기를 깨먹었습니다. 이번이 네 번째입니다. 이것도 모두 회사 탓입니다. 내 변기, 내 정자!! 책임지세요." 요롯코롬!

성신 하하하! 상상만 해도 즐겁네.

정미 실제로 매키 오빠가 책에서 말하는 것들이 굉장히 신선하던데, 샘은 어
떤 부분이 좋았어요?

성신 난 이 대목이 굉장히 인상 깊었어요.
"높은 수익을 내는 것은 우리에게 '수단' 일 뿐이다. 우리의 목적은 질 좋
고 영양가 높은 식품을 공급함으로써 지구상 모든 사람들의 건강과 복
지, 행복 수준을 높이는 것이다. 우리가 수익을 내려고 노력하는 것은 그
래야만 이 같은 미션을 지속적으로 실천할 수 있기 때문이다."

정미 맞아요. 한마디로 "돈벌이와 인간의 선량함이 하나의 기업 안에서 양립
할 수 있다."라던 그 대목! 그렇게 성공한 사업가가 이윤추구에 관해서만
이야기하는 것이 아니라 윤리와 공동체 의식에 기반한 새로운 자본주의
를 구상하고 실천해야 한다고 말하는데, 책 읽다가 박수 쳤다니까요.

성신 말로만 번지르르한 것은 아닐까 의심의 눈초리로 책을 읽어봤는데…, 정
말 그런 경영철학을 섬세하게 실천해 가더군요. 한마디로 엄청 멋진 경

영자였어. ㅋ

정미 나도 읽으면서 의심 가는 부분이 있었어요. '니들 가게에서도 악마의 식품(가공식품) 팔잖아? 그건 뭐여?' 그랬지요. 그런데 책을 보니까 누가 진짜로 그렇게 물어봤더만! 찌찌뽕!

성신 우리 같은 의심쟁이들이 의외로 많다니까! ㅋ

정미 "일단은 원하는 제품이니 제공은 하겠지만, 고객 모두가 건강한 식습관을 지닐 때까지, 이끄는 동시에 고객에게 피드백을 받고, 또다시 고객을 설득하고, 해서 그들 스스로 그런 제품을 선택하지 않을 수 있도록 하고 싶다."는, 그런 솔직한 답변이 오히려 더 신뢰가 가더라고요.

성신 맞아요. 입에 발린 이상론이 아니라 지극히 현실적인 방안을 솔직하게 답하는 것 같아서 그의 경영방침이 진짜로 이루어지고 있다는 생각이 들었어요. 한 가지 또 흥미로운 점이, 저자가 경영하는 홀푸드마켓은 스톡옵션의 무려 93%가 일반직원들에게 분산되어 있다더군요.

정미 그럼 그 회사의 운영 목적 자체는 창업자나 투자자의 돈벌이가 아니라 직원의 복지와 행복이 되는 거겠네요.

성신 그렇지요. 그렇게 되는 것이지요. 보통의 상장기업에서는 최고경영진 달 랑 5명에게 스톡옵션의 75%가 집중돼 있다는 통계도 있는데, 그것에 비 하면 정말 대단한 의지라고 할 수 있지요.

정미 저는 이 책에서 그 대목도 기억에 남아요. 1981년도인가, 회사가 겨우 자 리 잡고 있을 때 홍수가 나는 바람에 매장이 홀랑 물에 잠겨서 거의 망할 뻔했잖아요. 바로 그때 월급도 못 받게 생긴 직원들은 물론, 그 지역 고 객들이 작업복을 입고 양동이 들고 찾아와서는, "그만 징징대고 매장을 치웁시다. 다시 영업 준비를 해야죠. 우리는 이 매장이 없어지도록 보고 만 있진 않을 겁니다." 이랬다지요. 그렇게 해서 28일 만에 기적적으로 회사를 회생시켰다는 이야기! 캬아~ 매키 오빠도 울고, 직원도 울고, 나 도 울었네, 나도! 정말 감동적이지 않아요?

성신 그래요. 바로 그 사건을 계기로 존 매키는 홀푸드마켓을 '착한 기업'으 로 운영하겠다는 결심을 했다지요. 인지상정, 그렇게 은혜를 갚겠다는 생각이었겠지요.

정미 기업가가 회사를 만드는 것이지만, 이 경우는 고객과 지역사회가 기업을 함께 만들었다는 생각도 들었어요.

성신 맞아요. 그런데 이렇게 섹시한 생각을 하는 자본가가 왜 이 나라 대기업
에는 한 사람도 없는 걸까? 내가 무식해서 모르는 걸까? 아님 그런 분들
이 숨바꼭질의 대가들인 걸까?

정미 그래도 한 가지 희망이 있는 건, 이 책 공동저자 있잖아요, 라젠드라 시
소디어라는 사람. 그 양반이 우리나라 기업 몇 군데에서 경영자문을 맡
고 있더라고요.

성신 그렇다고 하더군요.

정미 그렇다면 깨어 있는 기업의 필요성을 알고 있는 기업들이 우리나라에도
있긴 하단 거잖아요?

성신 그럼 뭐해! 요즘 윤리경영 뭐 그딴 게 일종의 트렌드라고 하니, 선한 기
업 이미지로 사기 쳐서 어떻게 이윤으로 연결할까, 아무리 좋은 충고라
도 대충 그딴 식으로 이용하려는 거라면 그게 오히려 더 절망이지. 그건
마치 약초로 독약 만드는 것과 같아요. 히틀러랑 스탈린도 독서광이었다
잖아. 그들은 열심히 독서하면서 사람 죽일 궁리나 했던 거죠. 다시 말해
이런 생각과 충고가 우리 기업들의 경영철학으로까지 발전해 갈지는 눈
을 부릅뜨고 더 지켜봐야 한다는 생각이에요.

정미 심술궂은 의심쟁이 같으니라구! 믿어봐요, 믿는 자에게 복이 있다잖아요. 아님 말고.

성신 지금의 우리 대기업들에겐 이 책 저자들이 이야기하는 수준까지는 바라지도 않아! 제발 촌티 나는 족벌경영 수준이라도 좀 벗어나라고 하고 싶어.^^

정미 형광나방 갈라 쇼하는 소리하네. 심술은…. 그냥 책 이야기나 마저 하시지요! 난 책에서 저자가 직원들에게 공동 운명의 중요성을 이야기하는 부분이 참 따뜻하더라구요.

성신 정미 씨가 그런 이야기를 하니까 문득 옛날 유머가 하나 떠오르네. 젊은 이가 취직하려고 면접 보고 나올 때, 사장이 '우리 회사는 가족적인 분위기에서' 라고 말하면 그건 월급이 아주 적다는 뜻이고, '국가와 민족을 위해서' 라고 말하면 그건 월급이 아예 없다는 뜻이라고….^^

정미 하하하

성신 70~80년대 유머예요. ㅋㅋㅋ

정미 아! 웃프다. 왜 70~80년대 유머를 21세기에 들어도 슬프지?

성신 여전하니까…. 양말 쪼가리나 만들어 팔던 시대나 번쩍거리는 스마트폰 만들어 파는 시대나 이 나라 자본가의 마인드는 별로 변한 게 없단 반증 이겠지요.

정미 돈 많은 분들~ 웃음보따리는 우리 개그맨들이 풀 테니까, 당신들은 자꾸 웃기려고 하지 말고, 부디 여기에 희망보따리나 좀 풀어주세요!

이 책이 궁금하다

돈 착하게 벌 수는 없는가 : 깨어 있는 자본주의에서 답을 찾다
(존 매키, 라젠드라 시소디어 지음 | 유지연 옮김 | 흐름출판 | 2014년)

홀푸드마켓의 공동설립자 존 매키와 '깨어있는자본주의연구소'의 공동설립자 라젠드라 시소디어가 공저한 책이다. 우선 이 책은 자본주의가 역사상 가장 많은 부를 창출한 훌륭한 체제임을 설득력 있게 주장한다. 이어서 자본주의가 진화되며 보완될 수 있다는 것을 설명한다. 이 책은 기업이 자신들의 이윤과 함께 사회공동체의 이익도 동시에 추구하는 지속가능한 조직을 만들 수 있을 것이라는 주장과 함께, 그 구체적인 방법론까지 제안하고 있다.

"돈벌이와 인간의 선량함이
하나의 기업 안에서 양립할 수 있다."

놀이

Conspiracy가 아니라 Pubic hair, 즉 거기 털!

〈마이 시크릿 닥터〉

성신 샘! 샘은 일주일에 책을 몇 권이나 읽으세요? 출판평론가니까 일단은~ 보통 사람들보다는 많이 읽을 것 같긴 한데….

아무래도 책 읽는 것이 직업이니까 읽는 권수가 좀 많기는 하겠지요. 한 달에 300권 정도는 '보고', 그 중에서 30권 정도는 '읽는' 것 같아요.

허…허허허허허허허허허거걱! 대애~박. 읽는 책만 해도 하루에 한 권씩이네! 그런데 '보는' 책과 '읽는' 책이 따로 있네요?

그야 직업적으로 어쩔 수 없지요. 출판사들이 신간 나올 때마다 보내주니까요. 그게 한 달이면 삼사백 권은 족히 되는데, 출판사들이 온갖 정성을 들여 만든 그 책들을 무상으로 보내주셨는데, 너무 많으니 그걸 다 읽을 순 없다 해도 최소한 대충 훑어보기라도 해야 예의겠지요. 저자 서문, 목차, 핵심챕터 순으로 신속하게 훑어보면서 처음부터 끝까지 정독할 책을 다시 고르는 식이죠.

정미 샘은 뭐 방송도 워낙 많이 하고 그러시니 그 책들이 다 필요하긴 하겠지만, 그래도 엄청나잖아! 그럼 새로 나온 신간 중에 나한테 한 권만 추천해 줘바바바방!

성신 음… 정미 씨가 권해달라니까 고민되네! 어떤 책으로 골라드릴까?

정미 가녀리고 연약하고 또한 감성이 풍부한 여자를 위한 책으로다가!

성신 가녀리고 연약하고 또한 감성이 풍부한 여자를 위한 책인지는 전혀 모르겠지만…, 남자인 내가 여자인 정미 씨에게 권하기는 심히 민망스러운 책 한 권을 권해주지!

정미 심히 민망스럽다 하시니 심히 궁금하구료.

성신 〈마이 시크릿 닥터〉 이 책은 부제부터가 확 끌려! '내 친구가 산부인과 의사라면 꼭 묻고 싶은 여자 몸 이야기' 이렇게 되어 있지. 어때? 확 끌리지?

정미 꺄아아아아악!!!!!!!!! 옴마~ 이 남자 좀 봐! 여자의 몸 이야기? 다 큰 남자
가 그런 책도 읽는 거야???

성신 남잔 지푸라기 잡을 힘만 있어도…. 흐흐. 대충 훑어보다 보니, 책이 굉
장히 잘 만들어졌더라고요. 미국의 산부인과 여의사가 쓴 책인데, 에둘
러 빙빙 돌지도 않고 굉장히 섬세하면서도 명료하게 여성들에게 꼭 필요
한 이야기들을 정리해 놨더라고요.

정미 야하기도 하시지! 샘, 나도 그 책 이미 봤거든 꺄르르르르~ 우린 신체의
가장 은밀한 부분에 대해(응?) 공유하고 있는 관계구만!

성신 야하긴! 이런 책을 두고 야하다고 여긴다면, 바로 그런 생각을 하는 자체
가 야한 것이지, 책이 야한 것은 아니지. 〈마이 시크릿 닥터〉가 여성의
가장 '은밀한 부위'에 대해서 다루긴 하지만 그렇다고 책까지 은밀한가?
책이 어떻게 은밀할 수 있겠어? 세상이 다 볼 수 있도록 펼쳐놓는 것이
바로 책인데.

정미 야하고 은밀한 책은 따로 있지…. 흐흐

성신 맞아요. 진정한 의미에서 '야한 책'이란, 낮은 문학적 수준으로 표현된

조악한 성애소설 같은 거예요. 우리가 일반적으로 '야하다'라는 단어를 쓸 때 '깊이와 품위가 없는 표피적인 것'이란 함의도 있잖아요. 반면에 이 책은 우리가 쉽게 접할 수 없는 귀한 지식을 흥미롭고도 품위 있게 전달해 주는 책이니까 결코 '야한 책'이 될 수는 없는 거지.

정미 '야한 책'의 정의를 순식간에 정리해 주시는군. 가끔 이럴 때 보면 샘은 진짜 평론가 같아요. ㅋㅋ

성신 그럼 대체 지금까지 날 뭐하는 사람으로 본 걸까?ㅋ 〈마이 시크릿 닥터〉는 정확하게는 여성의학 지식을 다루는 건강 실용서예요. 물론 남자들이 읽는다면, 부지불식간 야한 상상을 할 수밖에 없긴 하지. 책을 읽는 동안 여성의 성기나 섹스 장면을 머릿속에 계속 떠올려야만 하니까.^^

정미 샘 말대로, 남자들이 이 책을 의학상식서로서 읽으면, 자신의 여자친구나 아내를 훨씬 많이 이해할 수 있겠네요. 그로 인해 사랑도 돈독해지고, 건강한 '메이크 어 베이비' 활동을 자주 해서 출산율도 높이고…, 일거양득. 일타쌍피, 도랑 치고 가재 잡고… 좋잖아! 아잉~

성신 그래요. 정확하게 지적했어요. 저도 같은 판단이에요. 이 책은 출판사의 기획방향에서는 일단 독자 타깃을 여성으로 잡고 있지만, 남자들, 특히 10대 사내 녀석들과 20대 청년들이 꼭 봐야 될 책이라고 생각해요. 난 이 책을 중딩 고딩 조카 녀석들에게 던져줄 거예요. 진짜 그 나이 때 사내놈들은 여자를 몰라도 너무 몰라.

정미 그런데 왜 평소에 너무 궁금해서 혹여나 '네이년 지식검색'에 물어볼까 싶었던 것들 있잖아요. 예를 들면 '산부인과 의사들은 하루 종일 여성의 그곳을 들여다보고 있을 텐데 역겹지 않을까요?' 라든가, '남자 산부인과 의사들이 환자를 보고 흥분하면 어쩌죠?' 같은 류의 엉성한 질문들.

성신 그런 걸 '네이년 지식검색'에 물어본다고 제대로 답들이나 나올까? 진짜 어이없는 음담패설이나 늘어놓겠지.

정미 그렇지. 더 황당한 것은, 그런 질문에 답변이랍시고 달아주는 사람 중엔 초딩도 많다는 거! '절대 그럴 일 없습니다. 그러니 걱정 말고 병원 다녀오십쇼. 그리고 답변 채택은 5시 이후에 해주세요. 학습지 선생님 오실 시간이라….' ㅋㅋ

성신 나는 이 책 읽다가 진짜 여러 번 빵 터졌잖아.

정미 어떤 부분이 그댈 빵 터지게 했을까용~~

성신   나는 여자들이 음모 때문에 그렇게 고민이 많은 줄 이 책 보고 처음 알았
      어. 여기서 음모는 conspiracy가 아니라 pubic hair. 즉 거기 털!

정미   there hair가 아닌 게 얼마나 다행이야. ㅋ

성신   왜 빵 터졌냐면. 이 책을 쓴 여의사가 비키니 왁싱이라는 것을 직접 해본
      경험을 들려주면서, 그게 구체적으로 어떤 과정인지, 자신이 그 과정에
      서 얼마나 어이없는 실수를 저질렀는지 이야기하는데, 그 어이없을 만큼
      진지하고 천연덕스러운 문체 때문에 정말 빵 터졌지.

정미   진짜, 셀프 왁싱을 할 때 온도 확인 안 하고 바로 바르면 난리나! 뜨거우
      면 반사적으로 손을 갖다 대잖아. 그렇게 되면(– –;;;;) 붙…, 붙…, 붙어
      버려…!

성신   ㅋㅋㅋ 아니 이 처녀가 책 이야기 하다가 진짜 별놈의 커밍아웃까지 다
      하고 계시네! 어쨌든 남자인 내가 봐도 그 음모 왁싱의 애환은 마치 내가
      직접 당하는 일처럼 모골이 다 송연한데, 같은 여성들이라면 얼마나 공
      감이 될까 싶더군요. 그런 부분에서 이 책의 집필 의도나 존재 이유를 곧
      바로 이해하게 되더라고요.

정미   난 또 그런 것도 알게 되니 좋더라. 사람 머리카락이랑 음모는 색이 같을

까 다를까 늘 궁금했거든. 이 책 쓴 의사 샘이 명확히 말씀해 주셨어! 다 르다지? 내가 서양여자들 모(毛)를 볼 기회가 있어야 말이지!

성신 성기발랄한 주제들이 정말이지 소름끼치도록 섬세하게 설명되고 있더 군요.

정미 책을 읽으면서 느낀 것은, 우선 '내가 내 몸에 대해 너무 모르고 있었구 나.' 하는 것이었고, 또 '별 이유도 없이 내가 내 몸을 부끄러워했구나.' 하는 거였어요.

성신 우린 제 '몸 속'에 대해선 별 관심 없잖아요. '몸 겉'에만 관심 있지. 아 참! 책 속에서 나는 이 대목이 진짜 기억에 남아요.

정미 어느 부분?

성신 "여든네 살의 코프먼 부인은 동화책에 나오는 할머니 같았다. 털실로 짠 연보라색 스웨터를 입고, 흰머리를 깔끔하게 틀어 올리고, 목에 돋보기 를 걸고 있었다. 초보 의사였던 나는 질 가려움증을 호소하는 그녀에게 실수를 연발했다. 결국 그녀는 스스로 증상의 원인을 유추하기 시작했다. '그 가려움증은 말이지… 새 남자친구의 수염 때문일지도 몰라요.'"

정미 왜 그 부분이 기억에 남아요? 저는 사실 황혼 로맨스에 대해서는 생각해 보기도 싫어서 떠올린 적이 한 번도 없었거든요.

성신 어머니를 떠올렸거든요. 만날 알량한 효도랍시고 별 소용도 없는 물건들 이나 사다 드렸는데, 그 부분 읽으면서 아버지와 단둘이 밀월여행이라도 가시게 해드려야겠다는 생각을 했거든요.

정미 아! ……, 정말……, 나도……, 그래야겠네….

성신 정미 씨는 자신의 늙음을 떠올렸구나? 난 어머니를 떠올렸는데….

정미 네, 맞아요. 뜨끔 했어요.

성신 그렇다고 정미 씨를 철이 없다 놀리는 것은 아니에요. 어쩌면 당연한 것 이겠죠. 여자의 몸을 이야기하는 책을 읽는데, 여자는 당연히 자신을 대 입하겠지요. 나는 남자니까 어머니나 아내를 떠올리는 것이고.

정미 자, 이제 책 수다 빨리 끝냅시다. 오늘은 여행사이트 들어가서 부모님 밀

월여행지 알아봐야겠는걸? '이건 특급 여행이야~~'

성신 이 책에서 단 하나 불만이 있다면 바로 표지 색깔이야. 핑크가 뭐냐 핑크
     가. 남자들은 도대체가 쪽팔려서 책을 들고 다닐 수가 없잖아! 출판사에
     서 시푸르딩딩한 색으로 아예 남성독자용 겉표지 하나씩을 따로 만들어
     주면 대박일 것 같네.

정미 겉표지를 수학의 정석으로 싸가지고 댕기세용~ '내 친구가 홍성대라면
     꼭 묻고 싶은 방정식 이야기' 〈마이 매스메틱 닥터〉. 샘! 난 아무래도 천
     잰가 봐요~

성신 푸핫~ 천재 인정!

✏️ **이 책이 궁금하다**

마이 시크릿 닥터 : 내 친구가 산부인과 의사라면 꼭 묻고 싶은 여자 몸 이야기
(리사 랭킨 지음 | 전미영 옮김 | 릿지 | 2014년)

이 책을 쓴 리사 랭킨은 산부인과 전문의이다. 이 책에는 정보의 사각지대에 놓여 있던 여성들이
산부인과에서 차마 묻지 못했던 궁금증 250개의 질문과 이에 대한 저자의 대답이 함께 담겨 있
다. 여성의 몸과 성에 대해 이렇게까지 구체적인 질문도 처음이지만, 이러한 질문에 답하는 저자
의 태도 또한 놀랍도록 솔직한 의사의 모습이라 더욱 신선하다. 특히 성생활 영역의 경우, 고루
하고 딱딱했던 기존의 성실용서와는 비교할 수 없는 흥미까지 함께 제공한다.

책을 읽으면서 느낀 것은, 우선 '내가 내 몸에 대해 너무 모르고 있었구나.' 하는 것이었고, 또 '별 이유도 없이 내가 내 몸을 부끄러워했구나.' 하는 거였어요.

이 책에서 단 하나 불만이 있다면 바로 표지 색깔이야. 핑크가 뭐냐 핑크가. 남자들은 도대체가 쪽팔려서 책을 들고 다닐 수가 없잖아!

뭔가로 만들어주는 책
'연애달인' 으로 만들어주는 책 **10+1**

연애 바이블 (송창민)

만남부터 이별의 위기가 찾아올 때까지 연애의 각 단계마다 부딪히게 되는 상황을 실제 사례와 가깝게 하여, 어떤 상황에도 유연하게 대처할 수 있는 실질적인 방법과 연애의 관점을 바로 잡을 수 있는 남녀의 근본적인 차이를 자세하게 설명한다. 연애 단계에서 되짚어봐야 할 8가지 체크리스트를 담았다.

마거릿 켄트의 연애와 결혼의 원칙
(마거릿 켄트)

결혼전문가 마거릿 켄트의 대표작. 진정한 배우자를 찾고 싶은 20~30대 미혼 여성들을 위해 연애와 결혼에 대한 불변의 원칙을 공개하고 있다. 1984년 초판이 출간된 당시, 지나치게 솔직한 내용으로 논란을 불러일으키며 16주간이나 〈뉴욕타임스〉 베스트셀러에 오른 이 책은 시간과 공간을 뛰어넘는 연애와 결혼의 바이블이다.

콜레라 시대의 사랑 (가르시아 마르케스)

노벨문학상 수상작가 가르시아 마르케스의 장편소설. 한 여자와 두 남자의 사랑을 둘러싼 사랑과 죽음, 그리고 욕망의 연대기를 다룬 이 러브스토리 뒤에는 라틴아메리카 사회에 관한 강한 비판과 풍자가 숨어 있다.

로미오와 줄리엣 (윌리엄 셰익스피어)

셰익스피어가 남긴 불멸의 사랑 이야기다. 오랜 세월 서로 반목해 온 몬타규와 캐풀렛 가문의 아들과 딸인 로미오와 줄리엣은 가면무도회에서 서로 첫눈에 반해 영원히 함께할 것을 맹세한다. 영원한 사랑을 고백하기 전에 꼭 한번은 읽어야 할 책.

이토록 지독한 떨림
(베느와트 그루)

여성을 주제로 지속적인 글을 써 온 프랑스의 소설가 베느와트 그루의 1988년도 작 장편소설. 자신의 삶과 사회적 욕구를 지키면서도, 젊은 날의 뜨거운 열정을 평생 이어가는 한 여성의 사랑 이야기를 그려냈다.

왜 나는 너를 사랑하는가
(알랭 드 보통)

인류의 역사와 함께하는 사랑의 딜레마를 현대적인 방법으로 풀어낸 책. 사랑이라는 '감정'을 분석적이고 철학적인 시선으로 바라보고 있다.

불륜
(파울로 코엘료)

파울로 코엘료의 2014년 작 장편소설. 완벽한 삶을 살아가던 삼십 대 여성 린다가 진정한 사랑의 의미를 찾아가는 여정을 담은 작품으로, 그동안 터부시 되었던 '불륜'이라는 주제를 정면으로 다루고 있다.

사랑은 왜 불안한가
(에바 일루즈)

에바 일루즈의 사회학서. 저자는 '현대' 이후 남녀 간의 사랑이 떠안은 깊은 분열상에 집중한다.

입 속의 검은 잎
(기형도)

1985년 〈동아일보〉 신춘문예로 등단한 저자의 유고 시집. 사랑을 생각하기에 좋은 시집이며, 사랑하는 사람에게 읽어주기 가장 좋은 시다.

사랑은 왜 아픈가
(에바 일루즈)

우리 삶의 일상과 현대문화의 다각적 측면을 꾸준히 성찰해 온 여성 사회학자이자 감정사회학의 대가인 에바 일루즈의 사회학서.

리스크 없이 바람 피우기 (자네비 에르트만 볼프 슈라이버)

바람남녀들을 위한 실전 노하우. 바람을 피는 사람에게 위험을 가져다줄 수 있는 주의할 점, 어떤 사람과 바람을 피는 것이 좋고, 어떻게 헤어지는 것이 좋은지 등 실제 사례에 근거를 둔 전략과 유익한 팁들을 소개하고 있다. 닳을 대로 닳은 연애 스킬, 징그러울 만큼 즉물적인 연애 방법론.

스마트폰을 잃고 나는 쓰네,
잘 있거라 짧았던 문자 메시지들아
〈난 단지 토스터를 원했을 뿐〉

그대는 오늘도 쌍코피 터지게 바쁜 날이셨습니까?
에구 뭐가 그리 만날 바쁘신가? ^^
정미 씨 혹시 그거 알아요? 석기시대 사람들은 하루에 4시간 만
일하고도 잘 먹고 잘 살았다는데….

프리랜서는 안 바빠도 언제나 바쁜 척을 해야 하오. 먹고사는 비
법이오. 흐흐. 근데 뭐야? 석기시대 때 애들은 4시간 만 일을 했
다구? 그럼 나머지 시간엔 뭘 한 거야???

음… 애 만들지 않았을까? 푸핫

어머낫! 요, 욕정덩어리! 이 색마!!
생각하는 거 하곤!!!
…………찌찌뽕이여!!

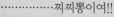

성신   ㅋㅋㅋ 농담이고….

일 다 하고 펑펑 남는 시간엔 동네 사람들 모아놓고 수다 떨고, 노래 부르고, 춤추고, 그렇게 열심히 놀았을 것 같아. 아무 죄책감 없이….

정미 씨, 죄책감 없이 맘껏 놀아본 시절이 기억나요?

정미   단어 선택 탁월하네. 죄책감이라….

정말 언제부턴가 일하고 있지 않으면 내가 뭔가 잘못하고 있는 것 같고. 마치 사회부적응자나 되는 것처럼 사람들 눈치를 보게 된 것 같아. 내 시간 가지고 내가 놀겠다는데 왜 죄책감 같은 걸 느껴야 되지?

성신   하여튼 이런 이야기는 〈난 단지 토스터를 원했을 뿐〉이라는 책에 나오는 이야긴데, 그 책 읽어봤죠? 지난주에 내가 한번 읽어보라고 권했잖아요.^^ 난 책을 권하고 나면 꼭 확인하는 몹쓸 지병이 있어서…미안ㅋㅋ

정미   읽었죠. 그 책 되게 재미있던데. ㅎ 내 스타일이야~

첨엔 제목 때문에 '토스터 잘 굽는 방법' 알려주는 요리책이구나 싶었다는! ㅋㅋ 근데 죄책감이랑 그 책이랑 무슨 관계?

성신   아무 상관없지!! 음… 아니, 상관이 쪼금은 있을 수도 있지.

열라 바쁘게 일하다가 잠시라도 놀라치면 금세 이래도 되나 싶잖아? 막 불안해지고…. 그런데 이런 근원도 알 수 없는 죄책감은 대체 누가 우리 머릿속에 심어놓은 걸까?

온갖 편리하다는 전자기계들에 둘러싸여 사는 우리들이 석기시대 사람들보다 과연 행복하다고 말할 수 있을까? 기계를 만드느라 바쁘고, 만든 기계 사용하느라 바쁘고, 비싼 기계 사느라 쎄가 빠지도록 또 바쁘게 벌어야 하고…. 그러니까 이게 대체 누구를 위한 기계냐 이거지. 이 책이 바로 그런 걸 묻고 있는 것이잖아!

정미 석기시대 때는 편했겠지….

어로&사냥 학점 3.7점(4.5 만점) 이상

매머드 어 점수 800점 이상

서울 소재 4년제 움집 졸업자

해외동굴연수 결격사유 없는 자

간석기 관련 자격증 소지자 우대

뭐 이따위 스펙 필요 없었을 테니….

성신 푸핫, 그렇지! 그러니까 우리는 놀고먹는 것에 죄책감을 느낄 것이 아니라, 놀지도 쉬지도 못하는 삶을 반성해야 돼! 인생을 인생으로 살지 못하고 집착과 욕망으로만 살려고 하는 것. 그것에 더 죄책감을 느껴야 되지 않을까? 문득 그런 생각이 내 전두엽을 후려치네….

정미 "신기술은 어떻게 늘 우리를 피곤하게 만드는가." 왠지 F1 머신을 몰 것
만 같은 '루츠 슈마허'의 이 말에 동감해 ㅜㅜ

성신 맞아, 맞는 얘기지. 하여튼 이 책 쓴 그 독일 아저씨도 꽤나 지독한 기계
치인 모양인데…. 그래서 장래가 무척 암담한 모양이야. 세상이 계속 이
렇게 변해가면 과연 그런 세상에서 살아남을 수 있을까 걱정이 늘어지더
군…. 조그마한 가전제품 하나 살 때마다 백과사전만한 매뉴얼을 숙지해
야 되는 끔찍한 세상 때문에 말이지.

정미 난 이 대목이 정말 웃기던데….
이대로 나가다가는 '디지털 관'도 나온다잖아요. 관 뚜껑에다 터치스크
린 달아서 숨 넘어갈 때까지 게임을 할 수 있게 고안된 전자 관! 푸핫.

성신 난 이것도 웃겼어. 평생 동안 트위터만 쓰다 가신 밀러 여사 이야기.
"밀러 여사 : 나 지금 죽었다.(이 메시지에 36명이 '좋아요'를 눌렀습니다.)"
바로 이 대목!

정미 나도 ' 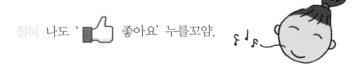 좋아요' 누를꼬얌.

성신 '좋아요…?' 그대가 죽어서 좋아요…!! ㅋ

갑자기 시상이 하나 떠오르는구먼.

스마트폰을 잃고 나는 쓰네. 잘 있거라 짧았던 문자 메시지들아 창밖을 떠돌던 겨울 와이파이들아 아무것도 모르던 카톡방들아, 잘 있거라.

정미 앗, 기형도 스타일!ㅋㅋㅋㅋ 고뤠?
고럼 난 신경숙 스타일 할래!!

전선이 없어진 지 한 달째다. 너는 처음으로 전선이 없는 노트북을 맞는 다. 이제는 배터리가 없다며 소리 내줄 스피커도, 깜빡거릴 화면도 없 다. 비상으로 남겨진 한 칸 남은 배터리를 끼우는 너의 눈에서 눈물이 흐른다.

성신 무척 웃기오. 아무래도 그대는 천재인 것 같소.

밤이 깊었소. 잘 주무시오.

정미 홋홋홋, 천재는 천재를 알아보는 법!

김천재도 어서 침소에 드시지요.

이 책이 궁금하다

난 단지 토스터를 원했을 뿐
(루츠 슈마허 지음 | 김태정 옮김 | 을유문화사 | 2013년)

우리 주변에서 흔히 볼 수 있는 토스터, 커피메이커, 냉장고, 세탁기 등의 가전제품이 오늘날 지나치게 기술집약적으로 발달한 끝에 오히려 사람의 여유로운 생활을 제한하는 세태를 꼬집는 내용의 에세이다. 저자 루츠 슈마허는 오늘날의 기술만능주의와 바쁜 현대인의 일상, 점점 더 기계화되고 각박해져 가는 현실을 특유의 입담으로 재치있게 풍자한다. 실제로 우리는 얼마 안 되는 여가 시간마저 트위터나 페이스북 같은 소셜네트워크를 관리하거나 게임에 몰두하느라 온전히 자신만의 시간을 갖지 못하는 경우가 많다고 지적한다. 나아가 문명의 발달에 따른 생활의 변화가 인간소외 문제로까지 이어지고 있다는 사실을 풍자적으로 보여준다.

도대체 〈주거 정리 해부도감〉은 왜 산 거요?

〈주거 정리 해부도감〉

어떨 땐 책이 꼭 여자 같을 때가 있어요.
예쁜 책, 섹시한 책, 그런 것이 있지요.

예쁜 책? 섹시한 책? 고딩 시절 돌려보던
의상비 덜 들어간 빨간책 이야기하시는가?

아니! 직관적으로 이유 없이 확 끌리는 책을 말하는 거예요.
뭐 대단한 이야기를 담고 있는 것도 아니고, 평소 관심이 컸던 분
야도 아니고, 대단한 베스트셀러가 될 만한 그런 내용을 담고 있
는 것도 아닌데…, 제목이라든지, 표지 디자인이라든지 타이포그
래피라든지 심지어 표지에 쓰인 작은 그림 하나, 컬러 톤…,
뭐 그런 시시콜콜하고 부수적인 것들이 별다른 이유도 없이 사람
눈을 확 잡아끄는 그런 책들이 있어요. 간혹.

맞아요! 그리고 보니 그러네요. 저도 그냥 이유 없이 사는 책이
있어요. 뭐 꼭 읽고 싶어서라기보단, 책상 위에 놓아두기만 해도
날 기분 좋게 만들어주는 그런 책. 소장용으로다가 지하철 들고
타면 간지(느낌) 철철 나는 그런 책. 있징~

성신 그렇지. 사람으로 따지면 딱 나 같은 사람! 곁에 있기만 해도 그냥 기분이 좋아지는….

정미 그만! 거기서 한마디라도 더 하면 가차없이 스나이퍼를 보내겠소! 그런데 그런 책들은 어떻게 고런 매력을 풍기게 되는 걸까요? 갑자기 궁금해지네.

성신 나도 그런 기묘한 매력의 책들에 대해 생각해 본 적이 있어요. 내 나름의 판단으로는 '조화와 균형' 때문이 아닐까 싶어요. 우린 보통 책이라고 하면 내용에만 관심을 갖지만, 책은 일종의 디자인 상품이기도 하거든요. 한 권의 책을 구성하는 여러 가지 디자인 요소가 있는데, 그것이 전체적으로 지나치지도 모자라지도 않게 정확한 균형을 이루는 책이 있어요. 모든 것이 조화롭게 어우러지는 것이지요. 그런 책들은 펼쳐서 읽기도 전에 마음을 설레게 하지요.

정미 균형과 조화라…. 맞아! 그런 책들은 방금 나온 신간인데도 마치 아주 오래전부터 내 서가를 지켜준 것 같은 편안함이랄까. 어떤 친밀함? 보기만 해도 절로 미소가 지어지는 오랜 친구 같은 그런 묘한 느낌이 있지요. 서점에서 그런 책 만나면 도저히 그냥 지나칠 수가 없는 거야. 그리고 집에 모셔 와서도 바로 책장을 펼치지 못하고. 몇 날 며칠을 마냥 책 표지만 보는 거예요. '저 안에는 또 뭐가 있을까?' 그렇게 설레는 마음으로….

음…, 한마디로 말하자면 책의 피부를 애무한다고 해야 하나? 홋! 표현이 매우 성인영화스럽군. 나 잘만 킹 감독 좋아하는 거 티 많이 나요?

성신 오호! 그대가 야동CD를 끊고 책을 보더니, 이제 선비의 심미안까지 갖추었나 보오. 그런데 큰일이오, 처녀가 그런 것까지 알면 진짜 시집 못 간다오. 세상의 그 어떤 남자라도 '매력적인 책만큼 매력적이기는' 정말 어렵기 때문이라오. 시집가고 싶으면, 그냥 그런 CD나 계속 보시오.

정미 그 매력적인 책의 '모서리'로 맞으면 매우 아플 것이오. 발언에 신경 쓰시오!

성신 하핫! 시집 안 간 사람을 놀려먹는 재미가 쏠쏠해! 그건 그렇고, 요즘 그런 책 본 적 있어요?

정미 있어요. 〈주거 정리 해부도감〉

성신 오! 그 책? 그래! 그 책도 아주 희한하고 묘한 매력이 있었어. 처음 봤을 때 제목만 한참 들여다봤네. 〈주거 정리 해부도감〉이라니. 이게 대체 뭔 이야기를 하려는 책인가 생각하면서 말이에요. 거기다가 표지엔 건축 도면 같기도 하고, 영화 콘티 같기도 한 묘한 분위기의 투 컬러 일러스트가 탁한 베이지색 바탕 위에 배치되었는데, 전반적으로는 수수한 느낌까지 드는 그 표지가 신기하게도 눈길을 사로잡더군요.

정미 왜 요즘 여자들 북유럽 디자인에 열광하잖아. 그렇지만 그렇게 예쁘게 인테리어 해놓으면 뭐하겠어요. 정리가 안 되니, 정리가. 물건 하나 찾으려면 온 집안을 들쑤셔야 하고…. 그러다 보면 이건 뭐 청소하는 것보다 집에 불을 질러버리는 게 시간적으로나 경제적으로나 훨씬 이득 아닐까 하는 생각도 들고. 앗! 음~ 뭐 그게 절대 내 얘기는 아니고, 머어어어어어어언 친척이…, 아니 아니, 내 얘긴 아니고오…, 내 친구가 그렇다고.

성신 친구? 응. 친구! 그래 믿어주마! 어쨌든 그 표현 썩 마음에 드네. '집에 불 지르는 게 낫겠다'는 말! 대체 어떤 꼬라지로 해놓고 사는지 눈에 선하다. 지금 내가 정미 씨 집을 떠올리는 건 절대 아니야. 그대 그 친구 집 말이오. 그걸 상상하고 있소.

정미 아잉~ 샘 역시 봉만대(성인 영화감독) 스럽구먼…! 좋아!
어쨌든 이 책은 실내 주거에 대한 이야기, 특히 모든 주부들의 고민인 수납법에 대한 이야기를 건축가의 시선으로 풀어놓았더라고요. 건축가의 글인데도 멋도 부리지 않고 소박하고 푸근한 느낌의 문체로 알아듣기 쉽게 써놔서 더 마음에 들더라고요.

성신 이 책을 보면서도 느끼게 되는데, 일본이 건축문화라는 측면에서는 확실히 우리보다 한 발짝 더 나가 있는 듯해요. 가령 우린 아직도 주택이라고 하면, 눈에 보이는 부분에 더 공을 들이잖아요. 그런데 일본 건축이나 인테리어를 보면 개념이 조금 달라요. 특히 일본의 주거 디자인은 보이는 부분보다 보이지 않는 부분, 혹은 보이지 않게 하는 부분에 대한 디자인을 중시하는 것 같더군요.

정미 우리 아부지가 심혈을 기울여 안동에다 지은 새 집! 그 집에서 아부지의 야심작은 바로 2층 다락방이었지! 허나 이 책 65페이지에 아주 적나라하게 써 있더구먼! '다락 수납은 여름에 덥고 겨울에 춥고, 사용하기 불편해서 마이너스 10점!' 이라고…. 게다가 그런 수납 방식은 태평양전쟁 때 유행했다며, 푸하하하하하~ 불과 재작년에 지은 우리 아부지의 소중한 집인데, 그토록 유행에 뒤떨어진 것이었다니!

성신 아버님의 소중한 집을 마구 비웃는 그 건방진 태도는 뭐요? 그 다락방 여름엔 사우나로 쓰고 겨울엔 냉장고로 쓰시면 되잖아!

정미 여보세요, 그 다락방, 내 방이오. 지어놓고 영 쓸모가 없으니까 우리 아부지 선심 쓰시듯 내 방 하라 하셨소.

성신 헉! 푸하하하하~ 그런 곳에 수납되었다가 나와서 그렇게 웃기는 머리가 된 것이로군요. 말하자면 그 다락방은 코미디언 제작공방 같은 곳이로군요. 크크크

정미 만일 '잘못 지은 집 콘테스트'가 있다면, 안동 우리 아부지 집이 1위요.

성신 정미 씨는 나중에 시집가면 집을 어떻게 해놓고 살까?

정미 난 개인적으로 파블로 피카소를 좋아해요. 그의 아틀리에는 말 그대로 정
리되지 않은 창고 같았는데, 그는 그것을 '나의 내면 풍경'이라고 불렀다
죠. 그는 무질서가 필요했고 평생을 무질서 속에서 살았어요. 무질서의
세계는 그가 착상을 떠올리거나 창조할 때 질서의 세계보다 훨씬 풍요로
운 영역이었다는 것이죠. 다시 말해 무질서는 바로 그의 질서였어요.

성신 뭐? 뭐라고?

정미 피카소는 '질서야말로 정신을 고정시키고 한계 짓는 그 무엇'이라고 했
습니다. 나 또한 그렇소! 바로 그런 의미에서 내 방을 치우지 않는 것이
오! 나의 창작 욕구와 열정은 피카소와 동일하단 말이오!

성신 야! 정말 이젠 하다하다 제 집 청소 안 하는 것까지 피카소를 갖다붙이
는구면. 실로 어마어마하다. 남정미! 정말 경이롭다! 그러면 도대체 〈주
거 정리 해부도감〉은 왜 산 거요? 그 책도 아무 데나 던져놓고 집을 더
어지르려고? 진짜 어이가 없다, 어이가!

정미 (개콘 조윤호 스타일로) 집을 어지르지만~, 당황하지 않고~, 빛나는 미모로 뭇 남성들의 환호를 받으며. 시집을 딱! 끝!

성신 (나 역시 조윤호 스타일로) 시집가서도 그러면~, 신랑 또한 당황하지 않고~, 결혼 생활을 딱! 끝!

 이 책이 궁금하다

주거 정리 해부도감 : 정리수납의 비밀을 건축의 각도로 해부함으로써 안락한 삶을 짓다
(스즈키 노부히로 지음 | 황선종 옮김 | 더숲 | 2014년)

건축가인 저자가 집이라는 공간을 연구해 정리수납의 비밀을 건축의 각도로 해석한 책이다. 저자가 생각하는 주택 설계의 근본은 일상생활을 하는 데 불편함 없이 최대한 효율적으로 이루어진 공간으로, 어떻게 하면 집이 덜 어지럽혀지는가에 대해 초점을 두고 설명한다. 저자는 이 책에서 건축 설계 공간, 정리 수납, 거주자의 생활 태도 사이의 상관관계를 통해 새로운 각도로 건축을 바라본다.

그대는 성냥 켜고 야동 볼 것 같소!
〈런던의 착한 가게〉

샘샘샘~

 응? 그대가 그렇게 촐싹대며 세 번 연달아 부르면 뭔가 심각한 질문이 오던데…, 떨린다. 왜? 뜸들이지 말고 빨리 물어봐요.^^

미쿡에 있는 내 친구가 오늘 엄청 무서운 얘기라면서 해주더라.

 미쿡 발 무서운 이야기? 뭔데? 우리 해경이 미쿡 갔냐?

어떤 20대 남자 놈이 지 콩팥을 하나 팔았대요.

 그래서?

 전송

정미 여친 백 사주려고! -_-,

성신 아!……………………………… ……………………
입이 안 다물어진다.
진짜 무서운 이야기네.

정미 아! 명품 백이 뭐길래….

사랑하는 사람의 기뻐하는 모습을 보고 싶었던 한 청년의 몸 바친 사랑
이야기…, 라고 본다면 아름다울 수도 있겠지만….

성신 뭔 이야기를 하려는지 알 것 같기도 하다. 어쨌든 이야기 계속 해봐요.

정미 그런데 그 이후에 그것들 사이가 찢어지면 되게 웃기겠다. ㅋ 남자는 샤
워할 때마다 배 쨘 자국을 내려다보며 대체 무슨 생각을 할까? 한편 무
섭도록 아름다운 사랑의 여주인공은 머지않아 이 명품 '콩팥 백'을 중고
나라에 올리겠지. 이거 상상만 해도 무지하게 슬프고도 고소하네. 히히
히~

성신 거참 아름드러운 이야기네… (아름다우면서 동시에 더럽다는 뜻! 이거 80년
대 유머임! 40대 이상만 웃을 수 있음!)

정미 프~ 흐~ 거의 웃을 뻔했음! 아, 난 40대도 아닌데 왜 웃프지?

성신 모르지. 조로증인가 보지.
그건 그렇고, 난 요즘 그런 생각해 봐요. '진정한 명품이란 어떤 것일까?' 하고 말이에요. 그저 비싸기만 한 것은 너무 흔하잖아. 요즘은 프라다고 루이비똥이고 그딴 게 너무 흔해졌는데, 그렇게 흔해지면 명품이라는 가치가 휘발된 것 아닌가?

정미 그런 얘기도 있잖아요, 진짜 명품은 보통 사람들이 봤을 때 명품인지 모른다고. 뭐 로고도 없고. 한마디로 안목이 없으면 알아보지도 못한다는 거예요.

성신 사람으로 치면 마치 남정미처럼? 안목이 없으면 절대 알아볼 수 없지만 알고 보면 사대부가의 명품 규수라는 사실! 푸핫~ 심심해서 아부 한 번 해봤다.

정미 그래, 말 나온 김에, 나라는 명품 규수를 알아본 그대에게 묻겠노라! 진정한 명품이란 어떤 것이오?

성신 진정한 명품은 품질이나 가격보다는 그 이상의 어떤 '가치'를 지녀야 하는 것 아니겠는가, 그런 생각을 해봐요.

정미 그 이상의 어떤 가치라!

성신 응. 그러니까…, 가령 어떤 물건 하나에 깃들어 있는 굉장히 아름답거나
숭고한 가치 말이에요. 그대의 어머니가 34년 동안 고이 보관해 온 그대
의 배냇저고리 같은, 뭐 그런 것 말이지요.

정미 오! 뭔 말인지 알겠어요.

성신 또, 어떤 상품을 만드는 기업이 사람을 살리는 데 어떤 역할을 하고 있다
든지, 세상을 더 좋은 곳으로 만들기 위한 어떤 뜻이 담긴 제품이든지….

정미 상품을 구매하면 누군가를 돕고 살릴 수 있다? 그런 게 있다면 많은 사람
들이 그 물건을 기쁜 마음으로 사겠네요!

성신 그렇지요. 결국 명품의 본래 역할이 그런 것이잖아요. 그것을 소유함으
로써 자신의 정체성을 표현하는 것 말이에요. 그런데 고작 '나 돈 졸라
많아.' 이런 정도 표현밖에 안 되니까 이젠 좀 촌스러워진 거지요. 그래
서 그보다는 '난 세상에 좋은 일도 하는 그런 가치를 실현하는 물건을 가
지고 다녀.' 이런 식의 정체성 표현이 좀더 세련되게 느껴진다는 것이지
요. 한마디로 명품의 진화지요.

정미 名品이 아니라 命品이구먼! 가치 있는 일은 모두 다 같이! 오~ 오늘 라

임 좀 되는데?! ㅋ

성신 오호. 멋진 표현이구먼! 역시 그대는 유서 깊은 안동 사대부가의 규수 래
퍼구려! 하하.

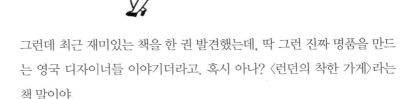

그런데 최근 재미있는 책을 한 권 발견했는데, 딱 그런 진짜 명품을 만드
는 영국 디자이너들 이야기더라고. 혹시 아나? 〈런던의 착한 가게〉라는
책 말이야.

정미 당연히 읽어봤죠! 나 이 책에 나오는 '이스트 런던 퍼니처' 되게 좋아해
요.

성신 책을 보니 거긴 화물 적재용 목재 받침대인 팔레트를 이용해 가구를 만
든다든데. 실제로 본 적이 있나 봐요?

정미 네, 예전에 아침 방송에서 백만 원으로 집 고쳐주는 그런 코너를 했거든
요. 거기서 쓰다 버린 폐 팔레트를 주워 와서 침대를 만들더라고요. 그런
데 엄청 튼튼하고 색깔까지 칠해놓으니까 진짜 멋있더라고요. 그때 방송
에 나온 디자이너가 이게 영국에서 많이 쓰이는 재료라고 말했거든요.
그거 보면서 우아~ 했는데.

그러다가 얼마 전에 〈런던의 착한 가게〉 이 책 보면서 다시 한 번 '우아~ 바로 이런 회사였네~' 했죠.

성신 그렇구나! 하여튼 책을 보니까 그 가구회사의 비즈니스 모델이 정말 독특하더라고요. '이스트 런던 퍼니처'가 폐 팔레트를 사용하는 이유는 단순히 재활용을 통해 환경에 이바지하자는 의도에서만은 아니더군요. 공짜로 재료를 얻을 수 있기 때문이라는 건데, 그게 단지 이익을 위해서가 아니라….

정미 맞아요. 그러니까 이 회사는 이벤트나 축제 같은 일회성 행사에 사용할 가구를 만들어주는 것이 주 수입모델이라더군요. 그런데 어차피 행사는 일회성이기 때문에 재활용품으로 만든 가구를 쓰면 자원 낭비를 줄이는 셈이라는 거죠. 진정한 친환경 비즈니스 모델이란 생각을 했어요.

성신 난 이런 회사가 만든 게 진정한 의미의 명품이라는 생각이 들어요. 세련되고 착한 경영 철학이 있으니까요.

그래서 그 제품을 쓰면 그 기업의 철학에 동의한다는 뜻을 표현하는 것이기도 하니까. 진짜 폼 날 것 같아.

정미 맞아요! 그리고 이런 런던의 착한 가게들은 환경과 사회와 경제, 무엇 하나 거스르지 않으면서도 지속적으로 세상을 구하는 시스템이 가능하다는 것을 보여주잖아요.

성신 이제 진짜 선진국은, 무자비한 이윤추구의 수치화된 성과가 아니라 이런 도덕적 기업들을 얼마나 많이 보유하고 있느냐가 그 기준이 될 것으로 보여요. 또 우리 관점도 그렇게 되어야 하고요.

정미 정말 그렇게 될 것 같아요.

성신 그런 의미에서 그대도 진정한 명품 코미디언이 되도록 하시오! 하기야 이미 그대는 그런 존재인 것 같소. 코미디언이 자신의 재능을 통해 웃음으로써 독서장려운동을 하고 있으니 말이오.

정미 상상만 해도 훈훈해지는구먼! 이것이 성냥팔이 소녀가 성냥불 붙였을 때의 그 따뜻함인가…? 이렇게 상상의 즐거운 나래를 펼치기 위해 사람들은 책을 읽나 봐요.

성신 그대는 성냥 켜고 야동 볼 것 같소!

정미 아우~ 뭔 소리야! 성냥 켤 시간이 어디 있어?

그걸 보는데! 후끈 달아오르는구마이~ 흐흐.

아무튼 우리나라에도 런던의 착한 가게들처럼 '모두가 함께 아름다운 세상을 꿈꾸는' 가게들이 많이 생겼음 좋겠어용! 잇힝!

✏ 이 책이 궁금하다

**런던의 착한 가게 : 모두가 함께 살아가는 세상을 꿈꾸는
런던의 디자이너 메이커 13인**
(박루니 지음 | 아트북스 | 2013년)

오늘날 '디자인 시티'라고도 불리는 런던에는 공정무역과 디자이너-메이커 운동을 고민하는 젊은이들이 있다. 디자인-메이커란, 디자이너 스스로가 제작자가 되어 다품종 소량의 상품 제작에 직접 관여하는 이들을 말한다. 저자는 이 13인의 디자이너-메이커들과 협동조합 설립자를 만나 이들이 하는 작업과 의미에 대해 소개한다. 이러한 이야기를 통해 그들이 왜 이런 일을 하는지, 그들의 비즈니스 철학을 알아봄으로써 궁극적으로는 더 많은 사람들이 행복해질 수 있는 세상에 대해 이야기한다.

책 욕심도 결국은 그저 탐욕일 뿐

〈장서의 괴로움〉

 안녕? 남정미 씨? 정미 씨도 서평가가 되고 나서 책이 엄청나게 불어나고 있지요?

쌤! '기하급수적'이라는 단어는 이럴 때 쓰나 봐요. 마구 증식되고 있어요.

 책은 참 희한해요. 토끼처럼 번식한다니깐.

한 권을 읽고 나면, 그 책 때문에 곧바로 읽고 싶은 책들이 다섯 권쯤 되니까⋯. 그런데 선생님 서재엔 책이 몇 권이나 있나요?

 어휴~ 알 수 없지. 정확하게는 알 수 없지만, 대충 한 2만 권 정도 되는 것 같아요.

정미 뭐? 이, 이, 이만 권? 쌤 사시는 곳 아파트잖아요? 그게 다 들어가요?

성신 얼마 전엔 건설회사에 전화해서 일반 아파트가 얼마의 하중을 버티는지 물어봤어요. 좀 불안해서 말이지요.

정미 오호! 그랬더니 뭐래요?

성신 처음엔 별 이상한 놈 다 있다는 투로 "책이 아무리 많아도 끄떡없어요!" 그러더군요. 그래서 내가 "책이 한 2만 권 되어요." 그랬더니, 잠시만 기다리라고 계산 좀 해보고 다시 연락 준다고 그러더군요. 한참 후에 한 5만 권까지는 괜찮겠다고, 그걸 전부 한 방에 몰아넣지만 않으면 괜찮다고 답신을 주네요.

정미 책 때문에 아파트 내려앉을까봐 전화하는 사람이 있었을까요? ㅋㅋ

성신 근래 새로 나온 책 중에 〈장서의 괴로움〉이라고 있는데, 우리와 똑같은 고민을 했던 분들이 잔뜩 나오더군요.

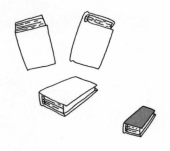

정미 오카자키 다케시! 그 아저씨 제가 꿈꾸는 걱정을 진짜 하더라고요. '아, 책 많이 쌓여서 집 무너지면 어쩌지?' 이런 행복한 걱정. ㅋ 하긴 일본엔 나무로 된 집들이 많으니까.

성신 책에 이런 대목이 나오지요. "책이 늘어도 너무 늘었다. 책장에 꽂아둔 책과 거의 같은 양의 책이 계단에서 복도, 책장 앞, 책상 주변까지 쏟아져 쌓일 대로 쌓였다. 덕분에 몸을 슬쩍 움직이는 일조차 여간 고역이 아니다. 바닥에 흐트러진 책과 책 사이 좁다란 공간에 한쪽 발을 비집고 들어서야 앞으로 나갈 수 있다. 겨우 앞으로 나간다 해도 쌓아올린 책의 탑이 우르르 무너져 내린다." 정말 나하고 똑같은 상황이더군요.

정미 오카자키 다케시도, 김성신도, 남정미도 다 책 정리를 못 하네!

성신 특히 분명히 가지고 있는 책인데도, 장서의 파도에 휩쓸려 들어가 버려서, 막상 글을 쓸 때나 그 책이 꼭 필요한 순간엔 같은 책을 다시 사거나 도서관에서 빌려와야 하는 엄청난 비효율! 그것도 똑같았어요.

정미 일본 사람이 쓴 책이니까 이런 표현을 해도 되겠죠? '공감 이빠이데스!' 헤헤~ 어쨌든 〈장서의 괴로움〉이란 책은 넘쳐나는 장서 때문에 생기는 남모를 괴로움에 대해 말하고 있어요. 또 어떤 사람들이 그런 괴로움을 함께 겪었는지, 넘쳐나는 장서를 관리하기 위한 방법은 무엇인지, 나아가 올바른 독서와 양서의 기준은 무엇인지까지 이야기하죠.

성신 저자는 책이 한 3만 권 정도 된다는데, 장서 때문에 괴로워하다가 책을 팔기도 하고, 헌책방에 갖다 주기도 하고, 집을 새로 짓기도 하고…. 정말 별짓 다 했지. 하지만 계속 불어나는 책을 감당하기란 의외로 쉽지 않지요. 한마디로 책더미와 싸우는 웃기는 고군분투기!

정미 그러나 알고 보면, 웃기지만은 않은 처절한 고군분투기! 하기야 걱정될 만도 할 거야. 집에 불이라도 나면….

성신 의외로 책은 불이 잘 옮겨 붙지 않아요. 밀도가 높아서요. 모닥불에 책을 불태워보면 알 거예요. 보자마자 확 불태워버리고 싶은 책도 있을 테니 나중에 한번 실험해 봐요.^^

정미 쓰레기보다 못 한 책들이 간혹 있지요.

성신 장서가 중엔 책을 읽지 않는 사람도 있다지요. 그런데 반대로 책을 너무 많이 읽기만 하는 사람에게도 부작용이 있어요.

정미 장서가 중에 책을 읽지 않는 사람도 있는 건 이해가 가요. 그냥 책 수집벽이 있는 사람이 있겠지요. 그런데 책을 너무 많이 읽기만 하는 사람의 부작용이라니? 그건 뭔 소리예요?

성신 책만 너무 많이 읽으면, 종종 인간과 세계에 대한 근원적인 혐오감에 빠지기도 해요. 인간이 하는 행동들이 너무 뻔해지니까. 실망스럽기도 하고…. 그래서 균형감각을 유지하기 위한 특별한 노력이 필요하지요.

정미 오호! 듣고 보니 그러네요. 그럼 어떻게 해야 하지요?

성신 사람들과 많이 만나서 이야기를 나누거나, 제자들을 가르치거나, 뭔가 세상에 도움이 될 만한 일을 독서와 함께 병행해야 해요. 그러지 않으면 자칫 어두운 생각의 늪에 빠져서 허우적거리게 될 수도 있어요.

정미 아! 나는 아직 그런 하이퀄리티 독서가는 못 되나 봅니다. 이제야 읽기 시작한 책들 덕분에 인생이 조금씩 즐겁고 재밌어지는 중인데… 잇힝~

성신 지식이 머리에서만 고였다가 썩어버리게 만들어서는 절대 안 돼요. 신체도 반드시 배설이 필요하듯이, 정신도 마찬가지죠. 늘 감동으로 가슴

을 울리게 해야 해요. 감동을 느끼고, 스스로 누군가에게 감동이 되는 그런 존재가 되기 위해 노력하는 것! 독서가라면 그런 적절한 배설이 필요하지요.

정미 '독서의 배설' 아주 흥미로운 이야기네요.

성신 여기서 '감동'은 '휴머니즘'을 의미해요. 인간은 나약한 존재라 지식을 필요 이상으로 많이 쌓으면 쉽게 오만해져서 결국 신이라도 된 것처럼 행동할 수 있어요. 세상을 크게 어지럽힐 수도 있다는 겁니다. 나폴레옹도 히틀러도 스탈린도 모두 독서가였어요. 지식이 머리에 고여 썩게 만든 다음, 한꺼번에 잘못 배설한 대표적인 예라고 할 수 있어요.

정미 다시 말해 수많은 지식을 제대로 쌓을 수 있는 철학적인 기반이 우선 필요하다는 말씀이군요.

성신 정확하게 맞는 말씀! ^^

정미 쌤은 이 책에서 어떤 대목이 특별히 공감되던가요?

성신 "지금 내게 무엇이 필요한지, 꼭 필요한 책인지 아닌지를 판가름해 원활한 신진대사를 꾀해야 한다. 그것이 나를 지혜롭게 만든다. 건전하고 현명한 장서술이 필요한 이유다. 수집할 가치가 있는 책들만 모아 장서를 단순화하는 방법도 있지만, 대부분 책이 너무 많이 쌓이면 그만큼 지적 생산의 유통이 정체된다. 사람 몸으로 치면 혈액순환이 나빠진다." 이 부분!

정미 오호! 맞아!

성신 이 대목을 보면서, 책과 고군분투하는 과정 그 자체가 사람을 현명하고 지혜롭게 만들 수 있겠다는 생각을 했어요.

정미 샘! 저는 '명창정궤' 라는 단어를 알게 되어 너무 좋았어요.

성신 明窓淨几(명창정궤), 즉 '밝은 창에 깨끗한 책상'
明窗淨几 筆硯紙墨 皆極精良 亦自是人生一樂(명창정궤 필연지묵 개극정량 역자시인생일락), '밝은 창 깨끗한 책상에 붓 벼루 종이 먹이 지극한 명품이니 이 또한 인생의 큰 즐거움이다.' 소동파가 한 이야기라지요.

정미 소설가 기다 준이치로의 '서재생활술' 을 설명한 이 대목! '중요한 것은 명창정궤라는 표현으로 상징되는 공간이며, 그 밖의 책꽂이와 같이 능률적인 정리도구는 전혀 고려되지 않았다.'

성신 그래요. 그 대목도 아주 인상 깊지요.

정미 훗훗. 정말 서재는 책장을 갖는 순간부터 타락하기 시작하는지도 몰라요. 계속 채우고 싶은, 꽂아두고 싶은 소유욕이 생기니까. '쓸모 있는 책은 손이 닿는 범위에 놓아둔 책이다.' 라는 말이 가슴에 새겨졌어요.

성신 책 욕심도 결국은 그저 탐욕일 뿐이니까…. 아! 내가 예전부터 정미 씨에게 선물하고 싶은 것이 하나 있었는데, 바로 '장서표'예요. 도장처럼 만들어서 자신의 책에 찍어서 표시할 수 있는 도구 말이지요. 그런데 거기에다가 어떤 글귀를 담아줄까 고민했거든요. 드디어 나왔네요. 장서표에 '명창정궤 남정미책' 이렇게 새기면 되겠네요.

정미 오호! 그런 선물을 주시겠다는, 기특한 생각을 다 해주시고. ^^

성신 정미 씨에게 책은 뭐예요?

정미 뿌리요! 내가 인생으로 어떤 잎을 틔우고 어떤 꽃을 피우려고 하든, 늘 물과 자양분을 얻을 수 있도록 지성의 대지에 튼튼하게 자리 잡아주는, 그런 뿌리!

성신 정말 멋진 비유네요! 뿌리라….

정미 평생토록 많은 책을 읽고 나서 언젠가 세상을 떠나게 되면, 나이테가 많
       은 현명한 사람이 갔다며 사람들이 슬퍼하겠지요? 그렇게 나무처럼 살
       고 싶어요.^^

성신 저 행복하게 죽으려고 온 세상을 슬프게 만들겠다는 것이로군요. 실로
       '위대한 이기심'이오. 하하하~ 꼭 그 꿈 이루길 바라오.

이 책이 궁금하다

장서의 괴로움
(오카자키 다케시 지음 | 정수윤 옮김 | 정은문고 | 2014년)

유명 작가에서 일반인까지 천천히 책더미와 이별을 고하는 그들만의 특별한 장서술을 흥미진진
하게 담은 책이다. 이 책은 대략 장서 3만 권을 가진 일본의 서평가 오카자키 다케시가 장서의
괴로움에 지친 나머지 헌책 매입자를 부르거나, 책을 위한 집을 다시 짓거나, 1인 헌책시장을 열
어 책을 처분하는 등 '건전한 서재(책장)'를 위해 벌인 처절한 고군분투기를 기록하고 있다. 또
자신처럼 '책과의 싸움'을 치른 일본 유명 작가들의 일화를 소개한 덕분에 알게 되는 일본 문학
지식도 쏠쏠하다.

끝없는 해석이 가능한 신기한 동화

〈먼지아이〉

 정미 씨! 그대 혹시 동화책 좋아해요?

 동화책? 좋아하죠. 음… 그런데 사실 동화책보다는 만화책을 더 좋아해요! ^^ 독자들에게 추천해 줄 만한 좋은 동화책이 나왔나요?

 음… 최근 어린이 책 분야의 노벨문학상이라고도 불리는 '라가치상'이라는 게 있는데, 그 어마어마한 상을 2014년 우리나라 작가가 받았다오.

 그 책이라면 저도 알고 있습니다! 정유미 작가의 책 말씀하시는 거죠? 〈먼지아이〉!

 오호! 알고 있었구먼!

정미　쌤이 진행하는 TV 서평 프로그램에 정유미 작가가 출연한 거 봤어용!!

성신　내가 출연하는 방송은 안 본다며? 내 진행 솜씨 눈 뜨고 도저히 못 봐주 겠다며? 그래놓고 다 봤네? 앙큼하긴! 하긴 내 얼굴이 한 번 보면 계속 보고 싶은, 그런 마력의 얼굴이긴 하지. //// ㅋㅋㅋ

정미　쓸데없는 얘긴 하지 말자!! 먼저 질문! 그 정유미 작가 만나보니 어떤 사 람이던가요? 그 세계적인 작가 만난 얘기 좀 해줘요.

성신　아주 조용한 말투와 표정, 자신의 작품처럼 깊이 있는 작가라는 인상을 받았어요. 그리고 무엇보다도… 아주 미인이었지요. ^^

정미　아, 이 양반이 정말! 작가 얘기 해달라는데 얼굴 예쁘다는 얘기는 왜 하 나? 뜨악!

성신　나직한 목소리로 자신의 작품 세계를 설명하는데, 대단한 내공을 가진 '천생 예술가'라는 느낌을 받았어요. 그래서 더 아름다워 보였던 것 같 아요. 뛰어난 예술가들은 모두 아름답지 않은가요?

정미　잇힝~! 그럼 나도 동급의 천생 예술 코미디언? 자, 그럼 그 재능을 한번 살려봅시다! 대단한 내공을 가진 천생 예술가가 쓴 〈먼지아이〉라는 책! 그런데 책에 글이 하나도 없더라고요? 그림으로만 채워져 있는데도 내용을 이해하는 데 아무 지장이 없었어요. 오히려 작가의 메시지가 훨씬 더 명확하게 전달되더라고요. 읽다가 울컥하기까지 했다니까.

성신 그래요. 아무 말도 없지만 말로 표현되는 것보다 훨씬 더 많은 말을 하고 있는 그림책이랄까?

정미 주인공은 지구상 어딘가에서 혼자 살고 있었겠죠? 침대에서 자다가, 이불을 털다가, 설거지를 하다가, 책상 밑을 닦다가, 콘센트 전기선을 훑다가 생활 곳곳에 붙어 있는 먼지를 발견하죠.

성신 그래요. 그런데 결말이 그야말로 철학적이지 않아요? 그렇게 싫어서 닦아내고 또 닦아내던 먼지아이와 결국 같이 밥을 먹잖아요.

정미 작가는 먼지아이가 결국 주인공의 분신이 된 것으로 표현하는 듯했어요.

성신 먼지가 아이가 되고 그 사람의 형상을 한 먼지아이를 결국 내면으로 받아들이는 것. 그런 작가의 결론이 정말 의외이기도 했지만 평범한 상상의 범주를 훌쩍 뛰어넘는 것이라서 책을 읽다가 깜짝 놀랐어요.

정미 음! 저는 먼지에게 힘내서 더 쌓이라고 밥을 퍼줬다고 생각했는데, 제 해석이 좀더 감성적이네요. 잇힝~!

성신 그런데 그 먼지아이는 분명 무엇인가를 상징하고 있는데… 정미 씨 생각엔 그게 뭘 상징하는 것 같아요?

정미 전 그 먼지아이가 '흔적'이라고 생각했어요. 내가 원하든 원하지 않든 먼지는 늘 쌓이죠. 그래서 제 해석은 '흔적'이에요. 매일 잠드는 침대에도, 커피 한잔 하며 휴식을 취하는 그 시간에도, 자신의 모습을 보는 화장대 앞 거울에도… 수챗구멍에 섬뜩하게 엉겨붙은 머리카락마저도, 다 내가 사는 흔적이다!

성신 아주 재미있는 생각이네. 내 경우엔 그 먼지아이가 '고뇌' 같았어요. 우리가 살면서 느끼는 삶의 고뇌 말이지요. 우린 늘 한 점의 고뇌도 없이 행복하기만 한 그런 삶을 살고 싶어 하지만, 고뇌 없는 인생이란 있을 수 없잖아요. 게다가 결국엔 그 고뇌를 통해 행복의 가치를 깨닫기도 하고요. 내 해석은 어때요?

정미 누구도 고뇌를 완전히 벗어날 수는 없다?! 크아아아~~! 완전 좋은데요? 멋져요.

성신 사실 그 먼지아이가 상징하는 것에 정답은 없어요. 거기에 무엇을 얹어
도 되지요. 어떤 식으로든 해석이 가능하고요.

정미 그 해석이 제일 멋지네. '먼지아이는 무엇을 얹어도 좋아할 아이다!'

성신 이 작품이 세계적인 문학상을 탄 이유가 바로 이런 부분에 있다고 나는
봐요. 〈먼지아이〉는 저자가 다 완결시켜 버린 닫힌 구조의 스토리가 아
니라, 독자가 적극적으로 개입해서 완성시켜 가는 완전히 열린 구조의
스토리라는 거죠. 독자가 먼지아이를 두고 무엇을 생각하느냐에 따라서
수만 가지 해석이 다 가능하죠. 진짜 멋지고 놀라운 동화예요!

정미 그런데 좀 의아한 건 어른들조차도 이렇게 생각하고 심각한 사유를 하게
만드는 이 책이 어린이 책 분야에서 세계적인 상을 받았다는 거잖아요?

성신 난 그렇게 생각해요. 어른들의 굳은 머리로는 이 책이 굉장히 어려워요.
하지만 아이들의 한없이 열린 상상력과 시각에서는 오히려 너무나 쉽고
재미있는 동화인 것이죠. 마치 생텍쥐페리의 〈어린 왕자〉처럼 말이에요.

정미 그렇겠네! 리히텐슈타인이 그랬죠. '자기가 아는 단어가 자기가 아는 세
계' 라고. 아이들에게 그 먼지는 코딱지일 수도 있고, 타요 버스일 수도

있고, 뽀로로일 수도 있겠네요. 어쩌면 마법 세계의 작은 요정일지도 모르지요!

성신　맞아요. ^^

정미　진짜 멋져! 정말 철학적이야! 어쨌든 정말 멋있다! 작가의 입장에서는 사람들이 책을 읽으며 이렇게 수만 가지 방향으로 해석하는 게 무척 즐거울 것 같아요. 그렇다면 정유미 작가에게 먼지아이는 '독자'일 수도 있겠네? 아~ 정유미 작가는 수학자인가 보다! 이렇게 뭐든 대입해도 답이 나오는 엄청난 방정식을 만들어내다니!

성신　위대한 작품들의 공통점이 바로 그것이지요. 하나의 얘기로 끝없는 해석이 가능하도록 만드는 것!

이 책이 궁금하다

먼지아이(Dust Kid)
(정유미 지음 | 정유미 그림 | CULTURE PLATFORM | 2012년)

2009년 칸느영화제 감독 주간에서 첫 상영을 가진 이후, 전세계 70여 개 이상의 영화제에서 상영된 애니메이션을 책으로 재구성한 작품집이다. 세밀한 연필 드로잉으로 구성된 먼지아이는 주인공 유진이 잠들지 못한 추운 겨울 밤, 미뤄두었던 방 청소를 하면서 이야기가 펼쳐진다. 유진은 침대 위에서 조그만 먼지아이를 발견하고 집안 구석구석을 청소해 가는 과정에서 방안 곳곳에서 또 다른 먼지아이들을 차례로 만나게 된다는 내용이다. 2014 볼로냐 국제아동도서전에서 아동서의 노벨문학상으로도 불리는 세계 최고 권위의 라가치상 뉴호라이즌 부문 대상을 수상한 작품이다.

원가로 만들어주는 책

'웹투니스트'로 만들어주는 책 10+1

슥삭슥삭 색연필 일러스트 (원예진)

웹투니스트 지망생들을 위한 가이드북. 네이버 웹툰에 자신의 일상적인 이야기를 인기리에 연재하고 있는 뜬금(원예진) 작가의 책이다. 아기자기한 사물, 인물, 배경부터 시작하여 만화일기까지 색연필 하나로 그릴 수 있는 구체적인 방법들을 설명해 준다.

웹툰 고수들의 실전 작법노트 (박윤선)

초보자들도 웹툰을 그릴 수 있도록 도와주는 책으로, 아주 기초적인 내용부터 전문적인 내용까지 이론과 인터뷰를 통해 총괄적으로 다루고 있다. 전략적인 데뷔 방법부터 유명 작가들의 작업 노하우와 라이프스타일까지, 웹툰 작가를 꿈꾸는 이들을 위한 정보서.

웹툰작가 하일권 (하일권)

'대한민국의 웹통령'으로 불리는 웹툰 작가 하일권의 작품전 도록. '하일권 디지털 원화+100인의 등장인물展'의 전시 도록이다. '삼봉이발소'와 '3단 합체 김창남'(2008년 네이버 웹툰)부터 '방과후 전쟁활동'(2012년 네이버 웹툰)'까지, 디지털 원화와 등장인물들의 작품들이 들어있는 작품집.

이것이 리얼 웹툰 작법서 (황보현)

인기 웹툰 작가들이 전해주는 웹툰 작법 노하우를 담은 책. 이 책의 특징은 웹툰 작가로서의 경쟁력 확보를 위한 현실적 전략을 모색한다는 것이다. 윤태호, 하일권, 호랑, 사다함, 이종범, 혜진 양, 김미선, 담풍, 굽니시스트 등 인기 웹툰 작가들의 필법을 비교 분석해 볼 수 있도록 했다.

펭귄 러브스 메브 in the UK.
(펭귄)

웹툰 작가 펭귄과 엉뚱남 메브의 흥미진진한 영국생활 이야기를 담은 책이다.

코미포를 활용한 3D 웹툰 만들기 (류인정)

코미포라는 프로그램을 설명하는 실용서. 코미포는 3D 캐릭터, 배경, 말풍선, 화면 효과 등 만화를 제작하는 데 필요한 모든 소재를 제공한다.

당신의 하우스헬퍼 시즌 1
(승정연)

헤럴드 60주년 웹툰 공모전 대상 수상작. 다양한 고민거리로 머리를 싸매고 고군분투하는 우리들의 삶의 단면을 진솔하고 섬세하게 담아낸 웹툰.

콩고양이 (네코마키)

일본의 최대 모바일 메신저 '라인Line'의 인기 고양이 스탬프의 원저작자이자 평소 애묘인으로 유명한 부부 일러스트레이터 유닛 '네코마키'의 연필 드로잉.

다이어터 (전3권) (네온비)

포털사이트 Daum에 연재된 웹툰 '다이어터'를 담은 책이다. 25세 신수지의 다이어트 과정을 보여주면서 생생한 다이어트법을 흥미진진하게 소개한다.

캐릭터 웹툰을 팔아라 (박현배)

웹툰을 중심으로 한 캐릭터 비즈니스의 전 과정을 실무 중심으로 쉽게 설명한 책. 플래시 애니메이션에서 웹툰으로 비즈니스의 양상이 바뀌면서, 변화된 프로세스를 최초로 정리한 책이기도 하다.

미생 (전9권) (윤태호)

당대에 가장 잘나가는 작품에 대해선, 그 요인을 직접 경험하고 분석해 볼 필요가 있다.

남정미의 오사카 가을 독서 방랑기

〈은수저〉/〈만엔원년의 풋볼〉/〈설국〉

오겡끼데스까 정미? 오사카에서의 밤은 잘 보내고 있는지?

선생님! 자주 오는 오사카지만 올 때마다 저는 여기가 정말 좋아요. 오사카의 밤거리를 쏘다니다가 이제 막 숙소로 돌아왔어요. '삐루(beer의 일본식 발음)' 한 캔 들이켜면서, 책이나 읽다가 자려고요.

윤심덕과 김우진이 뛰어든 그 현해탄을 사이에 두고 우린 지금 인터넷을 연결해 '북톡카톡'을 하고 있군!ㅋㅋㅋ

오사카의 가을은 참 예쁩니다. 날이 덥지도 않고 춥지도 않고…. 연애하기 딱 좋은 가을밤이네요. 이 사진은 낮에 본 일본의 가을 풍경입니다. 하늘은 눈부시게 맑고, 풍경은 고즈넉하고… 정말 아름답지요?

  전송

성신 그런 풍경 속에서 고전이라도 한 권 읽고 있으면 그 자체로 그림이 될 듯 하네요.^^

정미 안 그래도 오늘 서점에서 책을 샀어요. 선생님이 일본 갈 때 들고 가서 읽어보라고 권해주셨던 바로 그 책! 오늘 서점 가서 "나카 칸스케, 실바 스푼구다사이~" 이러면서 우격다짐 일본어를 구사했는데도. 청년 직원 하나가 찰떡같이 알아듣고 찾아주데요. 잘생긴 것이 똑똑하기까지.

헤헷~

성신 하하, 〈은수저〉 원서를 샀군요.

정미 읽지도 못할 원서를 왜 샀을까요? 제가 미쳤나 봐요. 히히

성신 원래 그래요. 일본 서점에 가면 절로 사고 싶어져요. 못 읽을 책이라도.
하하~ 사실 오사카는 수많은 문인들을 배출한 도시이기도 해요. 그대가
바로 그 도시의 문향에 취했나보네요.^^

정미 오사카 출신의 문인으로 누가 있어요?

성신 많지만 당장 떠오르는 작가는… 시바 료타로!

정미 아하! 〈료마가 간다〉로 유명한 그 양반이 오사카 출신이군요.

성신 그래요. 〈료마가 간다〉는 1963년부터 지금까지 일본에서 총 1억 부 이상
이 팔린 대단한 역사소설이라오. 그리고 또 그대가 좋아하는….

정미 내가 좋아하느ㅇㅇㅇㅇㅇㅇ은??

성신 〈용의자 X의 헌신〉으로 유명한 히가시노 게이고도 오사카 출신이죠.

정미 크하아아아!!! '게' 선생도 오사카 출신이었군! 오 마이 갓!

성신 오사카 출신 일본 소설가는 셀 수도 없이 많아요. 오늘은 정미 씨가 오사카에 가 있는 김에, 일본 고전문학 작품들을 좀 이야기해 볼까요? 아름다운 가을날 일본 고전문학은 참 잘 어울리거든요.

정미 이번 일본 올 때 쌤이 추천해 주셨던 나카 칸스케의 〈은수저〉, 정말 아름다운 소설이던데요?

성신 그래요. 정말 최고의 일본 고전 중 하나지요.

정미 어릴 적부터 몸이 아파서 이모님과 함께 자란 아이의 이야기인데, 성장 소설이자 나카 칸스케의 자전적 소설이기도 하다죠?

성신 "어린이의 세계를 묘사한 것으로서는 미증유(未曾有)의 작품이다.", "그 묘사가 치밀하고 아름답다.", "문장에 상당한 조탁(彫琢)이 있음에도 불구하고 신비할 만큼 진실을 상처 입히지 않았다." 이것이 모두 〈은수저〉에 대한 평가예요. 그런데 이게 누가 한 말인지 알아요?

정미 책장수? 헤헤~ 그걸 제가 어떻게 알아요? 물어볼 걸 물어봐야지! 아무 데서나 의문형을…. 그거 전형적인 선생 버릇인 것 알아요?

성신 하하~ 그런가? 나쓰메 소세키예요. 제자이기도 한 나카 간스케가 1913년에 이 소설을 펴내자 이렇게 평가했다고 해요. 나쓰메 소세키가 워낙 거물이기도 하거니와 완벽주의자라 그 누구도 이런 극찬을 들은 적이 없다고 하지요.

정미 나쓰메 소세키. 2003년까지는 모든 일본인들이 나쓰메 소세키를 주머니에 넣고 다녔잖아요. 1,000엔짜리 지폐에 그려진 인물이었으니까요. 〈은수저〉가 그런 거장의 극찬까지 받았던 작품이군요.

성신 정말 아름답고 섬세한 문체가 압권인 작품이에요. 또 오사카에서 읽고 있는 일본 고전 작품이 있나요?

정미 오에 겐자부로의 책을 읽고 있어요.

성신 오호! 오에 겐자부로도 일본 문학의 상징적 존재 중 하나지요. 노벨문학상 수상 작가이기도 하고. 그의 어떤 작품을 읽었나요?

정미 〈만엔원년의 풋볼〉이요. 2년 전 대담집 〈오에 겐자부로, 작가 자신을 말하다〉를 읽고 이 작가에게 관심을 갖기 시작했어요.

성신 〈만엔원년의 풋볼〉은 오에 겐자부로의 대표작이라고 할 수 있어요. 이 작품을 일본 문학이 낳은 최고작 중 하나로 꼽는 학자들도 있을 정도지요. 정말 좋은 작품을 잘 골랐네요.

정미 오에 겐자부로의 작품에는 잔혹함을 내뿜는, 원초적 동물성을 지닌 인간 군상들이 많이 등장하는데, 그런 인물들을 대하는 작가의 태도가 많이 특이하다는 생각이 들었어요.

성신 맞아요. 오에 겐자부로는 작품으로 어떤 인간이라도 포용해 내는 듯해 요. 쥐새끼 같은 인간도 살 이유가 있다, 그런 식이지요. 휴머니즘을 다 시 생각하게 만들어요.

정미 고통에 대한 인간적 이해가 있는 것이네요.

성신 정확한 지적!

정미 그런데 선생님은 이렇게 '가을가을~한' 날씨에는 무슨 책을 읽으시나 요? 가장 좋아하는 일본 소설이 있다면?

성신 가을이면 늘 단풍이 들잖아요? 난 그 단풍들을 보면, 자연이 우리에게 나무와 숲의 색을 흔들어 건네는 작별인사라는 생각을 하곤 해요. '다음 봄까지 잘 살아 있으렴…' 하고 말이지요.

정미 아…! 단풍을 참 눈물 나게도 묘사하시네요.

성신 그렇게 단풍이 지는 풍경 속에서 나는 늘 마음으로 겨울을 준비하지요.
그럴 때마다 떠올리는 작품이 있는데…, 그게 바로!

정미 두둥!

성신 가와바타 야스나리의 〈설국〉.

정미 아! 〈설국〉! 가와바타 야스나리가 일본 최초의 노벨문학상 수상 작가지
요?

성신 상도 상이지만, 정말이지 평생에 걸쳐 십수 번째 읽는데, 읽을 때마다 감
탄을 쏟아내게 만드는 그런 작품이죠.

정미 선생님은 평론가니까, 그 감탄을 말로 한번 표현해 보세요.^^

성신 아무 대가도 없이 그런 어려운 주문을…! 한번 해보지요.
'인간의 언어로서 이런 묘사도 가능하구나 싶을 만큼, 섬세하고 아름다
운 문체의 소설!'

정미 시키는 대로 참 잘하시네요. ㅋㅋㅋㅋㅋㅋㅋㅋ~

성신 내가 원래 바보끼가 많은 사람이라 그래! ㅋㅋㅋㅋ
어쨌든 〈설국〉은 처음부터 하나의 완결된 작품으로 구상된 것은 아니었

다고 해요. 가와바타 야스나리는 1935년에 단편 〈저녁 풍경의 거울〉을 썼고, 이후 이 작품의 소재를 살려 띄엄띄엄 단편을 발표했는데, 그것들을 모아 1948년 완결판으로 만들어 발표한 것이 바로 〈설국〉이에요. 다시 말해 이 짧은 작품 하나를 쓰는데 무려 12년이나 걸린 거지요. 그래서 소설이 마치 세밀한 조각 작품 같지요.

정미 "국경의 긴 터널을 빠져나오자 설국이었다."

성신 하하하~ 〈설국〉의 첫 문장을 외우는군요. 그 문장이 세계소설문학사상 최고의 첫 문장 중 하나라지요. 난 지금도 첫 페이지를 열어 그 문장을 읽을 때면 가슴이 쿵쿵 뛰어요. 마력을 가진 문장이에요. 그 문장 하나로 순식간에 눈으로 하얗게 뒤덮인 벌판의 풍경이 시야에 확 펼쳐지는 것 같지요. 환영을 만드는 문장이에요.

정미 아! 선생님 이야기를 듣다 보니 진짜 다시 읽고 싶다. 이 단풍이 떠나고, 첫눈이 오는 날 꼭 읽어야겠어요.

성신 그래요. 책도 그렇게 특별한 날을 맞춰놓고 읽으면 더 좋죠.

정미 일본식 다다미방에서 코타츠 테이블(담요가 부착되어 무릎을 덮을 수 있는
일본식 난방 테이블)에 발 넣고 앉아 읽기 딱 좋겠어요!
귤 까먹으면서. 잇힝~

성신 에구! 상상만 해도 좋네! 세상에서 가장 편안하고 아름다운 독서 풍경을
만드는 법까지 아시는구먼, 이 아가씨가. 하핫~

정미 풍경과 스타일로서의 독서도 우리에겐 매우 중요하니까요. 헤헷~

성신 남정미 씨! 오사카의 아름다운 가을밤, 료칸에서 읽는 일본 고전문학 어
때요? 지금 느끼고 있을 그 정취가 정말 색다를 것 같네요.

정미 완벽한 시간이에요! 정말 행복해요. 바로 이래서 여행엔 책을 꼭 가져와
야 되는 거군요. 한겨울에 한 번 더 일본 와야겠는데요. 눈이 펑펑 오는
날 〈설국〉 읽으러!

성신 세상 어딜 가든 그 나라 문학의 정수를 맛보며 여행하는 것만큼 완벽한
여행은 없을 거예요. 그런데 정미 씨! 설마 〈설국〉을 들고 오사카를 다시
가겠다는 건 아니죠? 거긴 눈이 거의 안 온답니다. 하하하.

이 책이 궁금하다

은수저
(나카 간스케 지음 | 양윤옥 옮김 | 작은씨앗 | 2012년)

일본 문학사상 불후의 명작으로 손꼽히는 고전 작품이다. 작가인 나카 간스케가 자신의 어린 시절을 써내려간 자서전적인 이 소설은 어린아이의 세계와 자연에 대한 묘사가 돋보이는 명작이다. 어른의 기억이 아닌, 아이의 눈으로 보고 느낀 세계를 아름다운 언어로 담담하면서도 섬세하게 그려냈다. 1913년 나쓰메 소세키의 추천으로 〈아사히신문〉에 연재되어 뜨거운 반응을 얻었으며, 최근까지 일본에서 꾸준히 사랑받고 있다.

만엔원년의 풋볼
(오에 겐자부로 지음 | 박유하 옮김 | 웅진지식하우스 | 2007년)

현재와 과거, 일상과 광기를 넘나드는 두 형제의 이야기를 그린 일본 작가 오에 겐자부로의 대표작. 시코쿠 산골 마을로 귀향한 형제가 증조부 세대가 백 년 전에 일으킨 농민봉기 사건을 자신들의 현실에 투영함으로써 '현재'의 의미를 묻고 있다. 오에 겐자부로는 1967년에 발표한 이 소설로 타니자키 준이치로 상을 수상했다. 일본을 대표하는 작가로 1994년엔 노벨문학상을 수상했다.

설국
(가와바타 야스나리 지음 | 유숙자 옮김 | 민음사 | 2009년)

일본 서정문학의 정수를 보여주는 작품. 요코미쓰 리이치 등과 감각적이고 주관적으로 재창조된 새로운 현실 묘사를 시도하는 '신감각파' 운동을 일으키고, 지고의 미의 세계를 추구하며 독자적인 서정문학의 장을 열었던 중편소설이다. 1968년 노벨문학상을 수상한 가와바타 야스나리의 대표작이다.

"지금 내게 무엇이 필요한지,
꼭 필요한 책인지 아닌지를 판가름해
원활한 신진대사를 꾀해야 한다.
그것이 나를 지혜롭게 만든다.
건전하고 현명한 장서술이 필요한 이유다."

애통해하면 다 역적이다

〈흔적의 역사〉

안녕 남정미 씨? 이번 추석 명절 때 안동 고향집 가요?

아마 못 갈 것 같아요. 생방송 스케줄이 있어요.
에구~ 사는 게 뭔지…. 선생님은요? 참! 샘은 고향이 어디죠?

저는 서울이 고향이라 명절이라도 특별히 갈 데가 없어요. 가까이 사시는 부모님 뵙고 나면 아무것도 안 하는 스케줄!^^ 그래서 명절 때마다 자신의 뿌리를 향해 달려가는 사람들을 보면 많이 부럽답니다. 정미 씨 고향인 안동은 워낙 유서 깊은 곳이라 역사 유적지도 많지요?

도시 전체가 역사 유적이라고 보는 것이 맞을 듯! 하지만 난 그 중에서도 도산서원과 병산서원을 자랑하고 싶어요.
안동 최고의 문화적 유산은 다름 아닌 유학자의 정신이고, 서원은 바로 그 정신적 가치를 생산하고 지켜온 곳이니까요.

성신 안동 하면 난 병산서원이 바로 '헉!' 하고 떠올라요!

정미 왜? 외지 사람들에겐 도산서원이 훨씬 더 유명할 텐데?

성신 병산서원이 왜 그렇게 인상 깊었나 하면…, 예전에 병산서원에 들어서자 마자 한마디로 '헉!' 했어요. '병산'이라는 이름에 쓰인 그 '병(屛)' 자가 바로 '병풍 병'이잖아요.

정미 그런데 그게 뭐 어때서 '헉! 헉!' 거리기까지 하셨을까?

성신 '병풍 산'이라는 이름 그대로 병산서원의 정면에 산이 병풍처럼 둘러쳐 져 있는 거예요. 시야 전체를 딱 가로막고 있는데…. 정말 거기선 먼 산 바라보면서 한눈 팔 여지가 전혀 없겠더라고요. 거기 들어가 있으면 정 말이지 책 읽고 공부하는 것밖에는 할 짓이 아무것도 없겠다는 생각 이…. 크크

정미 만대루에서 앞을 내다보면 정말 그렇지요. 눈앞이 콱 막혀 있지요.

성신 그런데 거기가 서애 유성룡의 위패를 모신 곳이잖아요? 생전에 서애가

직접 서원으로 자리를 잡아주신 곳이기도 하고요. 그런데 그런 병산서원에 직접 가서 보니 서애 그 양반 성품이 살아생전 실제로 어떠했을지 단번에 짐작이 가더군요. '눈만 가지고 함부로 세상을 내다보지 말고, 책을 읽으며 가슴으로 세상을 사유하라.' 라고 말씀해 주시는 것 같더군요.

정미 하하하하. '한눈 팔지 말고 공부만 열심히 해라. 니들이 볼 것은 아무것도 없다!' 뭐 그런 건가요? 그리고 보니 유성룡 선생님의 또 다른 면이 보이네요. 지극히 인간적인 디테일이랄까….

성신 어릴 때 교과서에서 보고 머리에 그려왔던 유성룡과는 전혀 다른 분으로 다가오더라고요.

정미 제가 안동의 딸로서 우리만 아는 한 가지 비밀을 알려드릴까요? 실은 서애 그 양반이 병산서원에 몰래 숨겨놓은 선물이 있어요. 우리 후손들을 위해 남긴….

성신 오호~ 그런 게 있어요?

정미 '만대루' 라는 누각의 이름에 그 단서가 숨겨져 있지요. '만대(晚對)'는 두보의 〈백제성루〉라는 시에 나오는 한 구절에서 따왔는데요. "푸른 절벽은 오후에 늦게 대할 만하니…" 바로 이 구절이죠. 하여튼 다음에 병산서원 오실 땐 꼭 늦은 오후에 가보세요. 아마 깜짝 놀라실걸요.^^

성신 아! 같은 장소임에도 시간에 따라 풍경이 주는 정취가 전혀 달라진다는 거군요. 흥미롭고도 놀라운 이야기네요. 아! 서애 이 양반 진짜 매력적인 분이네…. 유학자라고 해서 고루하고 답답한 노인네로만 떠올렸는데, 조선시대 유학자의 이미지를 그 양반이 통째로 뒤바꿔놓으시네.

정미 역사는 알면 알수록 더 재미있는 것 같아요. 성신 샘! 이렇게 섹시한 역사 속 인물들을 인간적이고도 입체적으로 다시 만나볼 수 있는 그런 역사책이 있을까요? 알면 소개 좀 해주세요. 고향에도 못 가는 서글픈 명절 연휴 때 역사책이나 잔뜩 읽어야겠어요.

성신 역사 저널리스트로 유명한 이기환 씨가 최근에 새로 펴낸 〈흔적의 역사〉가 바로 딱 그런 책이지요.

정미 〈흔적의 역사〉라! 일단 제목부터 팍 끌리는데요. 제목이 섹시해! '흔적'이라니. 흐흐. 그런데 역사 저널리스트는 뭐하는 사람이에요?

성신 학술적 차원에서 혼자 역사를 공부하는 것에 그치지 않고, 역사의 의미를 대중적 관점에서 해설하고 그것을 대중에게 전파하는 역할을 하는 지식인이라는 의미를 담고 있겠지요.

정미 〈흔적의 역사〉에는 어떤 재미있는 역사 인물 이야기가 들어 있어요? 궁금해 궁금해~

성신 이 책 진짜 재미있는데, 40개나 되는 이야기들이 전부 우리가 몰랐던 이야기예요. 이 책을 읽다 보면 역사적 인물들의 전혀 다른 인간적 면모를 보게 되지요.

정미 하나 들려줘 보세요.

성신 가령 우리는 세종대왕에 대해 어질고 맘 착한 임금님으로만 머리에 그리고 있잖아요? 그런데 이 책을 보면 60건의 능지처참을 명령하기도 한 임금이라는 거예요. 그렇다고 존경받는 위인을 헐뜯자는 뜻은 아니고요. 이런 이야기를 통해 우리는 고정화되어 있던 세종의 이미지 외에 통치자로서의 또 다른 면모를 알게 되는 거죠. 그걸 알면 당시를 살았던 세종의 내면적 정황을 더 이해하게 되는 것이고요.

정미 야~ 재미있네. 꼼꼼쟁이 같은 세종대왕께 그런 마초적 면모가 있었다니! 또 어떤 이야기가 나오나요. 하나 더!

성신 1403년에도 '세월호'와 비슷한 사건이 일어났다고 해요. 태종 때 세금을 운반하던 조운선 34척이 침몰했답니다. 그런데 그 참변을 보고받은 태종이 피해상황을 캐물었지만 주무 관리는 "쌀은 1만여 석 되는 것 같고,

사람은 1,000여 명쯤 됩니다."라며 대충 얼버무렸대요. 예나 지금이나 썩고 무능한 관리들의 행태는 놀라울 정도로 똑같더군요. 어쨌든 태종은 그 말을 듣고는, "이 모든 책임은 과인에게 있다"라며 크게 한탄하더니, "사람들을 사지로 몰아넣었구나. 출항일(5월 5일)은 수사일(受死日 · 대흉일)이고 풍랑마저 거센 날이어서 배를 띄울 수 없었는데…"라며 '진심으로' 애통해했다고 해요.

정미 정몽주와 정도전을 제거하고 왕자의 난을 일으켜 이복형제들도 죽인 사람이라 거칠고 잔인한 성격일 거라 생각했는데, 그렇게 인간적인 면이 있었다니…. 정말 흥미롭네요.

성신 맞아요. 태종의 정치적 행보를 봤을 때는 애통금지령이라도 내리며 '애통해하면 다 역적이다.' 뭐 이딴 거지 같은 소리나 하지 않았을까 싶었는데, 그렇지 않더군요. 태종 임금에 대해 다시 생각해 보게 되었어요.

정미 응 맞아요. 우리는 역사 속 인물을 직접 만나볼 수가 없으니, 그냥 외워야 했던 교과서 정보만 가지고 고정된 이미지로 각인시켜 버렸지요. 그것이 오지선다에서 정확한 보기를 골라 역사 시험에서 살아남는 방법이기도 했으니까요.

성신 여기서 세대 차이 느껴진다. 난 사지선다 세대였는데….

정미 ㅋㅋㅋㅋㅋㅋㅋㅋㅋㅋㅋㅋ학력고사 세대!

성신 하여튼 이 책에는 저자가 170여 본의 조선시대 기록물들을 찾아 재구성한 역사 속 에피소드들이 40개나 소개되어 있어요. 그런데 그것이 모두 기존에 우리 머릿속에 고정관념처럼 자리 잡았던 것들을 다시 생각해 보게 만들더군요. 무지 재미있는 역사책이라는 거예요.

정미 정말 재미있을 것 같아요. 꼭 읽어야겠쓰! 나의 추석 연휴 머스트 해브 아이템(Must have iteam)이야!

성신 그래요, 꼭 읽어보세요. 역사 속 인물들을 책의 무덤 속에 파묻어두지 말고, 그들이 우리에게 말도 걸어주고 교훈도 주는 그런 존재로 만들자는 취지가 이 책에는 있어요. 대단히 신선하면서도 의미 있는 시도라고 생각해요.

정미 하여튼 이런 책이 있다고 하니 구미가 팍팍 당기네요. 역사에 남은 분들의 인간적인 면모를 입체적으로 보면서 저는 '사고의 화각'을 한번 바꾸어볼까 해용.

성신 화각? 카메라가 이미지를 담을 수 있는 각도?

정미 그러니까 보이는 게 다가 아니다, 더 넓혀서 보자! 뭐 그런 뜻이죠. 헤헤

성신 오우! 정미 낭자스럽지 않은, 무지 지적이고 세련된 표현이구려!

정미 선비께선 평소 소녀를 어찌 보셨기에~? 장차 큰 뜻을 펼치시려거든 부
      디 '사고의 화각'부터 넓히소서~! 히히

성신 그렇지! 보이는 것이 다가 아니다! '알수록 와이드해지는 지적 화각!'
      〈흔적의 역사〉에 대한 아주 멋진 정리네요.^^

✏️ **이 책이 궁금하다**

흔적의 역사 : 이기환 기자의 이야기 조선사
(이기환 지음 | 책문 | 2014년)

역사의 장면들을 현대를 살아가는 우리 삶과 비교하며 흥미롭게 풀어낸 역사 에세이다. 딱딱하
고 건조하게만 보이는 역사의 주요 장면을 마치 대화하듯이 독자에게 소개한다. 저자가 풀어낸
역사 이야기에는 조선판 세월호 사건부터 침실에 재해대책본부를 설치한 정조, 사초 폐기 사건,
조선의 인사검증 시스템, 군대 면제 문제 등등 어떤 식으로든 우리 시대와 연결 지어 떠올릴 수
있는 흥미로운 에피소드들로 가득하다.

이거 쓰키다시 작렬인데요?

〈철학 브런치〉

 남정미 씨! 요즘 제법 아침저녁으로 선선한 바람도 불고
가을 햇살이 참 눈부신데…, 잘 지내나요?

네. 이렇게 가을 햇살 눈부시니 친한 동료 세 명이 연이어
시집·장가 가고…, 저는 아주 '외롭게' 잘 지내고 있어요.

 눈물 나네요! 그래 우울하기도 하겠지. 나도 그래요.

내가 우울한 건 당연한 거지만, 쌤은 왜 우울해요?

 눈에 보이는 모든 것들이 아름다워 보일수록
우린 더 우울하지.

 😊 전송

정미 '눈에 보이는 모든 것들이 아름다워 보일수록 우린 더 우울하다'! 캬아
~~ 뭔가 심오하고 어려운 게…, 철학적이야.

성신 철학적이라기보다는 말하자면 우리에게 철학이 필요한 시간이란 뜻이
에요. 가을! 아름답고도 쓸쓸한 계절이니까.

정미 철학? 그런 게 필요하다고 해서 덥석 마트 가서 카드 긋고 살 수 있는 것
도 아니잖아요? 그건 정말 어려운 학문이라고요. 철학! 절대 가까워질
수 없는 단어지! 암!

성신 대신 철학책은 덥석 살 수도 있겠지요.^^

정미 선생님, 솔직히 말씀드리자면, 제가 지금 사놓고도 못 읽은 철학책이 7
권이에요. 철학을 말하면 뭔가 대단해 보이고, 인생의 본질이며 삶의 섭
리며 뭐 이런 멋있는 말을 나도 해보고 싶어서, 그때마다 그럴듯한 책을
구입하는데, 난 왜 30페이지를 못 넘기냐고요?

성신 그건 정미 씨만 그런 게 아니에요. 난 그렇게 갖다 쌓아놓고도 못 읽은
철학책이 700권쯤 되는 것 같은데…. 헤헤^^

정미 읽지도 않은 책을 700권이나? 쌤, 부자요?

성신 그런데 생각해 보니, 난 대학 때부터 철학책을 정말 열심히 읽긴 했지만,
내가 철학적이라고 생각해 본 적은 한 번도 없군요.

정미 선생님! 철학적으로 보이고 싶으시면 의상부터 바꾸세요. 나풀거리는 흰
가운으로다가.

성신 '멘갑형님' 처럼?

정미 ㅋㅋㅋㅋ '멘갑형님' 이 뭐야?

성신 이분!*

정미 ㅋㅋㅋ 아아~~~~~

성신 남의 개그도 좀 보고 사세요. 코미디언 아가씨.

＊KBS TV 〈개그콘서트〉 코너 중 '멘탈 갑 멘갑형님' 의 박성광

정미 개그의 관점에서 보면, 보편적으로 철학이란 것이 너무 어려우니까 철학자를 저렇게 희화화할 수 있는 거라고요.

성신 어쨌든 철학은 말하자면 그냥 '생각의 정리' 예요.

정미 생각의 정리? 음…. 그런데 그렇게 간단한 것이 왜 '접근하면 발포한다'고 경고하는 것 같은 무시무시한 학문이 되었을까?

성신 인간의 생각이라는 것 자체가 워낙 방대하니까, 그걸 설명하는 것도 방대해져서 그렇겠지요.

정미 철학에는 어떤 기능이 있나요?

성신 철학의 기능에는 크게 두 가지가 있어요. '종합적인 사유의 기능'과 '종합적인 사유에 대한 분석비판의 기능'! 그런데 우리가 보통 철학이라고 하면 '분석비판 기능'만을 떠올려요. 그래서 어렵게 느껴지는 거죠. 분석하고 비판하는 것은 복잡한 일이니까요.

정미 존재론, 실천이성 비판, 형이상학, 변증법… 이런 것들.

성신 그렇지요. 그런데 최근에 바로 이런 점을 지적하며 철학의 첫 번째 기능, 즉 '종합적인 사유의 기능'을 부각시켜서 '철학을 공부하는 것'이 아니라 '철학하는 법'을 설명해 주는 대중철학서가 나왔더군요.

정미 아! 〈철학 브런치〉! 사실 이 책 처음 받았을 때 메뉴판인 줄…. 이렇게 생긴 브런치 메뉴판에 소크라테스도 팔고, 데카르트도 주문할 수 있고, 니체도 먹을 수 있고, 프랜시스 베이컨은 아예 베이컨 그림 위에 이름이 있더라고. ㅋㅋㅋ 빵 터졌네.

성신 하하하! 표지도 그렇지만, 나는 이 책 제목이 정말 좋아요. 철학과 가장 비슷한 분야가 있다면 그것이 바로 '음식'이거든요.

정미 철학과 비슷한 게 음식이라고요? 왜?

성신 배고픈 나를 대신해 다른 사람이 음식을 먹어도 내가 배부를 수 없듯이, 철학은 아무도 대신할 수가 없는 것이기 때문에 그렇지요. 철학을 한다는 것은 자기 자신이 주체이자 대상이 되는 것이니까…. 다시 말해 '내가 배고프면 내가 먹어야 하잖아요. 남이 먹는다고 내 배가 부른 것은 아니니까요. 또 인간은 늘 먹어야 살 듯이, 인간이 인간으로 살고 싶으면 늘 생각을 해야 한다는 점도 비슷하고요.

정미 듣고 보니 기가 막힌 제목이네요. 어차피 해야 할 철학이라면 폼 좀 나게 브런치로 먹으라는 함의까지 느껴지네요.^^

성신 그렇지요. 그래서 진짜 좋은 제목!

정미 그럼 선생님! 누구에게나 자신만의 철학이 있다는 얘기네요? 그러니까

'누구든 철학을 말할 수 있다. 왜냐면 철학은 그냥 생각의 정리니까.' 이렇다는 말씀이지요?

성신 그렇지요. 세계 인구가 70억 명이라면 70억 가지의 사유, 70억 가지의 철학이 존재할 수 있다는 이야기죠.

정미 오오오~~~ 그런데 과연 사람들이 '내 생각의 정리'를 철학으로 받아들일까요?

성신 철학은 자기 자신의 앎의 문제를 탐구하는 사유의 학문이지요. 그러니 보편타당성만 있다면….

정미 보편타당성이라…. 어쨌든 이번에 〈철학 브런치〉 읽으면서 어느 철학자의 이야기에 꽂혔어요? 쌤이라면 이미 진즉에 다 읽어본 철학자들일 것 아니에요?

성신 아주아주 먼 옛날 소싯적에 나의 스승이었던 분이 계셨는데…, 바로 니체! 한동안 잊고 지냈지. 그런데 〈철학 브런치〉 읽으면서 니체가 다시 내 뒤통수를 때리시더군요.

정미 니체? 신은 죽었다고 말한 사람!~ '차라투스트라는 이렇게 말했다' 고 했던 그 콧수염 무지 멋진 아저씨!

성신 은둔자 차라투스트라가 새로운 세계의 새로운 인간을 위한 새로운 원칙을 찾기 위해 산에서 내려와 시장과 군중 속으로 들어가 "신은 죽었다!"라고 외치며, 인간의 내면에 있는 그 모든 '사막' 들을 목격하고, 다시 산으로 올라가 왕, 거머리, 마술사, 더없이 추악한 자, 제 발로 거지가 된 자, 그림자, 나귀 등과 대화하고 축제를 벌이고 새로운 아침이 시작되는 징조를 보는 이야기죠. 〈철학 브런치〉 속에서 니체는 나에게 〈차라투스트라는 이렇게 말했다〉를 다시 읽어보라고 하더군요.

정미 그러고 보니 요즘 니체의 책이 다시 각광받던데, 뭐 따로 특별한 이유가 있나요?

성신 차라투스트라의 외침 이후 인간은, 인간이 인간의 주체가 되는 새로운 아침을 잠깐 꿈꿔보지만, 빛나는 아침은 그야말로 찰나에 끝났죠. 인간은 그 자리를 감당 못 해 두려움에 벌벌 떨다가 곧바로 '자본' 에 자신의 자리를 내주었잖아요. 그래서 지금은 '자본' 이 신이잖아요. 지금 우리 모두는 '돈' 이라는 이름의 신을 경배하지요.

정미 만약 니체가 지금의 이 꼬라지를 다시 본다면 차라투스트라에게 무슨 말을 시킬까, 사람들이 바로 그걸 궁금해한다는 것이로군요.

성신 맞아요. 니체가 실제로 본다면, 어이가 없어서 아무 말도 안 할 것 같기는 하지만…^^
니체는 삶의 주인이 될 수 있는 사람, 정신적인 힘이 있는 사람만이 인간에 대한 진정한 사랑을 할 수 있다고 말했지요. 이 시대의 사람들이 니체를 다시 읽기 시작한다는 것은 굉장히 의미심장한 일이에요. 뭔가 읽는다는 것은 무엇이 결핍되었는지를 반영하거든요. 니체의 비유대로, 마치 낙타처럼 무거운 짐을 지고 살아가는 당위적 세계의 구속에서 벗어나 인간은 마치 사자처럼 자신의 의지대로 자신의 삶을 독립적으로 살아가는 힘을 지녀야 하는 것 아니겠느냐는, 바로 그런 생각을 지금 우리가 하기 시작했다고 봐요, 나는.

정미 역시 철학은 우리 삶과 별개의 것이 아니었어. 이토록 아주 밀접한 것이었다니! 바로 우리 삶의 양상 그 자체잖아! 철학…, 꽤 멋진걸!

성신 뭔가 터득했군, 축하~

정미 나는 개인적으로 키케로가 좋아요. 기원전 106년에 태어난 로마 역사상 최고의 영재이자 신동이었지요. 이 부분부터 나랑 좀 비슷하긴 해요. 키케로가 엄친아였거든요. 이제와 고백하건대 나 '엄친딸' 이에요! 우리 엄마 친딸! 헤헤~ 키케로를 수식하는 타이틀은 워낙 많았어요. 법률가였고, 최고의 웅변가였고, 정치인이면서 번역가이기도 했지요.

성신 비슷한 면이 없진 않네. 그대는 코미디언이자 서평가이자 헤나아티스트이고…. 그래서 남 키케로!

정미 ㅋㅋㅋ 발음이 이상해! 비웃는 것 같잖아요! 남 키케로, '케로로' 같기도 하고….

성신 세상을 비웃는 것도 코미디언의 권리이자 의무지.

정미 특히 키케로가 10대 때 썼다고 하는 〈창의성에 대하여〉라는 책에 나오는 세계관이 마음에 탁 와 닿아요. "불명예스러운 것은 아는 게 거의 없는 것이 아니라 이해하지 못하는 것을 어리석게 오랫동안 고집하는 것이다. 왜냐하면 전자는 인간의 흔한 약점 탓인 반면 후자는 개인의 특수한 결점 탓이기 때문이다. 그러므로 우리는, 어떤 것도 긍정적으로 인정하는 바 없이, 그러나 동시에 질문을 하면서, 각각의 관점을 일정한 의혹을 가지고 진전시켜 나갈 것이다."

성신 키케로는 뜨거운 인간애와 훌륭한 성품을 가진 도덕적 인간이었지요. 뜨거운 인간애와 훌륭한 성품을 가진 도덕적 코미디언인 남정미와 아주 많이 닮았네요. 그대가 왜 키케로를 좋아하는지 알겠어.^^

정미 키케로의 말을 가만히 듣고 있으니까, 진짜 독단과 독선, 내가 생각한 것이 전부라고 아집을 부렸던 스스로가 몹시 부끄럽더라고요. 그렇게 치면 공자의 가르침과도 직결되고, 소크라테스의 철학과도 일맥상통하는 거예요.

성신 도덕적 인간의 원형을 이야기하니 시공을 초월해 일맥상통하게 된 것이겠지요.

정미 정말 브런치 메뉴 하나 시켰을 뿐인데, 공자도 나오고, 소크라테스도 나오고, 칸트, 헤겔, 쇼펜하우어…, 이거 쓰키다시(밑반찬) 작렬인데요? 아주 훌륭한 브런치 카페네요~

성신 배가 터지도록 드시오, 〈철학 브런치〉. 철학은 다이어트에 효과 만점이란 이야기가 있소! 믿거나 말거나~

✒️ **이 책이 궁금하다**

철학 브런치 : 원전을 곁들인 맛있는 인문학
(사이먼 정 지음 | 부키 | 2014년)

소크라테스부터 하이데거까지 16명의 철학자들과 그들이 쓴 48권의 철학 고전 이야기를 곁들여, 철학에 대한 해설이 아닌 철학 그 자체를 만나는 즐거움을 선사하는 대중철학서. 저자는 철학을 난해하게 만드는 것은 대개 철학에 대한 '분석과 해석'이라고 말하며, 철학을 맛보는 가장 좋은 방법은 원전 자체를 만나는 것이라고 강조한다.

세상을 바꾸려는 자들이 한 그릇 뚝딱 해치우는 음식
〈어이없게도 국수〉

 정미 씨는 고향 하면 제일 먼저 떠오르는 게 뭐예요?

안동 소주!

 아니! 뭐? 소주? 이런 고주망태 같은 아가씨를 봤나! 거 술 좀 작작 마셔~

헉! 이 대화를 부모님이 책에서 보신다면 엄청 화를 내실 테지! 그렇다면 전부 지워주세요. 요렇게 바꿔서 말할게요. "고향 하면 가장 먼저 떠오르는 건…, 역시 부모님!"

성신 싫어요. 우리의 북톡카톡은 매우매우 정직한 리얼버라이어티 다큐멘터리 서평 칼럼이니까… 고스란히 다 집어넣을 거예욧.

정미 거참! 융통성 없으시긴… 쯧! 또 울 엄마한테 사전에 나오지도 않는 단어들 실컷 듣게 생겼군!

성신 하하하. 그런데 사람이 참 신기하지요? 뭔가 옛날을 추억하면, 꼭 어릴 때 먹던 음식들이 제일 먼저 떠오르지요. 그런데 어허 참, 소주라….

정미 쌤! 그만하세욧. 어쨌든 헛제삿밥이랑 안동식혜도 떠올라요. 아웅~ 먹고 싶어!

성신 그래요. 안동을 상징하는 음식들이지요. 헛제삿밥과 안동식혜.

정미 만날 엄마가 그런 거 해주셨지요. 그리고 제가 어릴 때 많이 먹었던 것은 안동식혜! 안동에만 있는 전통 식혜 있어요.

성신 뭐가 달라요. 안동식혜는

정미 할머니 댁에 가면, 온돌방 윗목에 이불이랑 담요를 둘둘 싸매고 앉아 있던 항아리 한 분이 계셨어요. 이름 하여 '감주'. 그런데 원래 식혜는 밥알이 동동 뜨고 하얀색이잖아요?

성신 그렇지요.

정미 할머니가 해주셨던 안동식혜는 붉은색이었어요. 고춧가루, 무, 생강이 들어가서 꽤 매웠던 기억이 나요.

성신 아하! 그거 꼭 배우도록 하세요. 안동의 딸이라면 당연히 안동식혜 만드는 법을 알아야지요.

정미 배탈 나거나 속이 더부룩하면 주셨는데, 매웠어요. 그래서 나중에 서울에서 식혜라는 걸 처음 사 먹고는 '어머 서울 식혜는 되게 달구나.' 하면서 컬처 쇼크에 빠진 적이 있었지요.

성신 그랬군요.^^

정미 아버지가 안동식혜를 엄청 좋아하셔서 엄마가 자주 만드세요. 저도 나이가 들어서 그런가, 가끔 안동 가면 마시고 싶어지더라고요.

성신 그런데 안동 하면 소주나 식혜 외에 국수도 있잖아요? 안동국시 만들 줄 알아요?

정미　아니오. 저는 그렇게 얇은 국시를 만들 손재간이 없네요 -.-;; 그러고
　　　보니 안동에는 먹을 게 참 많네요….

성신　사람이 두꺼워서 그런가? 하하핫~

정미　안동국시 미는 홍두깨로 엉덩이 마사지 한번 맞아볼 테욧!

성신　발끈하긴! 장수하는 음식이라는 의미를 지닌 안동의 '건진 국수'는 안동
　　　의 명물음식 중 하나로 꼽히고 있죠. 어쨌든 난 안동국시를 좋아해요.

정미　오늘 읽어볼 책이 음식 관련 책인가요?

성신　국수에 관한 아주아주 흥미로운 책이 새로 나왔더군요. 책 제목이 〈어이
　　　없게도 국수〉

정미　어이없게도 국수?

성신 책이 어이없다는 뜻이 아니라 책 제목이 〈어이없게도 국수〉, 제목 재미있지요? 국수는 단순한 음식을 넘어 사람과의 추억이 깃든 특별한 존재이고, 그래서 삶 전체를 따뜻하게 품는 보물과도 같다고 이야기하는 국수 에세이예요.

정미 에세이라…, 삼시세끼를 국수로 먹는다는 얘긴 아니겠죠? 저자는 뭐하는 사람이에요? 요리사예요?

성신 저자도 희한해요. 나도 요리사나 음식 전문가인 줄 알았는데…. 그냥 국수 좋아하는 사람!

정미 으하하하하하, 그냥 국수를 좋아하는 사람!

성신 무지 잘나갔던 커리어우먼! 다국적 제약회사에서 10여 년간 브랜드PR, 기업PR, 위기관리 및 사회공헌활동을 총괄했고, 불과 마흔 살에 중역까지 오른 맹렬여성이었다지요.

정미 작가가 엄청 다이내믹한 여성이군요. 그런데 왜 과거형으로 말하죠? 지금은 일을 안 하시나?

성신 지난 2012년 그 제약회사에서 아시아지역 커뮤니케이션 총괄이사로 커리어의 정점을 찍은 지 불과 일주일 만에 과감하게 사표를 던져버렸다지요. 딱 마흔 살에. 그동안 자신의 목숨줄처럼 여겼던 일과 가족 사이에서 줄타기를 하다 결국 가족을 선택한 것이겠죠.

정미 오호, 멋진데? 예전에 어느 작가가 국수를 두고 '혁명가의 음식'이라고 했다죠. '세상을 바꾸려는 자들이 한 그릇 뚝딱 해치우는 음식'이라고 표현하면서 말이지요. 커리어우먼들은 확실히 혁명가 기질이 있는 듯!

성신 오호, 혁명가의 음식! 맞아요. 글을 보면 바로 그런 내공이 느껴져요.

정미 지금 인터넷을 뒤져보니 이 양반 정말 재미있는 분이네요. 책을 쓴 이유에 대해 이렇게 설명하고 있어요.

"냉면의 고향 평안도 출신 조모와 그 유전자를 이어받은 부친 덕분에 '혈관 속에 냉면 육수가 흐르는' 뼛속까지 진정한 모태 면식 수행자다. 국수가 있는 곳이라면 세상 어느 곳이라도 수행의 장소로 삼으며 하루 한 끼는 반드시 국수를 먹는 투철한 면식 수행의 길을 걸어온 끝에, 고단한 삶의 위안으로 '좋은 사람과 국수 먹기'의 임상적·심리적 효과를 홀연히 깨닫고 국수로 책을 쓰게 되었다."

성신 맞아요. 때로는 웃음보가 터지도록 유머러스하게, 때론 눈물이 핑 돌 정도로 감성적으로…. 문체도 참 좋더라고요. 진심을 다해 쓴 글이 주는 감동! 그런 게 있어요.

정미 좋은 사람과 국수 먹기라… 어쨌든 참 따뜻하고 낭만적인 생각이에요.

성신 사실 사회에서 저런 커리어를 쌓는다는 것은 정말 많은 것을 포기하고 오직 일로서만 자신을 밀어붙여야 하잖아요? 제가 보기엔, 아마도 인생의 터닝포인트를 만들고 싶지 않았을까 싶어요. 저자와 비슷한 연령대인 저는 그게 심정적으로 이해가 가요.

정미 터닝포인트라, 최선을 다해 쌓아온 것을 어느 날 문득 스스로 허물어버렸다는 거죠? 쉬운 일은 아니겠어요.

성신 오로지 성공 욕망으로만 채우기엔 인생이 아깝다고 생각할 수 있어요. 자신의 인생에서 진정한 가치를 찾는 것, 그러니까 성공이 아니라 성취! 그것을 생각하지 않았을까 싶더군요. 그래서인지 책을 읽는 동안 왠지 모르게 가슴이 짠했어요.

정미 '가치'를 향해 인생 방향을 급선회! 깊은 사유도 있었겠지만 굉장한 용기도 필요했겠군요. 그렇게 보니까 참 멋있네요.

성신 그래요! 바로 그거죠. 가치! 인생은 스스로 인정할 수 있는 '가치' 가 있어야 하지요. 그걸 못 찾으면 돈을 아무리 많이 벌어도 진정한 의미에서 성공한 인생이 아닌 거예요.

정미 책 내용도 알고 싶어요. 국수로 책을 쓸 정도로 국수가 많은가요? 내가 아는 거라곤 냉면, 잔치국수, 열무국수, 콩국수 정도밖엔.

성신 이 책에 등장하는 국수 종류만 25가지 정도 되어요. 그리고 안동국시도 있어요.^^

정미 히히, 안동국시가 등장하다니. 그렇게 다양한 국수를 먹으면서 다양한 사람들과 인생 이야기를 나눴겠네요?

성신 하하하, 맞아요. 책에서 가장 인상 깊은 저자의 이야기는 이런 거예요. "식욕은 삶의 의지고, 미래에 대한 기대이자 뭔가를 먹는다는 것은 찰나를 가장 깊숙하게 즐기는 원초적인 경험이다. 삶의 어떤 순간에나 존재하는 음식의 추억은, 그 사람의 소소한 일상에서 나아가 한 일생을 담아낼 수 있는 어마어마한 기억의 창고다."

정미 '식욕은 삶의 의지이자 미래에 대한 기대다!' 정말 멋지군요. 절대 공감!

성신 단지 국수에 대한 이야기가 아니라 이 책은 국수를 모티브로 하는 인생 이야기라고 할 수 있지요.

정미 인생을 돌아보게 만드는 매개체가 '어이없게도 국수'였던 것이군요. 쌤 은 어떤 구절이 가장 인상 깊었나요?

성신 저자는 아파트숲을 못 견뎌하는 아들을 데리고 갑자기 포항에 가요. 거 기 한 국수집에서 모리국수라는 것을 먹는데, 아들이 국수 한 그릇을 싹 비우면서 행복해하더래요. 그 모습을 보고 엄마는 속으로 이렇게 말해 요. "아들, 국수 한 그릇의 감동으로 기운을 차릴 줄 아는 너라면 괜찮을 거야. 힘들면 또 가자. 매운 생선탕 먹으러. 지치고 헛헛한 맘까지 든든 해지는, 칼칼하고 푸짐한 생명을 들이키러 우리 또 가자."

정미 아! 쌤 말대로 눈물이 핑 도네요. 인생 살다가 보면 사람에 치일 때도 있 고, 결혼 생활에 지칠 때도 있고, 눈물 쏙 뺄 만큼 매운 시간들도 있을 테 죠. 하지만 '국수 한 그릇의 감사함에도 언제나 다시 일어나는 용기 있 고 따뜻한 아들이 되거라.' 바로 이런 말이잖아요? 아! 정말 감동….

성신 뜨거운 국수 한 그릇 같은, 그런 따뜻한 위로를 받는 것 같지 않은가요?

정미 샘, 우리 내일 당장 만나요! 우리도 국수 먹어요. 칼칼하고 푸짐한 생명을 들이키러 우리도 갑시다!

성신 그럽시다. 아! 그런데 진짜 오늘 국수 무지하게 땡기네….

정미 대신! 나는 살고자 하는 의지가 엄청 강하니까! 두 그릇 먹을게요.

✏️ 이 책이 궁금하다

어이없게도 국수 : 인생의 중심이 흔들릴 때 나를 지켜준 이
(강종희 지음 | 비아북 | 2014년)

저자는 과감하게 사회생활을 접어버리고 난 후 확보하게 된 어마어마한 시간 앞에서 깊은 사유를 전개했다고 말한다. '나는 무엇을 위해 살았나?', '앞으로 어떻게 살아가야 할까?' 바로 이런 질문들을 스스로에게 던졌다. 그 사유 중에 문득 자신이 하루에 한끼는 반드시 국수를 먹고 있다는 사실을 발견하고는 바로 이 '국수'를 모티브로 글을 써보리라 마음먹었다. 책에는 레시피도 등장한다. 저자가 밝혀놓은 '자신만의 라면 요리법' 같은 것을 보고는 그대로 따라 만들어봤다. 맛있다. 무척 실용적이다. 목차 구성은 마치 국수에 관한 미시사 책 같다. 이 책은 결국 우리 인생의 성취 여부는 곧 '가치' 여부에 있고, 가치를 위해서는 삶에 구체적인 '철학'이 필요하며, 그러기 위해서는 '마음'이 먼저 있어야 한다는 메시지를 던져준다. 그 마음이 비록 어이없을지라도 말이다. 그렇지! 거대하거나 위대하거나 숭고한 모든 것들은 원래 좀 어이없지 않던가.

뭔가로 만들어주는 책
'식신'으로 만들어주는 책 10+1

하루키 레시피 (차유진)

〈상실의 시대〉 속 미도리가 차려낸 소박한 반찬
의 따뜻한 집밥, 〈바람의 노래를 들어라〉의 아홉
손가락 그녀가 한여름에 펄펄 끓인 비프스튜 등.
글쓰는 요리사 차유진이 하루키 작품 속 요리들
을 통해 위로를 전하는 독특한 발상의 문학요리
책.

맛있는 인생 (루시 나이즐리)

뉴욕의 코믹 북 아티스트 루시 나이즐리의 최근
작. 우리가 매일 먹는 음식이 어떻게 우리의 몸
과 관계를 맺는지, 그리고 음식은 어떻게 타인과
소통하게 만드는지, 음식과 관련한 흥미로운 이
야기들과 레시피를 만화로 그려낸 책.

파란달의 시네마 레시피 (파란달 정영선)

〈아밀리에〉와 '크렘 브륄레', 〈찰리와 초콜릿 공
장〉과는 '초콜릿 퐁뒤', 〈조제, 호랑이 그리고 물
고기들〉과는 '조제의 달걀말이' 등 저자는 영화
속 요리들을 이야기한다. 영화 속에서 발견한 음
식들의 다양한 의미들, 그리고 그 음식을 직접
따라 만들어보는 과정을 통해 음식도 사유의 대
상이 될 수 있음을 확인해 준다.

음식과 요리 (해롤드 맥기)

세계적인 과학자이자 저술가인 저자가 동서양과
시공간을 넘나드는 박식함을 바탕으로 세상의
다양한 음식을 다루고 있다. 먹는 행위와 관련된
모든 사람들을 위한 레퍼런스 북이지만, 저자의
예사롭지 않은 문장력은 순수한 독서열을 자극
한다.

나의 밥 이야기 (김석신)

음식을 왜 먹는지, 먹기 위해 사는 건지, 살기 위해 먹는 건지, 음식은 신분과 어떤 관계가 있는지, 음식윤리는 무엇이고, 음식인의 정의는 무엇인지…. 음식에 관해 인문학적으로 모색한 책.

백년식당 (박찬일)

오래된 음식점, 즉 '노포' 야말로 우리 시대의 살아 있는 화석이라고도 할 수 있다. 오래된 음식점의 멋과 정취를 문학적으로 표현해 낸 수작!

풍년 식탐 (황풍년)

대한민국 맛의 고향 전라도. 저자가 전라도 곳곳을 찾아다니며 어머니들의 소박한 밥상을 소개한다. 전라도 엄니들의 손맛과 토속 음식의 근원을 찾아가는 여정이 맛깔나게 흥미롭다.

한국 맛집 579 (황광해)

가장 깐깐한 맛 평가로 유명한 음식평론가 황광해가 뽑은 대한민국 대표 맛집 총정리.

지상의 식사 (나카무라 가즈에)

도미니카에서 러시아까지 일곱 개의 바다를 건너는 과정에서 펼쳐지는 기기묘묘한 음식 기담을 담아낸 책.

나는 셰프다 (목혜숙)

저는 마흔이 넘은 나이에 맨손으로 이탈리아로 날아가, 그곳 레스토랑에서 요리 견습생으로 시작해 파스타 가게를 열기까지의 과정을 담고 있다. 이탈리아 파스타처럼 뜨겁고 맛깔스러운 인생분투기.

요리의 거장 에스코피에 (미셸 갈)

요리가 왜 문화이며 예술인지를 증명하는 뛰어난 요리사 평전.

실연의 상처로 마음이 아프다고?
그럼 타이레놀을 먹어!

〈행복의 기원〉.

 정미 씨. 지난 주말 동안 고향 다녀왔다고? 오래간만에 부모님도 뵙고 행복했겠네?

그럼요, 행복했죠오오옹! 천 번 삽질하고 한 번 허리 펴고, 천 번 모종 심고 두 번 물 마시니, 그 얼마나 행복하지 아니했겠소!

 하하하~ 부모님 농사 도와드리고 왔군! 이 더위에 엄청 고생했겠네. 하지만 몸은 힘들어도 마음은 더 없이 편안하고 행복하지 않았소?

사실 부모님 곁에 있으니, 그 자체만으로도 마음이 편하고 '아! 난 참 행복한 사람이구나.' 싶더라고요.

  전송

성신 그래요. 바로 그렇게 작고 소박한 것들 때문에, 우린 세상 그 무엇과도 바꿀 수 없는 행복감을 느끼게 되지요. 그리고 바로 그 행복이란 것 때문에 이 고단한 삶 속에서도 열심히 살 수 있는 것 아니겠어요?

정미 정말 사소한 것들…, 이를테면 일하다 잠시 새참 때, 가족이 마주앉아 커피 한잔 마실 때도, 금슬 좋은 우리 부모님 서로 마주보며 정겹게 미소 짓는 모습을 볼 때도, 그 순간 목덜미에 살랑거리며 지나가는 한줄기 바람에도…, 난 너무너무 행복했어요. :) 이런 얘기 하는 순간에도 행복하네. 행복해서 눈물이 찔끔 나려고 하네…. 히히.

성신 그 마음부터가 참 곱다.

정미 쌤! 도대체 행복이란 건 뭘까요?

성신 행복이 뭐냐고? 와우! 참으로 어려운 질문이다. 그 질문에 내가 화끈하게 대답할 수 있다면, 난 종교를 하나 창시할 수도 있겠다. 하하하~

정미 이렇게 작고 소박한 것에서도 충분히 행복한데, 어쩌다가 우린 이렇게 거대하고, 넘치는 것들만 바라고 살게 된 걸까요?

성신 잘하면 우리 정미, 곧 인도 가서 결가부좌하고 있는 것 보겠네. 크크~

정미 웃지 마! 나 심각해졌어. 행복이 뭔지 심각하게 궁금해졌단 말이에요.

성신 마침 최근에 출간된 책 중에 행복이 무엇인지 무릎을 칠 만큼 명확하게
설명해 주는 책을 발견했지요.

정미 행복이 무언지 설명해 주는 책??? 음…, 사실 그렇게 기대는 안 된다. 몇
년 전부터 우후죽순으로 나온 행복론에 관한 책은 다 거기서 거기던데
요. '사람은 행복하기 위해 사는 겁니다.' 대충 그런 관념적인 이야기나
속 편하게 하고 있는 책이라면, 난 이제 별로~

성신 정확한 지적이에요. 교보문고 인터넷 사이트에 '행복'이라는 키워드를
넣고 검색하면 몇 권이나 뜨는지 알아요? 무려 7,975권! 하지만 그 중에
서 연세대학교 서은국 교수가 쓴 〈행복의 기원〉이라는 책은 '행복이란
과연 무엇인지' 정말 명쾌하게 알려준다는 점에서 확실히 차이가 나요.

정미 아~ 서은국 교수님! 요즘 제일 핫한 심리학자 아니에요?

성신 맞아요. 아는군요. 하기야 워낙 유명한 양반이니까. 서 교수님은 참 재미
있는 사람인 것 같아요. 이분이 연세대에서 강의를 하시잖아요? '행복의
과학'이라는 제목의 강의를 개설해 놓고, 그 강의 게시판에 이렇게 적어
놓는데요. '이 수업을 들어도 행복해지지 않는다.' 하하하~ 교수님의 이

런 경고에도 불구하고 수강 대기자가 700명을 넘는다고 하네요.

정미 〈행복의 기원〉은 어떤 내용을 담고 있나요?

성신 〈행복의 기원〉 이 책의 결론부터 먼저 이야기하자면, '인간은 행복하기 위해 사는 것이 아니라 살기 위해 행복을 느끼는 것이다.' 이렇게 정리할 수 있어요.

정미 살기 위해 행복을 느끼는 것이다? 그런 명제가 과학적으로 증명이 된다고요?

성신 열렬히 사랑한 두 사람이 있었어요. 그런데 어느 날 둘은 결국 헤어졌고, 이제 남은 것은 실연의 아픔뿐이에요. 그런데 이 아픔을 극복하는 특효약이 있다는 거예요. 그게 뭔지 알아요? 이 책에서는 그 약이 바로 '타이레놀' 이래요. 두통약 말이지요.

정미 예에? 두통약? 두통약이 마음의 병을 치료해 준다고?
에이~   그게 뭔 귀신 씨나락 까먹는 소리야?

성신 이 책에서는 네이든 드윌이라는 심리학자가 직접 실험하고 발표한 논문을 소개하는데 이게 아주 흥미로워요. 심적 고통을 겪는 62명을 대상으로 21일간 실험을 했는데, 그 사람들을 반으로 나눠서 한쪽에는 매일 타이레놀을 2알씩 복용하도록 했고, 나머지에게는 아무 약효가 없는 가짜 약을 처방했대요. 그런데 실험 결과는 놀라웠다고 해요. 타이레놀을 먹은 그룹은 시간이 지날수록 마음의 아픔을 느끼는 정도가 눈에 띄게 감소했다는 거예요. 진통제로 마음의 아픔을 줄일 수 있다는 것이 이 실험을 통해 증명된 것이지요.

정미 실연당한 사람, 사업 실패한 사람. 배신당한 사람들은 전부 두통약 먹으면 위로받을 수 있다는 얘기네?

성신 그렇다고 이 책이 '불행하면 타이레놀 사 먹어라.' 뭐 이딴 이야기나 하고 있는 것은 절대 아니에요. 만약 그렇게 이해하는 사람이 있다면, 그야말로 확정된 바보천치겠지요.^^

정미 알아 알아! 걸러서 들을게요!  그렇긴 해도 정말 기똥찬 이야기긴 하네.

성신 서은국 교수의 설명에 따르면, 우리의 뇌는 심리적 고통과 신체적 고통을 똑같이 받아들인다고 해요. 몸과 마음의 고통은 인간의 '생존'을 위협한다는 점에서 차이가 없다는 것이죠. 이 실제 실험의 결과를 놓고 저자는 이렇게 결론을 내리지요. '생존, 그리고 번식. 이것이 모든 생명체

의 존재 이유이자 목적이다. 인간 역시 이 명제에서 벗어날 수 없다.'

정미 우리의 여러 가지 고정관념을 뒤집어놓는 책이네요. 인간은 행복해지기 위해 사는 거라고 생각했는데, 결국 그게 인간의 목적이 될 수 없다는 것이고, 실연은 사랑으로만 극복할 수 있다고 생각했는데, 두통약으로도 해결될 수 있는 것이고….

성신 인간이 느끼는 행복이라는 것이 도대체 무엇이며, 인간은 왜 행복을 추구하며, 그렇다면 행복은 인간에게 어떤 역할을 하느냐? 바로 이런 난제들을 이토록 명확하게 설명한다는 겁니다.

정미 시각이 완전 달라! 굉장히 신선해!

성신 동물학적 관점에서 인간을 분석하고 있어서 더 그럴 거예요.

정미 아! 나 지금, 속 꽉 찬 파종용 양파로 뒤통수 한 대 퍽 맞은 느낌이야. 이 깨우침! 바로 이런 재미 때문에 늘 책을 읽게 되지! 히히~

성신 저자는 이렇게 말하지. "인간이 음식을 먹을 때, 데이트를 할 때, 얼어붙은 손을 녹일 때 '아 좋아, 행복해'라는 느낌을 경험해야 한다, 반드시.

그래야만 또다시 사냥을 나가고, 이성에 대한 관심을 갖는다."

정미 후하~ 행복이 무엇이냐는 그 어려운 질문을 이토록 간단하게 설명하다니 정말 놀라운 책이네요.

성신 바로 그렇지요. 똑똑한 정미 씨 이제 확실하게 이해했군요. 똑똑한 정미 씬 이제 행복을 어디서 찾을 거예요? 내가 권하고 싶은 것은 바로 '남자' 요!

정미 남자? 그래! 그것도 분명 나를 행복하게 하는 것이지! 앞으로 엄청나게 많은 남자를 거느려야겠어! 다다익선! 남자가 많으면 많을수록 내 인생에 행복도 많아지지 않겠어?

성신 헐! 아예 농장을 하나 차리시던가. 총각 농장!

✒ 이 책이 궁금하다

행복의 기원 : 생존과 번식, 행복은 진화의 산물이다
(서은국 지음 | 21세기북스 | 2014년)

'행복은 모든 사람이 바라는 삶의 최종 목표'라는 것. 다시 말해 '인간은 행복하기 위해 산다'는 통념은 지금껏 누구도 의심하지 않았던 확고한 신념이었다. 하지만 세계에서 가장 활발하게 인용되는 행복심리학자 중 한 명이자 이 책의 저자인 서은국은 기존의 관점에 맞서며 '행복의 진실'에 대해 반기를 든다. 저자는 '모든 것은 생존과 번식의 수단'이라는 다윈의 진화론을 근거로 삼아, 행복 역시 '생존과 번식'을 위한 진화의 산물이라고 말한다. 이 책에 따르면, 인간이 먹고 자고 사랑할 때 행복을 느끼는 이유 역시 생존을 위해서이다. 이 관점에서 보면 행복은 삶의 최종 이유도 목적도 아닌 생존을 위한 도구일 뿐이다.

그래도 일단 오늘은 퍼먹으며 잠드시오

〈인간동물관찰기〉

 정미 씨~ 며칠 전에 〈인간동물 관찰기〉 서점 가서 샀다고 했지? 그 책 무슨 내용이에요? 일단 제목부터 팍 끌리는데, 옛날에 나 온 데즈먼드 모리스의 〈털 없는 원숭이〉도 떠오르고…. 잘나가는 서평가 남정미 선생 말씀 일단 들어보고 나도 사야지.^^

음… 아! 이 책? 일단 들고 다니기에 간지 나지!!

〈인간동물 관찰기〉 이거 읽어보면 알겠지만, 어디 가서 '다윈' 이 란 사람 이름만 언급해도 '어머, 얘가 학창시절 과학시간에 껌 좀 씹었겠구나~' 하잖아.

 과학시간에 껌을 씹다….
참으로 그대다운 아름다운 묘사요. 흐흐.

정미 우리가 매일매일 밥 먹으면서, 공연 보면서, 이성을 꼬시면서 일어나는 일들…, 그러니까 인간의 모든 행동들을 다윈의 안경이란 앵글을 통해 설명하고 있다는 거예요. 진화론을 이보다 더 잘 설명할 수 있을까 싶을 만큼 쉽고 재미있게!

성신 대체 얼마나 쉬운데 그렇게 계속 '쉽다 쉽다' 그러는 걸까, 궁금해지는데? 쉽다는 것과 별것 아닌 것은 전혀 다른 것인데도 보통 사람들은 쉽다고 하면 별것 아닌 시시한 것으로 여기는 습성도 있지요. 하여튼 설명 좀 구체적으로 해봐요.

정미 응. 나는 코미디언이니까 제일 먼저 관심 가는 부분이 웃음에 관한 챕터였거든.

성신 그랬겠지.

정미 푸하하하하하하하하하하하하하하하하~
      내 얼굴에 지금 미소가….

성신 미쳤소? 느닷없이 왜 웃는 거요?

정미 음…, 이 책에 나온 대로 정리하자면, 인간이 미소를 짓는 것은 원래 '너는 나보다 약해. 하지만 너에게 아무 짓도 하지 않을 거야.' 라는, 일종의 안심 신호였다는 거예요.

성신 오호라! 설명이 쏙쏙 머리에 들어오는구먼!

정미 그리고 웃음은, '내가 지금 너를 한 대 칠 건데, 아무 뜻도 없어. 그냥 장난이야.' 라는 의사를 표현하기 위한 표정에다 인간 특유의 목소리가 더해진 것으로 볼 수 있다는 거예요.

성신 '공격의사 없음' 이라는 일종의 비언어 커뮤니케이션이라는 것이로군요. 그렇다면 방금 그대가 그렇게 호탕하게 웃은 것도 그런 뜻이오? 내가 만만해서?ㅋ

정미 그렇다고 볼 수 있죠! ㅋㅋ 행동생물학에서는 또 이렇게 해석한대요. 인간의 웃음소리는 공동의 적을 위협하는 대상에 대한 경계와 비웃음의 신호이기도 하다고. 그러니까 웃음의 근본에는 공격적 요소도 포함되어 있다는 얘기지요.

성신 어쨌든 다윈의 진화론을 그렇게 쉽고 유머러스한 예로 설명하는 책이란 것이군요. 와웅~ 진짜 재미있는데? 또 다른 예는 없소? 남자들이 여자들에게 껄떡대는 이유에 대한 설명이나 뭐 그런 거.

정미 그건 팁의 문화로 설명해 놨더라고요.

성신 팁?

정미 어느 날 한 남자가 맥주집엘 갔어요. 거기서 그 남자는 남자점원에게는 팁 줄 생각도 안 하더니, 어리고 예쁜 여자점원에게만 팁을 주더라는 거예요. 그렇다면 이 남자가 여자에 환장해서 그런 거냐? 돈을 막 찍어내는 한국은행 사장이라서 그런 거냐? 그래서 이 남자가 욕먹어 마땅하다는 거냐? 그런데 이 책은 '아니다!' 라고 대답해요. 그건 진화론적인 관점으로 봤을 때 우리의 옛 조상들이 유전으로 물려주신 '아주 당연한 짓' 이라는 거예요.

성신 인간의 번식 본능이 여자점원에게만 팁을 주도록 시켰다는 것이로군.

정미 맞아요, 정확히. 잘했어요! 가끔 가다 보면 진짜 천재 같단 말야!

성신 이 책이 어떤 식으로 진화론을 설명하는지 알겠소.

정미 '진화가 나를 뚱뚱하게 만든다' 라는 항목도 있어요.

성신 진화가 뚱뚱하게 만든다고? 그 얘긴 또 뭐요? 차례가 하나씩 튀어나올

때마다 계속 더 궁금해지는데? 한 꺼풀씩 벗길 때마다 더 요염해지는 여인처럼…. 히힛~

정미 아니, 이 남자 끊임없이 얘길 해달라고 조르네! 마치 이것은 살아남기 위해 천 일 동안 이야기를 해주어야 하는 〈아라비안나이트〉의 한 대목 같구먼! 그래, 살아남아야지. 내 들려드리리다.

성신 버릇처럼 공주나 왕비 비슷한 존재에다 자신을 갖다붙이지 마시오. 이번엔 세헤라자데* 요? 기분 무척 언짢아지려고 하오. 닥치고 빨리 '뚱뚱' 얘기나 해보시옷!

정미 흐흐흐~ 자꾸 공격성을 내포하고 있는 웃음소리 나오게 할 거예요?

성신 뚱뚱해지는 진화론적 이유에 대해서 빨리 말해주시오. 이유가 대체 뭐라는 것이오?

---

* 세헤라자데 〈아라비안나이트〉에 나오는 전설의 페르시아 왕비, 술탄에게 천 일 동안 밤마다 이야기를 들려주어 목숨도 건지고 왕비도 되었다는 여인.

정미 수만 년 전, 왜 인류의 선조들 있잖아. 호모 에렉투스니 오스트랄로피테 쿠스니 하는 이름 긴 조상들, 그들은 먹는 만큼 뛰어다니면서 체내의 칼로리를 모조리 연소시켰대요. 그런데 살다 보니 만날 풍족하게 먹을 것을 구할 수는 없었지요. 그래서 진화 과정을 통해 체내의 화학적 효율성을 높여서, 에너지원을 지방의 형태로 자신의 몸에 저장하게 되었다는 것이지요.

성신 인간이 뚱뚱해지는 이유가 진화론적으로 명쾌하게 설명되는군요. 재미 있네.

정미 그러니까 오늘 당장이 아니라, 내일도 사냥하고 뛰어다니기 위해 저장된 형태가 '지방'이었다, 바로 이 말씀.

성신 그런데 말이오!

정미 네?

성신 그대는 왜 아무 맥락도 없는 과학책에 그리 열광하는 것이오? 다시 말해 그대의 현실에는 아무 연관도 없는 과학책을 왜 그렇게 좋아하느냐는 말이지.

정미 일종의 호기심이에요. '아 이래서 이랬구나!' 하는 앎의 즐거움? '이러

저러하니 내가 정상이구나.' 이런 식으로 스스로 위안이 되더라고요.

성신 나는 사람들이 먹고사는 일에 전혀 맥락도 없는 과학책을 좋아하는 이유를 이렇게도 생각해 본 적이 있어요. 바로 그 '맥락 없음이 가장 큰 맥락'이라고 말이오.

정미 맥락 없음의 맥락이라….

성신 왜냐하면 '맥락'이라는 것은 '현실적인 것'의 다른 표현이라고 할 수 있는데, 우리는 각자의 현실에서 늘 그 현실적인 것들에 엄청나게 괴롭힘을 당하면서 살잖아. 그런데 과학책들은 어이없을 정도로 크거나 자세하거나 오래된 이야기들을 들려주지. 그게 우리에게 인간으로서의 시원과 근본을 다시 생각하게 만들어준다는 거예요.

정미 그렇지, 그렇지.

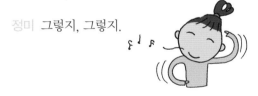

성신 과학책을 읽다 보면 자연스럽게 인간의 삶을 그 자체로 성찰하게 되는 경험을 하잖아요? 가령 천체물리학 책을 읽으면서, 우주의 크기를 가늠하다가 어느 순간부터는 먼지 같은 인간사의 부질없음을 가슴으로 느끼게 되지 않느냐는 거예요.

정미 그래서 과학책을 읽으면 스트레스가 한방에 팍 풀리는 느낌이 들었던 것이로구면! 오늘 과학과 철학과 인간의 역사를 두루 살펴보는 장대한 여행을 한 것 같아요! 이 밤을 이렇게 난, 하얗게 불태웠어…. 이런 날엔 초코 케이크 한 통 끌어안고 퍼먹다 편하게 잠들어야지. 진화론적으로 뚱뚱해지는 게 옳은 거니까!

성신 끝없이 뚱뚱해지는 쪽으로 인간이 진화하진 않을 것이오. 진화가 멸종을 선택하지 않는 한! 하하하~ 그래도 일단 오늘은 퍼먹으며 잠드시오. 그대는 뚱뚱해질수록 귀엽소. 푸핫!

정미 욕 같은 찬사 감사하오. 이게 욕인지 칭찬인지는 자면서 더 생각해 봐야겠다!

성신 난 그대가 친절하게 설명해 준 오늘의 책, 〈인간동물 관찰기〉를 인터넷 서점에서 주문해 놓고 잘 거요. 책을 사놓고 기다리는 바로 이 시간, 나는 늘 가슴이 떨려. 예쁜 소녀에게 처음 고백한 소년처럼….^^

이 책이 궁금하다

인간동물 관찰기
(마크 넬리슨 지음 | 최진영 옮김 | 푸른지식 | 2014년)

행동생물학자이자 국제동물행동학자 위원회 벨기에 대표 마크 넬리슨이 유쾌하게 풀어낸 책이다. 다윈이 우리에게 안겨준 '인류의 기원에 대한 지식'을 쉽고 재미있게 들려준다. 어려운 지식 없이도 다윈의 이론을 이해할 수 있도록 짤막한 에피소드 형식으로 구성하고 있다. '회의 시간에 왜 팔짱을 끼는가?', '왜 사람은 피부색이 다를까'와 같은 우리가 쉽게 간과하는 사소한 질문부터 '나는 왜 고통을 느끼는가', '진짜 내 모습은 무엇일까'와 같이 심오한 질문까지 다양하다. 저자는 거창하고 딱딱한 이론을 설명하는 대신 사람들을 동물학적 관점에서 관찰한 흥미진진한 이야기를 통해 인간의 본성을 설명한다.

원가로 만들어주는 책

'반려동물 전문가' 로 만들어주는 책 10+1

개에게 인간은 친구일까 (로브 레이들로)

약 1만5천 년 전 인간의 친구가 되어준 개와 우리가 앞으로 어떤 관계를 맺어야 하는지 알려주는 지침서로, 인간의 가장 좋은 친구인 개가 세계 곳곳에서 살아가는 이야기를 들려준다. 인간에 의해 버려지고 착취당하고 고통받는, 우리가 몰랐던 개의 이야기와 다양한 방법으로 개를 구조하고 보살피는 사람들의 이야기를 고스란히 담아냈다.

동물원 동물은 행복할까 (로브 레이들로)

이 책의 저자 로브 레이들로는 야생동물 보호운동 활동가로 야생동물 보호단체인 주체크 캐나다(Zoocheck Canada)의 설립자이다. 이번 책은 저자가 전세계 동물원을 1,000번 이상 탐방한 내용을 기록한 것으로, 동물원에 갇혀 지내는 야생동물에게 어떤 문제가 일어나고 있는지 생생하게 알려주고 있다.

인간과 동물 유대와 배신의 탄생 (웨인 파셀)

미국 최대의 동물보호단체 휴메인소사이어티의 대표인 저자 웨인 파셀은 현대의 모든 분야의 동물학대에 대해 전방위적으로 다루고 있다. 이 책은 현재 동물실험과 학대, 반려동물 산업의 문제와 야생동물 복원이라는 허위에 숨겨진 잔혹함, 야생동물 사냥과 도살의 치졸함을 밝히며 얼마나 더 심해졌는지 알린다.

동물은 답을 알고 있다 (마타 윌리엄스)

애니멀 커뮤니케이터인 저자가 동물과 교감하고 마음과 마음에 의한 커뮤니케이션, 직관의 커뮤니케이션에 대해 소개한 책이다. 저자는 동물과 직관적으로 커뮤니케이션을 하고 동물의 언어에 귀를 기울여 동물의 일반적인 행동문제를 해결하는 방법을 제시한다. 더불어 보호소의 동물들, 문제가 있는 동물들, 길을 잃어버린 동물들, 동물의 죽음을 다루는 데 직관의 커뮤니케이션을 활용하는 방법을 이야기한다.

나이든 고양이와 살아가기
(댄 포인터)

고양이의 '쇠약'과 '죽음'에 대해 다룬 책. 노쇠뿐 아니라 질병과 사고로 인해 자신의 고양이가 고통에 시달릴 때, 질병은 어떻게 진행되고 치료는 어떻게 이루어지는지, 또 집에서는 어떻게 돌봐줘야 하는지 항목별로 사례를 들어 알려준다.

요가하는 강아지
(노나미)

주인과 반려동물이 함께할 수 있는 문화공간과 놀이를 제시한 책이다. 저자인 노나미 수의사는 반려견과 함께할 수 있는 문화 활동인 '강아지 요가'를 만들었다. 강아지 마사지와 요가를 통해 반려동물과 깊이 교감하도록 안내한다.

고양이 제시 너를 안았을 때
(제인 딜런)

불안장애 소년의 삶을 영원히 바꾸어준 고양이에 관한 이야기. '선택적 함구증'과 자폐를 같이 갖고 있는 소년 로칸(Locan)은 집 밖으로 나서면 선생님이나 친구들과도 의사소통을 할 수 없다. 그 침묵의 세상에서 로칸의 목소리를 되찾아준 것은 한 마리 고양이였다.

동물병원이 알려주지 않는 30가지 비밀 (허현회)

반려동물을 위해 꼭 알아야 할 동물치료의 모든 것이 담겨 있다.

당신은 개를 키우면 안 된다
(강형욱)

반려견 행동 전문가 강형욱은 15년 동안 국내는 물론, 호주, 일본 등에서 훈련사로 활동하고 유럽 등에서 연수를 받았다. 저자는 반려견의 커밍시그널(반려견이 자신의 상태를 표현하는 행동)을 잘 살펴 그에 맞는 처방법을 소개한 책이다.

개는 어떻게 말하는가
(스탠리 코렌)

개의 언어를 이해하려면 그들의 얼굴 표정, 귀 모양, 꼬리의 움직임 등 몸짓을 익혀야 한다. 입의 표정만 잘 살펴도 분노, 지배성, 공격성, 공포, 흥미, 안심 등 다양한 개의 감정과 의사표현을 알 수 있다.

펫로스-반려동물의 죽음 : 미안해 사랑해 고마워
(리타 레이놀즈)

이 책에서 저자는 죽음의 과정을 통해 동물들에게서 얻은 지혜를 우리에게 들려준다. 반려동물의 죽음을 통해 나와 다른 세상의 모든 존재에 대한 배려를 배울 수 있다.

남정미 당신은 코믹강박증이오!

〈심리학에 속지 마라〉

 남정미 씨 우리 심심한데, 수다나 떨까?

 아니야. 나 오늘 하루는 그냥 집에 있으려고. 조신하게, 가만히, 숨도 안 쉬고….

 누가 나오래? 그냥 카톡으로 수다나 떨자는 거지! 그러고 보니 틈만 나면 자기 조신한 거 만방에 떠벌리려고 하네? 이 아가씨가~

나 조신한 거야 뭐 세상천지가 이미 다 아는 사실이고…, 실은 내 오늘 운세에 어디 가면 화를 당한대. 외부의 영향을 많이 받는 날이라며 시비조심 구설수에 주의하라고 나왔단 말이에요. 그러니 빨리 대화 끊어요!

성신 내 참 별소릴 다 듣겠네.

정미 그뿐만이 아니에요. 오늘 내 별자리 운세도 이렇게 나옴. "주변과의 관
       계가 원만치 못합니다. 당신이 최선을 다하고 있다는 것을, 그들은 쉽게
       알지 못하는 것 같습니다. 개중에는 정말로 당신에게 악의를 갖고 있을
       수도 있으니 주의하시기 바랍니다." 자, 그러니 흥분하게 하지 마! 나를
       싸납게 만들지 말란 말이에요. 다 물어뜯어 버릴 거야.

성신 사람이 카톡질 하다가 당할 수 있는 화가 도대체 뭐가 있을까? ㅋㅋ 말
       도 안 되는 운세만 믿고 나 같은 분(?)을 찬밥 취급하다가 내가 오늘 그대
       에게 해줄 수도 있는 금과옥조 같은 말씀을 놓치게 되는 것이야말로 정
       녕 그대에게 화라면 화가 아닐까 사료되오만….

정미 아, 왜 갑자기 가만 있는 사람한테 문자해서 시비인 거요. 옳거니! 그러
       고 보니 이게 바로 구설수구나! 이게 바로 악의를 갖고 나를 휘말리게 하
       려는 거였어. 아 진짜, 운세 대박 잘 맞네!

성신 뚱딴지 빙닭 같은 소린 집어치우시고….

그딴 어이없는 소리 할 시간 있으면 이 책이나 한번 읽어보길. 〈심리학에 속지 마라〉 이 책에 그대 같은 바보들 이야기 잔뜩 나옴!

정미 무슨 내용이야? 심리학 책이야요?

나, 심리테스트 되게 좋아하는데… 그럼 잠시만. 좀 읽고 올게요.

성신 서점 옆집 사니까 좋구나~

정미 성신 샘, 이 책 이거 뭐야!

그러니까 내가 심리산업에 놀아났다는 얘기야?

성신 말하자면 그렇지. ㅋ

운세나 점도 지금 번성하고 있는 일종의 심리산업의 한 영역이지. 그런데 요즘은 이른바 대중심리학이라는 이름으로 사람들의 마음을 쥐락펴락하는 돈벌이도 지나치게 범람하고 있지 않소? 바로 그런 사회적 현상을 신랄하게 파헤치면서, 심리산업의 음모를 고발하는 책이라고 할 수 있지.

정미 심리산업의 음모라? 아가사 크리스티* 한데?

---

* **아가사 크리스티** 추리소설의 여왕이라고 불리는 영국 작가.

성신 말하자면 대중심리학의 부작용을 경고하는 내용의 책이란 말이오. 그대와 비슷한 사람들을 위해 나온 책이 맞는 거지. 하핫~

정미 그저 나는 지금 내가 행복하게 살고 있는지, 내가 좀더 잘 살려면 어떤 문제를 피해 가야 하는지 체크하고 싶을 뿐이었어요. 이왕이면 좋은 게 좋잖아요, 여러 가지 도움 좀 받는 게 뭐 어때…. 그 정도 생각이었지, 뭐.

성신 이 책을 한마디로 말하자면, '대중심리학이 멀쩡한 사람들을 정신병자로 만들고 있다.'라고 정리할 수 있어요.

정미 음, 그렇군요. 듣고 보니 그러네.

성신 우린 스스로의 불안감이나 내면적 고통을 줄이기 위해 심리치료를 한다고 그저 소박하게 생각하지만, 실상은 대중심리학이라는 것이 심리산업의 번성을 위해 멀쩡한 사람들을 정신질환자로 만들어가고 있다는 거예요.

정미 그리고 보니 원래 심리테스트나 이런 내용들은 여성 잡지에서 자주 봤는데, 언젠가부터 언론이나 매체에 전문가라는 사람들이 자주 나와서 진짜 점쟁이처럼 내 모습을 맞추니까…, 그 사람들의 조언은 무조건 믿고 따라야만 할 것 같더라고요.

성신 어쨌든 오늘날 현대인들의 심리학 의존증이 지나치다는 경고예요. 요즘은 초등학생들도 이렇게 말한다더군요. '난 ADHD인가 봐….'

정미 그게 뭐여? 먹는 거여?

성신 ADHD는 '주의력결핍과잉행동장애'를 뜻하는 심리학 용어라네요. 기가 막히지 않소? 공부보다는 장난을 더 좋아하고, 그렇게 활달한 아이들은 어디에나 있기 마련인데, 그 아이들이 스스로를 이렇게 규정한다는 것이잖아요. 다시 말해 아이들조차 '난 정신병자야.' 이렇게 말한다니 참 심각한 거지.

정미 아, 진짜 '홀릭', '중독', '우울증', '신드롬' … 이런 단어들에 워낙 익숙해지다 보니까, 나도 그 중 몇 개는 앓고 있다는 생각이 들어.

성신 그럼에도 불구하고 그대는 심리치료를 좀 받아야 할 듯!

정미 뭐라고? 어딜 봐서? 왜? 지금 이렇게 조금씩 달라지고 있잖아요!!

성신 그대는 너무, 심하게, 지나치고, 어이없을 정도로… 웃! 기! 잖! 아! 푸핫~. 말하자면 그대는 웃기지 않는 상황을 잠시도 견디지 못하는 코믹강박증이오!

개그맨을 앞에 놓고 웃겨서 문제라고 하다니….
나도 대중심리학 해서 먹고 살까봐. 무지하게 소질 있지? 하하핫~

정미 김샘. 그대야말로 심리치료를 받아야 하겠구료.

성신 왜? 개그맨 앞에서 자꾸 더 웃기려고 해서?
이것도 일종의 강박증이라는 거요?^^

정미 최고의 과외선생이 붙어 있는데 왜 웃기질 못하나요? 왜 나아지질 않느냐고!

성신 아, 그렇다면 나 역시 주의력결핍과잉행동장애인 것인가?^^ 맞아요. 우리 모두가 매사에 이런 식이란 것이지요. 이 책이 문제 삼고 있는것이 바로 그 지점이에요.

정미 뭐야, 철학 없이 심리학에만 사로잡혀 사는 것이야말로 화를 당하는 거였잖아! 운세고 심리고 나발이고 다 필요 없고!! 주의력결핍과잉행동장애 갖고 있는 김샘 만나서 수다를 떠는 것이 정신건강에 훨씬 이득이것 구먼! 어디요? 지금 당장 만납시다. 금과옥조와 같은 말씀과…, 그리고 지갑 들고 나오시오.

성신 역시 그대는 얼굴만 예쁜 그런 흔한 개그우먼이 아니었던 것이오. 배우는 대로 족족 써먹을 줄 아는 실사구시 개그맨이었던…!^^

이 책이 궁금하다

심리학에 속지 마라 : 내 안의 불안을 먹고 자라는 심리학의 진실
(스티브 아얀 지음| 손희주 옮김 | 부키 | 2014년)

심리학자이자 독일의 저명한 심리학 전문 잡지 〈게히른 운트 가이스트〉의 편집장인 스티브 아얀은 심리학을 '만병통치약'으로 맹신하는 사회에, 그리고 심리학 처방을 기다리는 사람들에게 거짓말을 팔아온 심리 전문가들의 행태에 뭔가 크게 잘못되어 가고 있음을 느꼈다. 저자는 이 책에서 인간관계부터 경제행위, 위안과 치유에 이르기까지 모든 문제의 '해결사'로 군림하는 심리학의 은밀한 진실을 밝힌다. 심리학이 인간의 마음속에 내재한 '불안'과 '성공 욕구'를 어떻게 교묘하게 이용하는지를 명쾌한 분석력과 유려한 필치를 통해 낱낱이 파헤친다. 가령, 지난 100년간 세상을 조종해 온 IQ와 EQ 테스트, MBTI 검사, 모차르트 효과 등의 '심리 상품'들이 어떻게 우리를 '유혹'하고 '배신'해 왔는지를 보여준다. 이외에도 심리 전문가들이 어떻게 가벼운 문제를 정신질환으로 몰아 '장사'를 하는지를 다양한 실험과 통계, 각종 마케팅 사례, 전문가들의 인터뷰를 통해 생생하게 드러낸다.

프로메토칸투라스히드라리바이탄블리자드
자스카리투스해저드디아블로레피쿠리우스네메시스!

〈신 백과사전〉 / 〈악마 백과사전〉

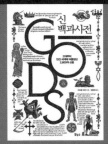

 정미 씨는 혹시 사전 좋아해요?
세상의 책벌레들이라면 하나같이 온갖 가지 백과사전들
환장하게 좋아하잖아? 정미 씨도 그러냐고?

나는 벌레만도 못한 녀~ㄴ인가 보오….

 에이 정말?

백과사전들은 일단 그 뚱뚱함이 지나치게
압도적이지. 난 뚱뚱한 애들 싫어!

 난 딱 반대인데, 세상 모든 것이 다 들어가 있을 것만 같은,
그 뚱뚱함 때문에 나는 백과사전을 사랑해! 사실 난 뚱뚱한 거
다 사랑해! 책이든 몸매든 풍요로운 것은 다 아름답지 않은가?^^

  전송

정미 베개로 쓴다면 아주 훌륭하지만, 알 수도 없는 것들이 가나다ABC 순서 대로 잔뜩 적혀 있는 백과사전류는 보기만 해도 속이 더부룩해요.

성신 누가 사전을 처음부터 끝까지 한꺼번에 읽겠어요? 움베르토 에코 빼고…. 그는 이렇게 말했지. "외딴섬에 가게 된다면 나는 전화번호부를 가지고 가겠다."라고. 하여튼 웃기는 영감탱이야. 뭔 말을 하려는지 이해 못 할 바는 아니지만.^^

정미 그러니까… 크크. 하기야 무언가에 대한 백과사전을 소장하고 있으면, 그 무엇인가가 모조리 내 것이 된 것 같아서 기분이 뿌듯하긴 하지. 하지만 움베르토 에코 영감님처럼 백과사전을 통째로 읽을 마음은 없어요.

성신 사전이 사랑스러운 이유 중에 하나는 '즉각 읽기'나 '통독'을 강요하지 않는다는 것도 있어요. 정미 씨 말처럼 그냥 소장하고 있다가 가끔 꺼내서 들춰보면 뿌듯하기 그지없지!^^세상 그 어떤 문제도 이 책 한 권이 다 해결해 줄 것만 같은 든든함이랄까? 하하~

정미 뭔데? 뭔데? 오늘은 무슨 책 가지고 수다를 떨려고 그래에에에에요오옹~ 응응?

성신 최근에 나온 〈신 백과사전〉, 그리고 〈악마 백과사전〉.

정미 푸힛~ 나 그 책들 봐쩌용~ 책 표지부터 선과 악으로 나누었더군요. 〈신 백과사전〉은 흰색, 〈악마 백과사전〉은 거무튀튀한 표지!

성신 맞아요. 그런데 〈신 백과사전〉 쓴 저자 이름 때문에 빵 터졌잖아…. 이름 이 마이클 조던! 세계적인 농구선수가 아니라 세계적인 종교 인류학자 라더구먼. ㅋ 그 이름은 어쨌든 '세계적인' 뭔가를 만들어주는 이름인가 봐. 나중에 시집가서 아들 낳으면 이 이름 붙여요. 마씨 성 가진 남자를 만나서 '이클조던' 이라고 이름을 짓는 거야!

정미 뭐라? 나중에 시집가서? 나중에? 나중이라고?
에잇~ 확!

성신 미안하오. 당장 마씨 총각 놈 하나를 잡아 대령해 드립죠. 흐흐~
하여튼 쓸데없는 소리 집어치우고 다시 책 이야기나 합시다. 〈악마 백과 사전〉을 쓴 프레드 게팅스는 미술사학자이자 철학자이자 오컬트계의 최 고 권위자라고 하지요.

정미 나는 두 권 중 〈악마 백과사전〉에 눈이 더 가던데요?

성신   내가 또 궁금한 거 못 참는 거 알지? 출판사에 물어봤지! "〈신 백과사전〉
　　 과 〈악마 백과사전〉, 이 둘 중에 뭐가 더 잘 팔려요?" 하고. 그랬더니 역
　　 시 악마가 훨씬 많이 팔린다대.

정미   악마에게 눈길이 더 가는 어떤 이유가 있을까요?

성신   인간은 본능적으로, 공포에 훨씬 더 즉각적으로 반응하는 존재니까 그렇
　　 겠지요.

정미   〈악마 백과사전〉 들춰보니 정말 재미있는 이야기가 많던데요.

성신   어떤 이야기가 그렇게 재미있던가요?

정미   왜 영국의 한 저택 벽에서 헨리 8세의 초상화가 나와서 화제가 되었다고
　　 하잖아요. 그런데 그 초상화를 밑에서 거꾸로 올려다보면 사탄 루시퍼의
　　 얼굴이 보인다지요. 그런데 이게 우연이 아니라 역사적인 연원이 있다고
　　 하는 바로 그 대목!

성신   흐흐~ 언제나 악마 이야기는 재미있어요, 으스스한 것이. 그래서요?

정미   그림이 그려진 장소는 16세기 당시에 가톨릭 수도사들의 별장으로 사용
　　 된 곳인데, 당시 헨리 8세가 가톨릭을 탄압하고 종교개혁을 강행하면서

수많은 수도사들이 참수형에 처해졌단 말이죠! 그래서 그에 대한 분노로 헨리 8세의 초상화에 악마의 얼굴이 겹치도록 교묘하게 그려놓았다는 거예요. 말도 안 되는 괴담이 아니라 실제 역사라고 하니 오히려 더 으스스해!

성신 인간 내면의 악을 상징하는 존재가 바로 악마니까…. 스스로의 내면에 들어 있는 악마를 느끼고 확인하게 되니 으스스할 수밖에….

정미 내 방 벽에도 조만간… 김성신 쌤을 그리기 시작해야겠구먼!

성신 밑에서 보면 배우 유승호 군 닮은 수호천사가 보이도록?ㅋㅋㅋ

정미 승호 군! 이리 와~ 이리 와~ 이 누나의 꿈속으로~

성신 승호 군! 미안해요. 내가 대신 사과할게요.

어쨌든 나는 저자가 '악마가 사라져버린 시대'에 대해 이야기하는 대목이 굉장히 인상 깊었어요. 20세기 들어와 서구 문화가 전세계의 주류가되면서 악마에 대한 이미지가 기독교의 타락천사라는 범주 안에 갇혀버렸다는 이야기.

정미 원래 악마라는 단어에는 굉장히 다양하고 다채로운 종교적 · 역사적 층
위가 존재했는데, 질서정연한 기독교 세계관이 정립되면서 인간의 상상
세계에서 급격하게 사라져버렸다는 이야기였죠. 그럼 악마가 세상에서
사라진 건데, 이 세상은 대체 왜 이 모양인가요?

성신 역시 나와 같은 생각을 했군! 난 정미 씨와 같은 질문을 던져놓고 이런
대답을 해봤어요. 인류의 기나긴 역사 동안 인간을 두렵게 만들어 바르
게 살도록 만든, 바로 그런 역할을 하던 존재가 악마인데, 그게 사라지고
나니 상상 속 악마의 역할을 인간이 직접 하게 된 것이라고 말이지요.

정미 프로메토칸투라스히드라리바이탄블리자드자스카리투스해저드디아블
로레피쿠리우스네메시스!

성신 갑자기 웬 염불이야?

정미 나 요즘 헤나에 푹 빠졌잖아요! 내 몸에 선한 기운을 불어넣으려면 신의
이름을! 조금 더 강력한 마력을 위해서는 악마의 이름을 찾아서 내 몸에
새겨야겠어요!

성신 아! 정말 여러 가지 하는구나!

정미 난 이 책들을 읽으면서 그런 생각을 했어요. 신을 경외하고 악마를 두려워하던 시절의 인간들은 분명 지금의 우리들보다 훨씬 도덕적이고 나은 인간이었을 거라는….

성신 이상한 주문을 외우고 나더니 갑자기 철학자 같은 소리를? 나도 그거 한 번 외워봐야겠다! 프로메토칸투라스히드라….

✎ 이 책이 궁금하다

신 백과사전 : 고대부터 인간 세계에 머물렀던 2,800여 신들
(마이클 조던 지음 | 강창헌 옮김 | 보누스 | 2014년)

10년간의 자료 수집과 연구로 5대양 6대륙 200여 문명권역에 걸쳐 고대부터 지금까지 인간 곁에 머물렀던 신들을 한자리에 정리한 신화학 사전이다. 창조신, 태양신뿐만 아니라 부엌 신, 이발사 신 등 생활과 밀접한 신과 지위나 역할이 잘 알려지지 않은 신들을 모두 모았다. 불교의 가가나간자에서 힌두교의 어머니 여신 힝글라즈마타까지 2,800여 신들을 가나다순으로 수록하고 있다.

악마 백과사전 : 고대부터 악흑세계를 지배했던 3,000여 악마들
(프레드 게팅스 지음 | 강창헌 옮김 | 보누스 | 2014년)

신비술과 마법 및 악마학 분야에 나오는 악마들의 이름과 악마 체계, 전문용어 등을 이해하기 쉽게 정리한 백과사전이다. 15세기 후반부터 18세기 사이에 나온 마법 문서들인 그리므와르에서부터 단테의 〈신곡〉, 셰익스피어의 희곡들, 괴테의 〈파우스트〉 등 고전 작품에 등장하는 악마들의 실체와 습성 등을 파헤쳐 악마의 본모습을 재구성하고 있다.

"식욕은 삶의 의지고,
미래에 대한 기대이자
뭔가를 먹는다는 것은
찰나를 가장 깊숙하게 즐기는
원초적인 경험이다."

비겁한 것들의 더러운 현실감각

〈신의 호텔〉

 성신 선생님, 안녕하세요?

 나도 '정미 씨 안녕?'이라고 말하고 싶지만…, 지금 우리가 정녕…, '안녕'이라는 것을 해도 되는 걸까요?

아…! 맞아요. 사실 안녕하다고 말하는 것조차 너무 염치 없고 미안하네요. 세월호 사건에서 우리가 지켜주지 못한 아이들….

 처음 며칠 동안은 그저 슬프고 눈물 나고 그랬는데…. 지금은 슬픔을 넘어선 어떤 참담함이랄까? 분노랄까? 그러다가 한없이 무력감이 느껴지기도 하고…, 그러네요.

나는 진짜 가슴이 뻥 뚫리고 심장이 덜컥덜컥 내려앉는 듯한 느낌으로 계속 지내고 있어요. 슬퍼하는 것밖에는 아무것도 못 해 주는 게 너무나 미안하고 안타깝고….

  전송

성신 그런 생각을 해봤어요. 우리 아이들의 목숨조차 제대로 지켜주질 못할 만큼 우리 기성세대 모두가 얼이 빠져 살았던 것은 아닐까 하는 그런 생각 말이에요.

정미 맞아요. 비통한 심정 속에서도 이젠 진짜 정신 바짝 차리고 살아야겠다는 생각이 들더라고요.

성신 전적으로 동감! 우리 모두 돈돈돈돈 하며 환장을 했던 사이, 그렇게 오로지 돈벌이와 탐욕에만 눈이 멀어 넋이 나가 있던 바로 그 사이! 본래 사람이 있어야 할 그 자리까지 모조리 돈에게 넘겨주었던 것은 아니었을까?

정미 진짜 다들 돈만 보는 거죠. 만화 〈드래곤 볼〉을 보면 '베지터' 라는 캐릭터가 '스카우터' 라는 전투력 측정이 가능한 안경을 쓰고 있는데, 정말 요즘 사람들은 모두가 눈에 '머니스카우터' 를 끼고 살아가는 것 같아요.

성신 참담하고 비통하던 차에 정미 씨가 며칠 전 권해준 〈신의 호텔〉이란 책을 읽어봤어요. 정미 씨가 왜 이 책을 나에게 권해줬는지 정확하게 알겠더군요. 눈이 확 떠지는 것 같았지. 지금부터 우리가 무엇을 어떻게 해야 하는지 정확한 방향을 알려주는 것 같았어요. 고마워요.

정미 그 책 보니까 되게 가슴 따뜻해지지 않던가요?

성신 이 책에 나오는 라구나 혼다 병원처럼 세상이 재구성되면 얼마나 좋을까 하고, 상상만 해봐도 가슴이 벅차오르더군요.

정미 그 책을 쓴 사람 이름이 '빅토리아 스위트'라서 그랬는지, 정말 책 읽는 동안 천국처럼 달콤한 기분이 들었어요. 진짜 그런 '신의 호텔'이 지상에서 구현될 수 있는 것이었다니!

성신 그걸 여태 몰랐으니 우리는 모두 바보 멍청이들이었던 거죠.

정미 사실 처음엔 무슨 호텔이라 그래서, 고관대작이나 재벌들 들락거리는 10성급 호텔 이야긴가 싶었는데, 그게 호텔 이야기가 아니라 병원 이야기더구먼! 더군다나 고관대작·재산가는 개뿔, 노숙자·극빈자들을 비롯해 알코올중독자·치매·뇌졸중을 앓는 노인처럼 까다로운 만성질환자들이 끊임없이 몰려드는데, 이 병원은 돈도 안 되는 환자들 다 받아주고 정성껏 치료해 주고 있다니! 라구나 혼다 병원이 '미국 최후의 빈민구호소'라고도 불린다는데, 책의 제목이 실감나더라고요. 정말 '신의 호텔'이 있다면 이런 곳이겠구나 하고!

성신 원래 '신의 호텔' 이란 말은, 17세기 프랑스의 '파리시립병원' 을 사람들이 그렇게 불렀다지요. 아픈 사람들을 아무런 대가 없이 돌보던 병원이라 당시 사람들이 그렇게 칭송했다고 하지요. 그런데 지금은 미국 샌프란시스코의 지역공공병원인 라구나 혼다 병원이 바로 그 계보를 이어가는 병원이라는 뜻을 이 책 제목이 담고 있는 거지요.

정미 그런 병원이, 다른 곳도 아니고 미국에 있다고 해서 더 놀라웠어요. 미국은 의료보험 시스템이 완전히 무너지다시피 한 나라잖아요.

성신 이 책에서 저자는 라구나 혼다 병원의 놀라운 이야기들을 전해주는데, 그 중에서도 '비효율성' 에 숨겨진 라구나 혼다만의 '인간적 효율성' 을 이야기하는 부분은 놀라움을 넘어 감동까지 전해주더군요.

정미 라구나 혼다라는 병원. 참 대단해요! 아니 병원이 가진 의료장비가 고작 엑스레이뿐이라면서요? 웬만하면 약물도 잘 안 쓴다는데, 어떻게 그렇게 병을 잘 고치고 환자들을 점점 좋아지게 할 수 있죠?

성신 나도 그게 궁금했는데, 라구나 혼다에는 세상 그 어떤 병원에도 없는 자신들만의 강력한 무기가 있다고 하더군요. 그런데 그게 바로 '시간' 이라고…! 난 그 대목 읽으면서 정말 잠시 머리가 멍해지는 것 같았어요. '이 렇게 당연한 것을 어떻게 지금까지 아무도 생각하지 못했지?' 바로 그런 생각이 들었거든요. 마치 뒤통수를 팍 두들겨 맞은 듯한 느낌이랄까?

정미 샘도 저와 똑같았군요. 나 얼마 전에 안과 가서 라섹 하는데, 이건 무슨 병원이라기보단 완전 공장 같은 거예요. 환자들이 기계로 들어가서 5분 도 채 안 되어 검사 끝. 병상에 눕자마자 10분도 채 안 되어 양쪽 눈에 레 이저가 치치칙 치치칙~ 그러고 나서 안구 식히기 위해 차가운 생리식염 수로 딱, 끝! 수술 전 과정이 20분도 채 안 돼서 끝나는데, 게다가 한 명 나오면 바로 다음 환자가 그 침대에 눕고…, 완전 기계 찍는 공장 같더라 니까요!

성신 이야기 잘 꺼냈는데, 그럼 거기에 라구나 혼다의 풍경을 한번 비교해 볼 까? 라구나 혼다의 수간호사들은 하루 종일 환자들 곁을 지킨다고 해요. 병원 내부의 구조와 동선 자체가 아예 그렇게 지켜볼 수밖에 없도록 되어 있다고 하더군요. 또 의사들은 매일같이 환자의 침상으로 찾아와 한 사람 한 사람을 오랜 시간 면밀히 관찰하고 서로 이야기를 나눈다고 하지요.

정미 지극히 비효율적이고 아날로그적이지만, 바로 그런 방식 때문에 정확한 진단과 처방 확률은 높아지고, 오진을 비롯해 불필요한 약물투여나 시술, 임상검사 같은 것도 대폭 줄어든다는 논리죠. 그래서 약물 오남용이나 그로 인한 합병증까지 예방해 준다는…. 그러니까 겉보기엔 엄청난 비효율 같지만 궁극적으로는 굉장한 효율이 생긴다는 그런 논리!

성신 돈벌이의 관점에서는 분명 비효율의 전형처럼 보이지만 인간 중심의 관점에서는 최고의 효율! 바로 이런 논리인데, 이 당연한 이야기가 정말 놀랍게 느껴지더군요.

정미 참 대단하네! 그런데, 아니 그렇게 시간과 정성을 쏟으려면 의사들이나 간호사들은 피곤해하지 않을까요? 그걸 어떻게 감당하지요?

성신 정미 씨. 나도 그 생각해 봤는데….
사람이 가장 피곤할 때는 과연 어떤 경우일까요? 일을 많이 했을 때일까요? 아니면 무의미한 노동을 했을 때일까요? 의미 있고, 늘 자부심까지 느낄 수 있는 그런 노동이라면 난 매일 24시간을 일한다 해도 마냥 즐거울 것만 같은데?^^

정미 엥, 24시간?

성신 실제로 라구나 혼다는, 의료진의 만족도와 근속률이 다른 그 어느 병원보다도 높다고 하더군요. 이 책의 저자만 해도 처음엔 달랑 두 달 정도만 있다가 가려고 했지만, 이 병원의 운영철학이 너무 마음에 들어서 20년 동안이나 눌러앉아 의사로 일했다고 하잖아요.

정미　난 또 읽으면서 이런 의문도 들더라고요. 왜 한 달에 500쌍둥이 만드시는 우리 강남동네 성형외과 의느님들은 그런다잖아요, 길거리에서도 마주치는 여자들 얼굴 보고 '쌍커풀은 80, 코는 재수술해야겠다 300, 입술하고 양쪽 턱에 보톡스 3병 60씩 180…' 이렇게 머니스카우터 끼고 암산놀이 한다잖아요. 그런데 라구나 혼다는 치료하는 환자들 대부분이 장기입원 환자라 병원 입장에서는 지지리도 돈이 안 될 텐데, 병원 운영은 대체 어찌하는지 걱정되더라구요.

성신　운영이 쉽진 않겠지요. 늘 예산과 씨름해야 한다고 하더라고요. 하지만 지금까지 안 망했잖아, 지금도 돌아가잖아, 문득 그런 생각도 들었어요. 라구나 혼다가 돈벌이가 왕창되는 병원은 아니지만, 그렇다고 당장 망하지는 않는다는 것을 이렇게 온 세상에 보여주는 것만으로도 굉장한 의미가 있는 거라고. 돈벌이에 환장을 한다고 해도 망할 곳은 언제든 망하는 반면, 돈벌이보다는 뭔가 더 중요한 가치가 있다고 믿으면서 일한다 해도 반드시 망하는 것은 아니라는 것을 이 병원이 보여준다는 거예요. 바로 이게 라구나 혼다가 던지는 아주 중요한 메시지라는 생각이 들어요.

정미　그렇네요.
　　　정말 여러 가지 생각을 하게 만드네요.

성신 우린 병원뿐만 아니라 거의 모든 기업들이 그렇잖아. 수조 원씩 영업이
익을 내놓고도 바로 그 다음해 새해 벽두부터 재벌 총수라는 작자가 직
원들 모아놓고 이런 식으로 말하지. '글로벌 경쟁에서는 방심하면 곧바
로 망해서 거지꼴 될 수 있다. 그러니 더 긴장해서 살아야 한다. 마누라
하고 자식만 빼고 다 바꿔라.' 이거 어디서 많이 들어본 이야기지?^^

정미 아! 바꾸면 안 되는 것이 있긴 있었구나!

성신 그래도 마누라하고 자식은 빼줘서 감지덕지해야 하나?

정미 라구나 혼다라는 병원, 신이 운영하는 호텔이 맞네! 집 없이 거리에서 사
는 아이들을 '거리의 천사'라고도 하잖아요. 그런 이들을 기꺼이 받아
몸과 마음을 치료해 주고 쉴 수 있게 해주니 '신의 호텔'이란 말이 과장
이 아닌 거예요.

성신 인간을 중심에 두고 그 기본에 충실하기만 해도, 이렇게 기막히게 아름
다운 장면들이 펼쳐지잖아? 해보지도 않고 아무 데나 '이상론'이라고
쌍심지 켜는 현실주의 멍청이들에게 한방 먹이는 그런 통쾌한 느낌까지
들었어요.

정미 모든 문제에서 가장 중심에 둬야 할 것은 결국 '사람'이라는 것!

성신 비겁한 것들이 자기들의 비겁을 현실감각이라는 말로 그럴싸하게 포장

하고 뒤에 숨어 있다가, 옳은 소리 하는 사람 나오면 얼른 나서서 엿 먹이려고 노리는 꼬락서니 보는 것도 이젠 아주 구역질이 나요. 그런데 라구나 혼다는 말하자면, '옳은 현실'이 가능하다는 것을 직접 보여준 것이니까…, 바로 그 점 때문에 아주 통쾌하더라고요.

정미 급격하게 성장하면서 몸에 밴 이상한 것들, 이제 다 같이 라구나 혼다 병원 가서 치료 받아야 해! 책에 따르면, 라구나 혼다 병원의 그런 운영 철학의 핵심은 '인간적 효율성'이라고 할 수 있는데. 단지 병원 운영의 차원만이 아니라, 인간은 배제된 채 기계적이고 극단적인 효율성을 추구하는 현대 자본주의 시스템 전체에 시사하는 바가 아주 크다는 생각이 들어요.

성신 어쨌든 결론적으로 〈신의 호텔〉 이 책은, 고작 돈벌이 따위보다, 그 어떤 효율의 논리보다, 인간은 그 자체로서 훨씬 더 존중되어야 마땅하지 않겠냐고 우리에게 묻고 있어요. 다시 말해 인간의 세상에서 지켜야 할 가장 기본적인 가치를 다시 일깨워주는 거지요. 책을 끝까지 읽고 나서 이런 결론을 대하고 나니, 정말 가슴 찡하더군요.

정미 그렇죠? 라구나 혼다 병원의 운영철학 '인간을 중심에 두고 추구하는 효율성' 이거 진짜 우리가 배워야 해요. 우리는 어느 순간부터 가장 기본적인 것을 지키지도 못했고, 그걸 어기는 누군가에게 큰 소리로 잘못되었다고 말하지도 못했기에. 우리 모두의 그런 비겁함이 지금 이 죄 없는 어린 친구들을 하늘나라로 먼저 보내게 된 것이라는 생각이 들어서 진심으로 미안하고 마음이 아픕니다.

성신 정미 씨, 우리 같이 아프고 미안해합시다. 그리고 정말 좋은 책 추천해 줘서 고마워요. 세월호에 묻은 아이들 때문에 정말 참담했는데, 그 참담함 속에서 이제 우리가 무엇을 반성하고, 어떻게 성찰하고, 대체 어떻게 살아야 되는지를 이 책을 통해 조금은 깨닫게 된 것 같아요.

 ## 이 책이 궁금하다

신의 호텔 : 영혼과 심장이 있는 병원, 라구나 혼다 이야기
(빅토리아 스위트 지음 | 김성훈 옮김 | 와이즈베리 | 2014년)

의학과 의료체계, 병원과 의사의 본질에 대해 진지하게 탐구한 에세이다. 샌프란시스코에 위치한 지역공공병원 라구나 혼다, 이곳은 17세기 아픈 이들을 대가 없이 돌보던 '파리시립병원(일명 신의 호텔)'의 후손 격인 병원으로, 미국 최후의 빈민구호소다. 이곳에는 노숙자, 극빈자 등 사회소외계층을 비롯해 알코올중독자, 치매, 뇌졸중을 앓는 노인 등 까다로운 만성질환자들이 몰려든다. MRI 하나 없는 노후한 시설에 매년 예산 부족과 씨름하고 있지만, 이곳은 사회도, 다른 여느 병원도 포기한 환자들이 서서히 회복되는 곳이며, 의료진의 만족도와 근속률이 그 어느 병원보다도 높은 곳으로, 의사들과 환자들에게 진짜 '신의 호텔'처럼 기능한다. 이 책은 단 두 달만 일하기로 마음먹고 라구나 혼다에 왔다가 인간 중심적 분위기, 충분한 시간을 들여 환자의 몸과 마음과 환경까지 돌보는 '느린 의학'에 매료돼 20여 년을 이곳에서 헌신한 한 내과의사의 회고록이기도 하다.

'타인의 고통을 알게' 만들어주는 책 **10+1**

참 좋은 당신을 만났습니다. 세 번째
(송정림)

수십여 편의 감동적인 이야기를 담아, 세파에 지친 사람들의 마음에 감동과 용기를 전하는 책이다. 다가온 인연을 소중히 하는 사람, 한계를 뛰어넘어 도전하는 사람, 나보다 불행한 이웃에게 따뜻한 손길을 내미는 사람 등의 이야기를 전하고 있다.

절망의 나라의 행복한 젊은이들
(후루이치 노리토시)

워킹푸어, 청년들을 착취하는 불리한 산업구조, 이런 부조리한 사회에서 어째서 일본의 20대들은 행복하다고 말할 수 있는 것인가? 젊은 사회학자가 쓴 이 책은 오늘날 젊음을 착취하는 사회적 구조를 개혁하고 공동체의 행복을 지향하는 정치적 자각을 촉구하고 있다.

청년에게 고함 (P. A. 크로포트킨)

표트르 알렉세예비치 크로포트킨은 19세기 말, 20세기 초의 대표적인 아나키스트 혁명가이자 이론가이며 지리학자다. 이 책은 1880년 크로포트킨이 쓴 격문이자 외침으로, 134년이 지난 지금에도 여전히 유효한 문제의식과 이 시대 청년의 가슴을 끓게 할 결기를 담고 있다.

미래를 여는 18가지 대안적 실험 (장병윤)

이 책은 18곳의 새로운 삶을 실험하고 있는 대안적 현장을 탐방하고 취재한 내용을 모은 책. 귀농운동과 슬로푸드운동, 흙집 짓기와 한옥학교, 대안교육과 전통의료, 대안기술, 협동조합, 지역통화, 한국과 유럽의 대표적인 공동체를 찾아가 소개하며 더 이상 성장 없는 시대에 우리가 어떤 대비책을 가지고 준비해야 하는지 해법을 제시하고 있다.

비굴의 시대
(박노자)

이 책을 쓴 박노자는 지금 한국 사회를 '전례 없는 더러운 시대'라고 표현한다. 사회적 연대의식은 증발하고 타자의 아픔에 대한 공감이라고 전혀 보이지 않는 사회에서 '비굴'은 자연스럽게 우리 삶의 지배하는 단어가 되었다는 것이다.

소비를 그만두다
(히라카와 가쓰미)

여기서 '소비'란 먹고사는 데 돈을 쓰는 행위가 아니라 굳이 필요하지 않은 무언가를 원하고 그 욕망을 채우기 위해 돈을 벌어 쓰는 행위를 말한다. 이 책은 저자의 경험을 통해 현대경제사를 풀어가면서 동시에 자본주의적 삶의 본질과 모순을 통찰하고 있다.

나는 말랄라
(말랄라 유사프자이, 크리스티나 램)

2014년 역대 최연소 노벨평화상 수상자로 선정된 17살 소녀 말랄라가 온 세상을 향해 던지는 메시지. 불의와 폭압에 침묵하지 않고 맞서 싸우는 용기와 신념에 관한 감동적인 기록이다.

경쟁의 배신
(마거릿 헤퍼넌)

이 책은 인간이 태어나 겪게 되는 다양한 '경쟁'의 속성을 낱낱이 파헤치며 그 대안의 현실을 찾아간다.

우리도 행복할 수 있을까
(오연호)

유엔이 발표한 세계행복보고서에 2년 연속 행복지수 1위인 덴마크는 언제부터 행복한 사회였을까? 저자는 이 의문을 해결하고자 덴마크 사회 혁신의 과정을 심층 취재했다.

둥글이의 유랑투쟁기
(박성수)

평범한 '정착민'으로 살던 저자가 지구의 하소연을 더 이상 외면하지 못하고 '유랑족'으로 거듭나, 전국을 돌아다니며 벌인 환경 캠페인과 사회 현실에 참여하고 실천한 기록을 엮은 책이다.

왜 세계의 절반은 굶주리는가 (장 지글러)
유엔 인권위원회 식량특별조사관인 장 지글러가 기아의 실태와 그 배후의 원인들을 아들과 나눈 대화 형식으로 설명한다. 전쟁과 정치적 무질서로 인해 구호 조치가 무색해지는 비참한 현실, 소는 배불리 먹으면서 사람은 굶는 모순된 현실 등을 자세히 설명한다. 세상의 실태에 대해 제대로 알고 싶다면 이 스테디셀러를 반드시 읽어볼 것.

분명 세상은 쫄딱 망하고 말 거예요!

〈보다〉

 정미 씨는 독서에 계절을 타나요?

정미 씨는, 그저 가을이면 책 읽어야지 했는데, 최근 몇 년 동안 서평이란 것을 쓰면서부터 그런 거 전혀 구애받지 않게 되더라고요. 오히려 독서에 부담이 없어졌어요.

 아! 그렇군요. 그런데 나는 어떤 특정한 계절에 독서의 어떤 경향성이 있는지를 지금 묻는 거라오. 나도 물론 잡식성이긴 하지만 그래도 되돌아보면 특정한 계절에 특정한 분야를 좀더 많이 읽게 되던데.

미안하지만 그런 거 없소! 독서의 관심분야에 대해서만큼은 누구에게도 뒤지지 않는 나는야 독서계의 뉴트리아요.

 뉴트리아? 뭐든 먹어치운다는 그 잡식성 괴물 쥐!

정미 고롬! 인문 사회 철학 과학 에세이 잡지 할 것 없이 호로록!! 갈아버려~
발라버려~ 호로록~

성신 그대의 식욕처럼 독서 취향도 방대하구만~ ㅋㅋㅋ

정미 선생님은 특정 계절에 읽는 분야가 있어요?

성신 나는 요즘 같은 겨울엔 문학을 더 많이 읽게 되더군요. 아무래도 추운 날
씨 탓에 외부활동이 적어지다 보니 내 머릿속 탐험으로!

정미 문학!

성신 문학 중에서도 에세이! 그 중에서도 문인들의 에세이!

정미 오호! 문인들의 에세이! 따란~~~
저는 김영하의 〈보다〉라는 에세이가 인상 깊었어요. 지성적인 남자가 가
장 섹시하다는 것을 나에게 알게 해준 바로 이 남자! 물론 인물도 세련되
게 잘생기고! ㅋㅋ

성신 여기서 질문!

정미 하세요!

성신 나하고 김영하 작가하고 누가 더 나이가 많을까요?

정미 두구두구두구두구~ 성신 선생님! 그칭? 맞찡? 액면가를 보면 그렇잖아! 정답이징?

성신 그렇지요? 내가 훨씬 많을 것 같지요? ㅋㅋㅋㅋ 누구든 그렇게 볼 거예요. 여기에 김영하의 작가적 전략이랄까? 그런 것도 숨어 있어요.

정미 알려주세요! 작가적 전략이 뭐죠? 그리고 책 이야기하다가 뜬금없이 나이 얘기는 왜 하신 거죠? 과연 누가 더 늙은이인가요??

성신 김영하 작가와 나는 동갑이에요. 비슷한 지역에서 초·중·고등학교를 다녔기 때문에, 비록 같은 학교에 다닌 적은 없지만 내 중학교 동창과 김영하 작가의 고등학교 동창이 겹치지요.

정미 오! 그게 왜? 뭐?

성신 그러니까 그도 벌써 40대 막바지의 완연한 중년 나이인데도 불구하고 항상 젊은 작가의 이미지를 유지하잖아요? 거기에 비해 나는 직업적으로 늘 말에 힘을 줘야 하는 평론가니까 상대적으로 훨씬 더 나이가 들어 보이는 것이고요.

정미 오, 그렇게 깊은 뜻이! 그저 그냥 젊게 느껴지는 것이기보다는, 작가적 역량으로 젊은 이미지를 유지한다는 말이군요. 그건 연예인들과 비슷하군요. 어떤 배역을 수락하느냐로 대중적 이미지를 관리한다는 측면에서 말이지요.

성신 그래요. 어쨌든 소설가인 그가 반짝거리는 산문을 종종 발표하는 것도 작가로서의 그의 중요한 전략 중 하나라고 생각해요. 에세이의 가장 큰 매력은 작가의 실제 삶과 세계관을 가장 쉽게 드러내준다는 것인데, 독자들은 그것을 통해 작가의 육성과 쌩얼을 고스란히 접할 수 있는 느낌을 가지게 되지요. 그런데 그게 젊고, 힘 있고, 기발한 느낌을 주니까 그의 소설 작품도 늘 젊고 싱싱하게 느껴질 수 있는 것이지요.

정미 김영하 작가의 작품을 떠올려보면, 불안하고 쾌락을 쫓는 젊은이들을 주인공으로 내세우는 소설이 많잖아요.

성신 맞아요. 김영하의 작품은 시대적이지요.

정미 시대적이라는 말이 맞네요. 〈검은 꽃〉 정도만 제외하고 거의 모든 작품이 현대적이니까요.

성신 현대의 이야기를 소재로 현대적인 메시지를 전달하기 위해 최적의 작가적 이미지가 필요한 것이지요. 그 이미지가 바로 젊은 작가!

정미 맞아요. 김영하 작가는 늙지 않는 것 같아. 나이를 알고 읽어도 책을 읽다 보면 내 또래의 글처럼 느껴져요.

성신 또 작가의 입장에서도 소설 작품을 쓸 때는 스토리나 플롯, 문학적 메시지, 이런 것에 몰두해야 하지만, 에세이는 그저 자신이 '어떤 생각을 하면서 사는 사람이다'라는 것만 자유롭게 보여주면 되니까.

정미 김영하 작가와 동갑인 김성신 평론가님은 김영하의 〈보다〉를 어떻게 보았어요?

성신 나는 우리 세대가 이삼십대 청년세대에게 해주고 싶고, 또 해주어야 하는 말을 정말 정확하게 해주고 있다는 생각이 들었어요. 그래서 속이 후련했고, 그의 시대정신에 찬사를 보내고 싶었어요. 한 50권 사다가, 정미 씨를 비롯해서 30대 후배들, 그리고 20대 제자들…, 다 선물해 주고 싶은 책이더군요.

정미 저희 세대에게 해주고 싶은 말이라….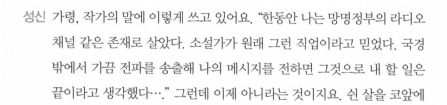

성신 가령, 작가의 말에 이렇게 쓰고 있어요. "한동안 나는 망명정부의 라디오 채널 같은 존재로 살았다. 소설가가 원래 그런 직업이라고 믿었다. 국경 밖에서 가끔 전파를 송출해 나의 메시지를 전하면 그것으로 내 할 일은 끝이라고 생각했다…." 그런데 이제 아니라는 것이지요. 쉰 살을 코앞에

둔 김영하는 이제 이 세상을 그냥 두거나 묘사나 하지는 않겠다고 생각한 것 같아요. 기성세대로서 시대적 책임의식이랄까?

정미 맞다! 읽으면서 작가의 세대를 가늠할 수 있는 부분이 있었어요. 김영하 작가는 대학생이던 87년도에 동료 이한열의 죽음을 목도하였다라고 하는 글이 있었죠. 그러니까 군사독재 정권과 맞서 청춘의 피로 민주주의를 쟁취한 세대라고 할 수 있겠지요? 그래서인지 그 나이대의 문인들 그리고 지식인들의 행보가 요즘 심상치 않은 것 같아요.

성신 그러한 현대사의 기억과 경험을 간직한 세대로서 지금의 청년들에게 말을 걸고 싶다는 것이에요. 나는 작가의 그런 마음이 읽혔어요.

정미 같은 세대라 이해의 깊이가 다른 것 같네요. 작가에 대한 애정도 넘치고요.^^

성신 솔직히 말하자면, 나는 김영하 작가가 그동안 조금 얄미웠거든요. 그 뛰어난 지성과 작가적 감수성을 가지고 자신의 작품만 생각하는 것 같은 느낌이 들었기 때문이죠. 그런데 달라졌더군요.

정미 이제는 할 말을 해야 할 때라 느꼈나보지요.

성신 "부자들은 이제 빈자들의 마지막 위안까지 탐내기 시작했다. 누군가에 겐 선택의 여지없이 닥치고 받아들여야 하는 상태가 누군가에게는 선택 가능한 쿨한 옵션일 뿐인 세계. 세상의 불평등은 이렇게 진화하고 있다." 책 속에 들어 있는 문장이에요.

정미 책에서 첫 번째로 등장하는 글의 제목이 '시간도둑'이잖아요? 마르셀 에 메의 단편 〈생존시간카드〉를 인용한 대목이 있었는데, 왜 이런 내용이 맨 앞에 배치가 되었을까 하는 궁금증도 있었어요. 샘의 말을 듣다 보니 그 의문이 좀 풀리는 것 같네요.

성신 그래서 제목도 〈보다〉! 세상을 노려보겠다는 뜻도 있는 것이겠죠?

정미 "이제 가난한 사람들은 자발적으로 자기 시간을 헌납하면서 돈까지 낸 다. 비싼 스마트폰 값과 사용료를 지불해야 하는 것이다. 반면 부자들은 이들이 자발적으로 제공한 시간과 돈을 거둬들인다. 어떻게? 애플과 삼 성 같은 글로벌 IT기업의 주식을 사는 것이다. (…) 그들은 클릭 한 번으로 얼굴도 모르는 이들의 시간을 헐값으로 사들일 수 있다. 이런 세계에서 어떻게 우리의 소중한 시간을 지킬 것인가." 아주 섬뜩했어요. 스마트폰 없이는 살 수 없는 나로선 정말 생각할 거리를 엄청나게 던져주더라고요.

성신 그럼 정미 씨! 김영하 작가는 이 책에서 자신이 본 것들에 대해 이야기하며 결국 어떤 해법을 준다고 생각해요? 그걸 한마디로 요약한다면?

 사유하라!

성신 오예! 나와 같은 메시지를 보았군요. 그렇지요! 시간을 이야기하고, 세상의 불합리와 불평등을 지적하는 그 모든 이야기가 향하는 방향은 바로 '사유하라'이지요. 사유를 통해 세상과 싸우고 세상을 개선하라는 제안!

정미 그렇군요!! 얼마 전 김영하 작가는 〈힐링캠프〉라는 TV예능 토크 프로그램에 나와서 젊은 사람들에게 충고해 주었죠. 지금보다 상황이 더 안 좋아질 거라고, 각오 단단히 하라고. 거기서도 사유와 그 힘에 대해 이야기했던 것으로 기억해요.

성신 나도 정미 씨에게 똑같은 부탁을 하고 싶어요. 우리가 힘은 없는 대신 촉은 무지하게 빠르잖아요? 요 촉을 가지고 보면, 분명 세상은 쫄딱 망하고 말 거예요!

우린 '16년 동안 한 자세로만 앉아 있는 김병만의 달인' 처럼, 주구장창 생각만 했던 바람에 현실적인 힘이나 권력은 쥐뿔도 없지만, 그래서 우리 세대가 생각하는 법은 좀 알아요. 바로 그걸 가르쳐줄 테니 젊은 정미 씨가 그 사유의 힘으로 세상을 구하세요. 그리고 저도 좀 같이 구해주시고 요.^^

정미 '망할 놈의 세상' 에 'ㄹ' 이 붙었다는 것은, 아직 미래가 어떻게 될지 모른다는 뜻이잖아요? 그럼 이제 '망할 뻔한 세상, 사유해서 구했다' 로 노선변경 한번 해보지요. 나이는 들어도 늙지는 않는 김영하 작가와 김성신 평론가 같은 선배 분들께서 소녀를 잘 이끌어주시와요.

이 책이 궁금하다

보다 : 김영하의 인사이트 아웃사이트
(김영하 지음 | 문학동네 | 2014년)

소설가 김영하의 2014년 작 산문집. 예술과 인간, 거시적 · 미시적 사회 문제를 주제로 한 스물여섯 개의 글을 개성적인 일러스트와 함께 묶은 이 산문집을 통해 인간 내면과 사회 구조 안팎을 자유자재로 오가는 김영하의 문제적 시선과 지성적인 필치를 만날 수 있다. 예측 가능한 일상생활부터 심화되는 자본주의 시대의 시간과 책의 미래까지 김영하의 눈에 예리하게 포착된 우리 시대의 풍경이 펼쳐진다. 가치와 의미를 파악하지 못한 채 시간을 흘려보내는 현대인들에게 성찰의 기회를 준다.

아까 잡은 바퀴벌레 방생해 주고 와야지

〈레이첼 카슨 : 환경운동의 역사이자 현재〉

샘, 미나리 좀 갖다 드릴까요?

미나리? 웬 미나리? 미나리밭에 땅 투기라도 좀 하셨나?

우리 부모님이 안동에서 미나리 농사 지으시잖수.
5월 전 미나리가 제일 맛있고 영양가 높다고, 샘 드실 거면 바로
베어다 보내 주신대요. 친환경적으로 키운 애들이야.

번지수 잘못 짚어 미안하오. 아버님이 손수 기르신 그 귀한 것을
주신다니 정말 감사하네요.
미나리는 참 맛있는 나물이기도 하지만, 더러운 물에서 자랐음
에도 아주 향기로운 먹거리가 된다는 점이 마음에 들어요. 그런
데 미나리를 친환경으로 키우려면 어떻게 해야 되나? 갑자기 궁
금해지네. 그럼 원래 미나리 키울 때도 농약을 친다는 말인가?

  전송

정미   우리 아버지! 은퇴 후에 낙향하셔서 뒤늦게 농부가 되셨어요. 지금은 완
       전 프로페셔널 농부지만, 처음엔 콩·고추·옥수수 등 사시사철 수많은
       이쁘니들에게 대시를 했지만 번번이 차이시고, 마지막으로 미나리 양에
       게 충성을 맹세한 후 근 2년 만에 얻어낸 수확이에요. 미나리는 우리 아
       버지에게 신념이며 종교라오. 지금 우리집에서는 딸보다 우선순위요.

성신   아! 그런 절절한 사연이….

정미   그런 소중한 아해에게 농약 따위는 치지 않지! 아버지
       는 나에게는 농약을 쳐도 미나리에게는 절대 치지
       않으신답니다.

성신   농약 이야기가 나와서 말인데, 4월 14일이 레이첼 카슨의 서거 50주년이
       잖아요. 화학살충제의 위험성을 온 세상에 최초로 알린 환경운동의 어머
       니! 그분.

정미   아~ 레이첼 카슨! 나도 알아요.

성신   20세기를 통틀어 가장 아름답고 강했던 여인이라 할 수 있지요.

정미   DDT라는 강력 화학살충제를 만들어서 식량생산량을 증가시키고 해충

을 박멸시키고 질병을 퇴치시킨 공로로 노벨상을 받은 헤르만 뮐러와 한 판 붙은 여성 과학자!

성신 오호, 뭘 좀 아는데?

정미 사실 조용히 한판 붙은 셈이지요. 원래 고수는 호흡 없이 쑤욱~ 들어가는 법이거든요. 4년 동안 치밀하게 연구하고 증거 조사를 했으니 조용하고 깊숙하게 쑤욱~ 들어갈 수 있었지요. 뭐야?! 잘못 읽으면 좀 야하네! 뭐가 쑥 들어가?

성신 잘 읽어도 야하네…! 쯧. 그리고 레이첼 카슨이 무슨 칼잡이요? 푸하핫! 그렇다고 일방적으로 쉽게 이긴 싸움이 아니었다오. 실제로 1962년에 화학살충제의 위험성을 처음으로 경고한 그 세기의 문제작 〈침묵의 봄〉을 펴내고 나서, 거대자본의 화학회사들로부터 온갖 모략과 협박과 위협까지 당했다고 하지요.

정미 깡이 정말 대단했던 분이에요.

성신 남정미 몸무게 반도 안 나갈 그 자그마한 여인이, 깡에 있어서는 남정미 100만 배였던 거지요.

정미 에잇 아깝다!!

성신 뭐가 아까워?

정미 몸무게는 이겼는데 깡을 못 이기다니! 그럼 나도 열심히 뭔가를 해서 이길 방법을 찾아야겠어요!

성신 그런 정신, 참으로 기특하네. 바로 그거요! 위대한 인물들을 만나는 자세는 바로 그러해야 한다오. 그런 자세로 사는 인간만이 언젠가 자신도 그 위대함의 자리에 서게 될 자격을 갖추는 것이겠지요.

정미 레이첼 카슨은 나처럼 굉장히 서정적인 소녀였나 봐. 정말 자연을 많이 아꼈더라고요.

성신 '나처럼'이라…. (널 대체 어쩌면 좋을까?)

정미 오호호~. 그럼 어서 그녀에 대해 배워보도록 하지요.

성신 그대 말대로 레이첼 카슨은 과학자였지만 굉장한 문학적 서정도 함께 갖춘 지식인이자 교양인이었다오. 카슨이 만년에 쓴 〈자연, 그 경이로움에 대하여〉 같은 책은 환경도서라기보다는 그 자체로 한편의 시요, 위대한 문학작품처럼 읽히는 작품이라오. 어쩌면 그렇게 순수하고 서정적인 내면의 소유자였기에 불의에 그렇게 강하게 맞설 수 있지 않았을까 짐작이

됩니다. 순수하고 서정적인 게 세상에서 가장 강한 것이죠.

정미 나는 EBS에서 방영해 준 짧은 영상에서 그녀를 처음 봤는데…, 카슨 덕
분에 사람들이 환경보호라는 것을 시작하게 됐다면서요?

성신 〈침묵의 봄〉이라는 책을 통해 카슨은 당시까지만 해도 점잖고 이상적인
개념이었던 '보존'을, 좀더 시급하고 논쟁적인 개념인 '환경주의'로 대
체했지요. 다시 말해 카슨으로부터 환경주의의 역사가 시작된 것이지요.
카슨 이전은 '보존', 카슨 이후는 '환경주의'. 이렇게 개념이 바뀐 것이
죠.

정미 설명을 들으니까 정말 대단한 분이라는 게 실감나네요. 그런데 DDT가
정확히 뭐예요? UDT(해군 특수전전단)는 '우리 동네 특공대' 잖아ㅋㅋ 그
럼 DDT는 '당신 동네 특공대'?

성신 아, 그거? 우리 6·25전쟁 무렵의 사진을 보면 미군들이 아이들 머리랑
몸에다가 흰색 가루를 덮어 씌우는 사진 있잖아요? 바로 그게 DDT죠.

정미 아, 진짜? 그럼 혹시…, 동네 골목에서 부아아아아앙~~ 하는 소리를 내
며 달려오던 트럭에서 뿜어져 나오던 하얀 연기? 걔들도 DDT야? 아님
DDT사촌쯤 되나? 아, 어렸을 때 입 벌리고 엄청 쫓아다녔는데…, 아!
아! 내 뱃속의 DDT! 소싯적 일이니까 응가와 함께 배출되었겠지!

성신 그건 그냥 경유에 소독제 섞어서 기화시킨 거고.

정미 히히히~ 다행이다!

성신 카슨 누나가 그런 지랄 같은 것 뿌리면 큰일난다고 일러주고 싸워주고 해서, 결국 1970년대쯤부터 DDT를 비롯한 수많은 살충제 사용을 전면 중단하게 되었죠. 그러니까 요즘 우리가 DDT 안 먹는 것은 카슨 누나 덕분인 거죠.

정미 카슨 언니 생큐~

성신 하여튼 이번에 50주년을 기념해서 국내에 출간된 〈레이첼 카슨 환경운동의 역사이자 현재〉는 바로 그런 레이첼 카슨의 삶 전체를 담고 있는 전기예요.

정미 레이첼 카슨이 자신의 인생을 통해 우리에게 던진 메시지를 한마디로 요약하면 뭘까요? 결국 사람이랑 자연이랑 같이 사는 것이다?

성신 그렇지요. 가장 궁극적으로는 '생명의 의미'를 우리가 스스로 성찰하게 해주었다고 나는 생각해요.

정미 생명의 의미?

성신 카슨 이전의 자연은, 그저 인간의 생존을 어렵게 만드는 것이니 반드시 굴복시켜야 하는 적과 같은 것이었다면, 카슨 이후엔 '우리도 자연의 일부다.' 이런 생각으로 바뀌게 된 계기를 던져준 것이에요.

정미 레이첼 카슨은 원래 해양 생물학자였잖아요? 그런데 어떻게 환경운동가로 변모한 것이지요?

성신 위대한 자의 상상은 늘 온 세상과 우주를 넘나들지요. 숭고함은 상상력을 통해 구현되는 법이오.

정미 숭고한 상상력! 그녀는 과연 위대했군요?

성신 그렇지요. 사람들은 사람이 품는 '마음'의 중요성을 늘 잊고 살지요. 세상을 위하고 구하겠다는 위대한 마음을 먹으면 그 존재 자체가 위대해지지요.

정미 아하! 한 사람이 온 세상을 움직일 수 있는 권리를 말씀하시는 거죠.

성신 오호~ 똑똑한 여인네 같으니라구! 그래요. 사람 사는 세상을 움직이는 것이 결국 '마음'인 것이죠. 레이첼 카슨도 그냥 화학회사의 뒷돈이나 받으며 세상 일에 눈 감고 안락하게 살 수도 있었지요. 하지만 그런 마음을 먹지 않았어요. 순수한 열정으로 세상을 구하려고 했어요. 바로 그 점이 그녀를 위대한 인물로 기억하게 하는 지점이라고 난 생각해요.

정미 레이첼 카슨을 두고는 '정말 대단하다'는 말과 '존경스럽다'는 말밖에 할 수가 없네요.

성신 지금 정미 씨 말처럼 그렇게, 누군가에게 '존경'을 바칠 수 있는 사람! 그런 마음도 참으로 '존경'받을 만한 미덕이에요. 위대한 인물은, 그를 지켜보고 기꺼이 존경을 바칠 수 있는 그런 사람들이 결국 힘을 합쳐 만들어내는 존재이기도 하니까요.

정미 그런가요?

성신 레이첼 카슨이 지금 이 나라에 살아 돌아온다면 존경받는 위대한 인물로 여겨졌을까요? 아마도 우리는 그냥 또라이 취급이나 하고 있지 않을까요? '돈도 안 되는 일 가지고 대체 왜 저래?' 이딴 소리나 지껄이면서….

이런 식의 성찰도 좀 필요할 것 같아요, 지금 우리는….

정미 샘! 샘 이야기 듣고 보니, 나는 순수한 열정으로 살다간 그녀 앞에서 당당해지고 싶어요. 우리는 자연이고 생명은 모두가 하나라잖아요! 아까 잡은 바퀴벌레 방생해 주고 와야지~

성신 나중에 시집가면 신랑도 방생하시오.

이 책이 궁금하다

레이첼 카슨 : 환경운동의 역사이자 현재
(윌리엄 사우더 지음 | 김홍옥 옮김 | 에코리브르 | 2014년)

환경운동의 어머니 '레이첼 카슨'의 저작 〈침묵의 봄〉 출간 50주년을 기념하여 그녀에 대해 새로 쓴 전기집이다. 이 책은 20세기의 위대한 개혁가 가운데 한 사람인 레이첼 카슨의 본질을 정교하게 포착한 책이기도 하다. 시간 흐름에 따른 서술방식에서 벗어나 '보존주의 시대를 살면서 환경주의를 잉태한 삶'이라는 앵글을 통해 레이첼 카슨이라는 위대한 과학자의 인생을 면밀하게 살펴보고 있다. 그녀의 사고에 영향을 미친 저술과 저자들, 그것이 그녀의 저작으로 결실을 맺기까지 과정에 집중하여 이슈 중심으로 굵직굵직하게 이야기를 전개해 나간다.

힘은 화장실에서만 쓰는 게 아니다

〈힘 있는 글쓰기〉

 하이~

쌤쌤~~ 하이요오오오!

 그래그래…. 그런데 뭐 하나 물어봅시다.

아프게 물지 말궁~~

 아픈 거 아니라오….

그렇다몬…, 준비하시고! 힘껏 물으세요!

성신 정미 씨는 말과 얼굴로 세상과 소통하던 방송인이었잖아요? 그러다가 이제 글로써 소통하는 서평가가 되었단 말이지요. 지난 1년간 그 변화의 과정에서 느낀 점이 많을 텐데 무엇이 다르던가요?

정미 어! 아프진 않은데, 엄청 진지한 물음이네!? −_−^

성신 우리도 가끔은 좀 진지해집시다.^^

정미 다른 것도 있고, 비슷한 점도 있어요. 일단 독자나 시청자나 나를 '보는' 사람이 있다는 것. 그렇게 끊임없이 누군가에게 보여줘야 하는 입장이기 때문에 정신 똑바로 차리고 살지 않으면 자칫 상처받는 사람이 생길 수 있으니, 늘 말조심 입조심해야 한다는 점. 이런 것이 우선 비슷하다 생각되고요….

성신 말의 세상과 글의 세상은 둘 다 언어의 세상이지만 전혀 다른 세계 같지 않던가요?

정미 　글은 아직 잘 모르겠어요. 저는 이제 막 시작해서 배우는 과정이고, 앞으로도 연구하고 사유해야겠지만…, 지금까지 느낀 바로는, 글은 말보다 진실성과 신뢰도에 대한 요구가 훨씬 높다는 것을 느껴요.

성신 　음…, 또 글의 세상이 훨씬 신랄하다는 점도 있을 테고. 말은 그 순간에만 소통되고 금방 휘발돼 버리는 반면 글은 영원히 기록으로 남는 것이기도 해서 훨씬 신중하게 단어와 문장을 고르게 되지요.

정미 　아, 맞아요! 생각해 보니 가장 무서운 점이 그거였어요! 글은 남겨지는 것이라는 점. 그런데 쌤도 방송하잖아요? 쌤이 봤을 때 말과 글의 세상은 어떻게 다르던가요?

성신 　구어체와 문어체는 일상에서 활용되는 방식이 다른데, 처음 방송할 때는 그 차이를 잘 몰라서 고생을 많이 했어요. 가령 문어체에서는 기승전결에 따라 주로 전제를 먼저 깔고 결론을 맨 마지막에 내리는 반면 구어체에서는 결론부터 먼저 말하고 나서 부연설명을 덧붙이는 방식이라, 처음 방송할 때는 자꾸 글 쓰는 순서에 따라 말을 하니까 방송이 너무 지

루하고 재미가 하나도 없는 거야. 내가 듣기에도 내 방송이 너무너무 지루했지요. 하하.

정미 지금도 선생님 방송이 그렇게 재미있거나 하지는 않아요. 흐흐….

성신 그런데 참 대단한 분들이 있었어요. 그 재미없는 방송을 끝까지 들으시고 '덕분에 좋은 책 만났다'며 감사 인사 전하시던 청취자 분들! 눈물 나게 고마웠지.

정미 그런데 글 쓰다 보면 아직도 그건 헷갈려요. 맞춤법 그리고 띄어쓰기! 교정교열 보시는 분들! 저 때문에 진짜 고생 많으십니다~.

성신 어쨌든 글의 세계는 아무래도 의미론적 세계니까…, 글을 많이 쓰다 보면 저절로 삶을 성찰하게 되잖아요? 그래서 글을 쓰면 사람이 절로 현명해지는 부분이 있어요. 그게 글쓰기의 진정한 매력이기도 해요.

정미 하나부터 열까지 신경 써야 할 부분도 참 많죠. 정말 잘 쓴 글은, 읽는 사람의 마음까지 움직이게 하잖아요. 최근에 그런 글들을 접한 경험이 있어서 그런지, 글의 세상이 좀더 매력적으로 느껴져요.

성신 그래서인지 요즘 정미 씨 보면 글에 욕심을 내기 시작하는 것 같던데?

잘 쓰려고 무던히 애쓰는 것이 행간에서 느껴져요. 그런데 말이에요, 글은 결국 반드시 보답한다는 거예요. 정미 씨처럼 그렇게 잘 쓰고자 욕심내고, 많이 쓰면 결국 반드시 잘 쓰게 되더란 말이에요.

정미 히히~ 감사합니다!

성신 그런데 최근 읽은 것 중에 어떤 글이 그렇게 정미 씨 마음을 강하게 움직이던가요?

정미 아! 내가 그동안 비겁하게 인터넷 속에나 숨어서 '좋아요' 아이콘이나 연신 눌러대는 것으로 도덕적 위안이나 삼고 살았던 것은 아니었나, 애써 모른 척하고 지내면 누군가가 내 대신 세상을 바꾸어주겠지…, 대충 이런 식이었던 나의 태도에 대해 다시 생각하게 만든 글이 있었어요.

성신 '슬랙티비즘(Slacktivism : 소심하고 게으른 저항 방식) 비판'에 대한 글을 본 것이로군요? 그래요, 나 역시 그랬어요. 나는 세월호 참사와 관련해서 대통령의 역할과 책임을 역사적 맥락을 동원해 통렬하게 비판한 도올 김용옥 선생의 서슬 퍼런 글을 보면서 '문장'이라는 것이 가진 위력에 대해 다시 한 번 크게 실감했지요.

정미 　네, 저도 그 글 보면서 '아! 인간에게 무엇이 중요한 것인가', '지금 나 혼자 밥 잘 먹고, 편한 게 능사가 아니구나.' … 이런저런 생각을 하게 되더라고요. 덕분에 스테판 에셀 할아버지 책도 다시 꺼내게 되고, 마르틴 니뮐러의 시도 다시 읽어봤어요.

성신 　나 역시 니뮐러의 시 〈그들이 처음 왔을 때〉를 다시 읽게 될 줄은 몰랐어요. 어쨌든 글의 위력을 그렇게 실감했으니 이제 정미 씨는 글에 대한 욕심을 더 내겠군요.^^

정미 　네. 맞아요. 무엇보다도 글이 주는 엄청난 파급 효과에 대해 생각해 보게 되었어요. 그러던 차에 며칠 전 저한테 딱 좋은 책을 발견했어요. 그래서 무척 흐뭇합니다.

성신 　무슨 책인데요?

정미 　쌤, 〈힘 있는 글쓰기〉라는 책 아세요

성신 　하핫! 역시 이제 뛰어난 서평가로서의 면모를 보이는군요. 〈힘 있는 글쓰기〉는 글 쓰는 사람들의 바이블이라 할 만한 책이지요. 옥스퍼드 대학 출판부에서 나온 책이고, 영미권에서는 30년이 넘도록 줄기차게 사랑받고 있는 책이지요. 그 책이 드디어 번역되었군요.

정미 쌤! 그 책 나랑 동갑이잖아요. 1981년에 출판됐다든데!! 아니, 33년 동안이나 베스트셀러였다는데 왜 나는 동갑인 얘를 이제 와서야 접선하게 된 것이죠?

성신 그대가 영어를 못 하니까!ㅋㅋ, 농담이고. 매년 수만 종의 책이 쏟아져 나오고 서점엔 수십만 권의 책이 쌓여 있어도, 세상엔 우리가 아직 모르는 진짜 좋은 책들이 그렇게 많다는 거예요. 구텐베르크의 은하계에는 이런 보물들이 널려 있지요. ^^

정미 이런 흙 속의 진주 같은 책들을 발굴하여 국민들께 진상하는 것이야말로 우리 서평가들의 임무겠지요?

성신 나는 영문학과 출신이라 이 책의 존재를 25년 전부터 알고 있었지만 남들에게 안 가르쳐줬어요. 나만 보고, 나만 글 잘 쓰려고….^^ 그런데 이제 나왔으니 할 수 없이 소개해야겠군요. 하하, 고약한 심보지요?

정미 끙.

성신 이 책에서 제시하는 '힘 있는 글쓰기' 란 도대체 무엇인지 어서 말해보시오.

정미 "'힘 있는 글쓰기' 란 말과 독자, 글쓴이 자신과 글쓰기 과정을 장악한다는 의미이며, 명쾌하고 정확하게 쓴다는 뜻이고, 막혔다거나 무기력하다거나 겁난다고 느끼지 않는다는 것이며, 나아가 설득력 있게 독자와 교감하여 글쓴이의 의도대로 독자가 경험할 수 있도록 쓰는 것을 말한다."고 저자인 피터 엘보 교수가 무자비할 만큼 선명하고 일목요연하게 설명합디다.

성신 그래요! 힘 있는 문장에 대한 정말 명쾌한 설명이었어요. 내 경우에는 이 부분이 정말 큰 도움이 되었어요. '알고 지냈거나 함께 일한 사람에 대해 쓸 때 도움이 되는 질문들', '연구했거나 조사한 사람에 대해 쓸 때 도움이 되는 질문들', '누군가의 삶 전체에 대해 쓸 때 도움이 되는 질문들'. … 이렇게 정리해 놓은 대목 말이지요.

정미 가장 좋은 글은 독자의 마음과 통하는 것인데, 독자의 피드백 받는 방법까지 세세하게 알려주니, 무슨 여름방학 탐구생활 답안지 같았어요.

성신 하핫! 참 멋진 비유네요. '탐구생활 답안지'라. 어릴 때 문제지 풀다가 막혀서 답답하면 답부터 먼저 봤잖아요? 그때 '아하! 이거!'하면서 무릎을 쳤던 그 후련함과 비슷하달까? 맞아요. 딱 그런 느낌!

정미 "글 쓰는 것을 두려워하지 말라. 글에서 중요한 것은 종이 위에 쓰인 말이 아니라, 종이에 있지 않은 무엇이다. 독자가 결코 접하지 않는 무엇이다." 아! 정말 머리가 확 뚫리는 느낌이었어요. 결국 쓰는 사람의 정신적·영적·성격적 조건과 글을 써 넣은 방식들이 화학반응을 일으켜 독자들로 하여금 받아 마실 수밖에 없게 만드는…, 글쓰기는 일종의 마법의 연금술 같다는 생각을 했어요.

성신 그런데 혹시 그런 거 알아요? 글쓰기에 관한 한 탐구생활 답안지 같은 이 책을 다 읽고 나서도 글이 늘지 않고 영 신통찮은 사람이 있다면 그건 바로 '멍청이'라는 뜻일 거예요. 하하하….

정미 쳇! 그런데 혹시 그거 알아요? 글쓰기에 관한 한 탐구생활 답안지 같은 이 책을 알고도 남들에게 알려주지 않는 사람이 있다면 그건 바로 '욕심쟁이'라는 뜻일 거예요. 우하하하하….

성신 앗! 당했다! 그, 그렇지요…. 쩝~

정미 몹쓸 욕심쟁이 김씨! 우리 둘 다 이 책을 읽었으니 글쓰기 파이팅 제1라운드 한번 시작해 볼까요?

성신 내가 분명 질 것이오. '청출어람청어람 빙수위지이한어수' 이니 말이오.

정미 '앞으로 두고 봅시다. 누가 독자에게 더 좋은 마법을 부리는지…' 라고 쓰고 있는데! 이렇게 훈훈하게 나오면 어떻게 해? 싸가지 없는 청어람이 되었잖아요!!

성신 하하하~ 이것도 일종의 전략이라오. 상대가 어떻게 나올지 예측하고 '훈훈신공' 으로 상대의 예봉을 꺾고 순식간에 기를 쇠약하게 만드는 비장의 문장권법이라오. 히히~

정미 에잇! 역시! 눈부신 퇴고는 오직 상흔을 안은 '늙은 프로' 만이 할 수 있다더니…, 성숙한 스승의 연륜은 못 따라가겠군요. 다시 이 책과 함께 골방으로 텨텨텨~ 늙은 김 프로님! 소녀 이만 가서 글쓰기 공부나 열심히 하겠나이다. 허하여 주시옵소서.

성신 ^^ V 어쨌든 난 이 책을 보면서 그런 생각을 해보았어요. 힘 있는 글로
      써 진짜 강해질 수 있는 법은 이렇게 길이 따로 있는데…, 요즘 인터넷
      댓글 같은 것을 읽다 보면 다들 너무 감정적이고 자극적으로만 쓰려는
      것 같아서 무척 안쓰럽더군요. 글은 쓰는 사람의 인격을 표현하는 것이
      기도 하지만 역으로 인격을 형성시키는 것이기도 하거든요. 그래서 험
      한 글을 쓰면 절로 험한 인격이 되는 법이죠.

정미 세상이 너무 자극적이고 천해져서 이렇게 된 것은 아닐까 하는 생각도
      드네요.

성신 지식을 추구하고 힘이 있는 글을 써서 세상과 기꺼이 소통하려는 사람
      들이야말로 세상에서 가장 강하고 무서운 사람들일 거예요. 마지막까지
      권력과 맞서는 유일한 존재들이니까요. 그런데 진짜 좋은 세상이란 '글
      쓰는 자들이 권력을 증오하지 않는 세상이며, 동시에 권력을 두려워하
      지 않는 사람들을 두려워할 줄 아는 권력이 이끌어가는 세상'이라는 생
      각을 해봅니다. 거기에 비추어 지금의 대한민국은 과연 어떤 세상인지
      한번쯤 생각해 봐야 할 것 같아요.

정미 〈힘 있는 글쓰기〉 같은 책을 우리가 열심히 소개하면, 이런 책을 통해 독
      자들도 '힘 있는 글'의 의미를 한번쯤 생각해 보게 될 것이고, 결국 그런
      글을 쓰는 사람들이 지금보다 많아지겠지요. 그럼 그들이 마중물이 되
      어 더 많은 사람들이 현명한 생각을 나눌 수 있는 날도 분명히 올 거예
      요. 그런 희망을 가져요, 우리!

성신 우리답지 않은 비장한 맺음말이네요. 흐흐….

정미 우리도 가끔은 진지하고 비장해 봅시다!

✏️ **이 책이 궁금하다**

힘 있는 글쓰기 : 옥스퍼드 대학 33년 스테디셀러, 가장 실용적인 글쓰기 매뉴얼
(피터 엘보 지음 | 김우열 옮김 | 토트 | 2014년)

책의 제목이기도 한 '힘 있는 글쓰기'란, 말과 독자, 글쓴이 자신과 글쓰기 과정을 장악한다는 의미이며, 명쾌하고 정확하게 쓴다는 뜻이고, 막혔다거나 무기력하다거나 겁난다고 느끼지 않는다는 것이며, 나아가 설득력 있게 독자와 교감하여 글쓴이의 의도대로 독자가 경험할 수 있도록 쓰는 것을 뜻한다고 저자는 설명한다. 1981년 옥스퍼드 대학 출판부를 통해 처음 소개된 이후, 지금까지 변함없이 사랑받아 온 글쓰기의 바이블과 같은 책이다. 이 책은 이와 같이 글에 힘을 실을 수 있는 방법을 소상히 다루고 있다. 특히 저자는 다른 글쓰기 책에서 잘 다루지 않는 독자들에게 피드백 받는 방법을 구체적으로 제시한다.

뭔가로 만들어주는 책
'글쟁이'로 만들어주는 책 10+1

글쓰기 클리닉 (임승수)

먼저 글을 쓰는 태도와 자세를 문답형식으로 풀어 글쓰기의 당위성을 자연스럽게 알려주고, 자기소개서부터 현장에서 인정받는 업무 관련 글쓰기는 물론 서평, 온라인 글쓰기 같은 생활 속 유용한 글쓰기까지 상황별, 목적별로 적용 가능한 글쓰기 비법을 담은 실용서.

이야기 체조 (오쓰카 에이지)

저자 오쓰카 에이지의 소설 작법서로, 이야기의 기본 구조를 이용해 소설 쓰는 법을 알려주는 6개의 강의로 구성된 책이다. 저자는 누구나 소설을 쓰는 힘을 가지고 있기 때문에 약간의 재활 훈련을 하면 누구나 멋진 이야기를 만들 수 있다고 말한다.

글쓰기 좋은 질문 642 (샌프란시스코 작가집단)

이 책은 소설가, 영화감독, 작가, 저널리스트, 시인, 비평가 등 다양한 분야의 예술가 35명이 공동 집필한 '글감' 642개를 묶은 것이다. 스토리텔링이 필요하지만 아이디어가 쉽게 떠오르지 않는 이들에게 확실한 도움을 줄 수 있는 책이다.

서울대 인문학 글쓰기 강의 (이상원)

서울대 최고의 인기 교양강좌를 책으로 엮은 것이다. 이 시대 청춘들의 뜨겁고도 아픈 삶을 엿볼 수 있으며 새로운 소통으로서의 글쓰기를 소개하고 있다.

글쓰기 표현사전
(장하늘)

이 책은 문장의 모든 종류, 글쓰기의 모든 과정, 각종 글의 다양한 예시를 풍부하게 담아 글쓰기의 기초를 설명한다.

베껴 쓰기로 연습하는 글쓰기 책 (명로진)

초보자를 위한 글쓰기 방법을 안내한 책. 저자는 글쓰기 실력을 키우는 가장 좋은 방법으로 '베껴 쓰기'를 제안한다.

스토리 메이커
(오쓰카 에이지)

일본의 만화 원작자이자 서브컬처 평론가인 오쓰카 에이지의 실용적 창작 입문서로, 반복 훈련을 통해 '이야기의 문법'을 익힐 수 있도록 도와주는 책.

유혹하는 글쓰기 (스티븐 킹)

세계적 베스트셀러 작가 스티븐 킹의 글쓰기 비결을 제시한 책. 이 사람처럼 쓸 수만 있다면 떼돈을 벌 수 있을 것.

글쓰기 훈련소 (임정섭)

기자였던 저자가 혁신적인 사고를 바탕으로 개발한 '포인트 라이팅'이란 글쓰기 기법을 소개하는 책이다.

힘 있는 글쓰기 (피터 엘보)

이 책은 자유롭게 쓰기는 물론이거니와, 글을 써내고 퇴고하는 여러 가지 기법을 소개하여, 초심자들뿐만 아니라 어느 정도 글을 써본 사람들에게 더 유용하다.

윤태영의 글쓰기 노트 : 대통령의 필사가 전하는 글쓰기 노하우 75 (윤태영)

대통령의 필사 윤태영의 글쓰기 노하우 75가지를 정리한 책이다. 글쓰기를 처음 시작하는 이들, 글쓰기에 대한 막연한 두려움을 가진 이들에겐 '글쓰기 시작을 위한 노트 45'가, 문학적 글쓰기, 전문적 글쓰기를 도모하는 이들에겐 '글쓰기 심화를 위한 노트 30'이 큰 도움이 될 것이다.

굿모닝 샘!

굿모닝? 정미 씨 요즘 너무 춥죠?

입 돌아가요 완전! 구안와사 걸릴 판.

쌩하니 춥긴 해도 하늘이 너무 맑아서 마음도 맑아지는 것 같아…. 그런데 이렇게 맑은 하늘을 망연히 보고 있으면 아무 이유도 없이 그냥 '순간 울컥' 하는 기분이 들던데, 이거 왜 이런 거야? 여자들이나 이러는 거 아니야? 그대는 그럴 때 없어?

전 옆구리에도 뼈가 있나봐요.
이렇게 추우면 옆구리 뼈가 시려요ㅠㅠ

 전송

성신 옆구리 뼈가 시려도 '순간 울컥' 하지 않소?

정미 맞아요. 울컥할 때가 있지. 또 지하철에서 내려야 하는데 안 비켜주고 딱 붙어 있는 연인들 봤을 때도 순간 울컥해요.

성신 음…, 그대로서는 주먹을 불끈 움켜쥐게 만드는 '순간 울컥' 이겠군.^^ 우린 살면서 '불끈'과 '울컥'을 잘 구분해서 사용해야 해요. 불끈거리 며 주먹 휘두르면 패가망신이야. 그냥 울컥울컥한 정도에서 마음 다스 리고 살아가야지. 그런데 그대의 '순간 울컥' 은 왜 도통 슬프지가 않고 그리 웃긴지.

정미 뭐가 웃겨요?

성신 그대가 외로움에 몸부림치다가 순간 울컥해서는 이상한 놈, 해괴한 놈, 빌어먹을 놈들에게 홀러덩 빠져서 인생 한방에 가는 수도 있지 않을까 생각하다가…, 내가 별 걱정을 다 하고 있다 싶어 웃음이 났지.

정미 그래, 난 그렇게 충분히 헷갈릴 수 있지! 난 정말이지 도처에서 울컥 대! 영화관에서 어떤 계집애가 남자 어깨에 머릴 기대는 바람에 앞좌석이 텅 비어 있는 것처럼 보일 때, 연아가 금메달 따서 애국가 울려퍼질 때, 학생 들이 십시일반 돈 모아서 독거노인들께 연탄 배달하는 모습을 볼 때 등등 난 소소한 이 모든 순간 속에서 울컥거려. 난 감성의 울컥쟁이야!

성신 그대야 감성 충만한 30대 처녀니 충분히 그럴 수 있다 쳐도, 문제는 나도 그렇다는 것이오. 40대 꽃중년인 내가 요즘 눈물이 너무 흔해져서 큰일이오. 만화영화 보다가도 울고, 이탈리아 여행책 보다가 성당 건축물이 너무 아름다워서 눈물이 나고, 심지어 어제 집에 오는 길에 내 차 앞으로 들어와서는 고맙다고 수신호 해주는 앞차 운전사의 뒤통수를 보면서도 갑자기 눈시울이 촉촉해졌어. 순간 깜짝 놀랐지. 이거 혹시 우울증 증상인가 하고 말이야.

정미 본인이 꽃중년이라고라고라고? 저기…요. '꽃중년' 이라는 신성한 단어는 그렇게 아무 데나 붙이는 게 아닙니다요! 언짢네요. 어쨌든 최근 서점에서 제목부터 눈에 확 끌려서 읽게 된 〈순간 울컥〉이란 책 말인데요. 그 제목 참 잘 지었다 싶던데. 거기 보면 작가인 이장미 화가의 가족 이야기가 나오잖아요. 가족과 함께하면서 겪는 일상의 따뜻함이 너무나 인상적이었어요. 내가 지금 고향 떠나 혼자 살고 있어서 더 그렇게 느끼는 건가?

성신 하하. 정말 외로운가 보군. 그대 외로움을 웃어서 미안!^^
나는 그 책에서 심지어 냉장고에게까지 '순간 울컥' 하는 작가의 심성 때문에 '순간 울컥' 하고 말았어요. '얼음' 이란 제목이던가? 고장나 시끄러운 소릴 내는 냉장고를 보며 이런 말을 하지. "얼음을 위한 24시간 근무라니. 미안." 아! 나라면 어찌했을까? 발로 걷어차며 '이놈의 것 당장 버리고 새것 사야지!' 이랬을 것 같은데 말이야. 읽는 내내 그렇게 자기성찰이 되더라구!

정미 내가 기억나는 대목은 "발에도 제각기 표정이 담겨 있고 세월이 담겨 있
다."였어요. 난 그 말에 괜스레 내 발에 미안해지는 느낌이 들었어요.

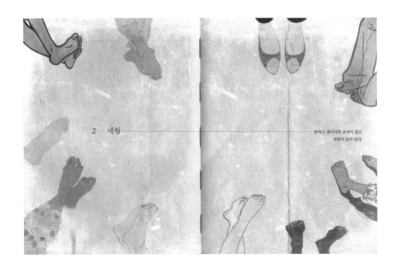

성신 특히 그대는 그대의 발에게 미안해해야 할 것이오! 그토록 빨빨거리고 다니니. ㅋ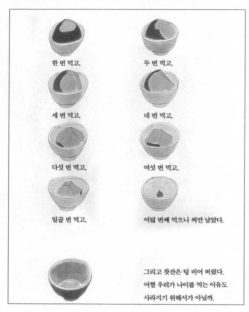

정미 됐고! 책 보면 왜 작가 엄마가 밤 마실 갔다가 자두를 네 개 사 가지고 오시잖아요. 아까워서 찻잔에 두고 눈으로 즐기려다 결국 못 참고 먹는데, 그걸 겨우 여덟 번 베어 먹으니까 씨만 남아서 찻잔이 텅 비어 버렸다는 이야기. 그러면서 "어쩜 우리가 나이를 먹는 이유도 사라지기 위해서가 아닐까?" 이 문장 읽는데 왜 그렇게 가슴이 짠한지…. '나중에 잘 사라지고 싶다.' 그런 생각이 들던걸요.

한 번 먹고,

두 번 먹고,

세 번 먹고,

네 번 먹고,

다섯 번 먹고,

여섯 번 먹고,

일곱 번 먹고,

여덟 번째 먹으니 씨만 남았다.

그리고 찻잔은 텅 비어 버렸다.
어쩜 우리가 나이를 먹는 이유도
사라지기 위해서가 아닐까.

성신 먹고살기 위해 정신없이 살아야 되긴 하지만, 그래도 '순간 울컥' 하면서 찾아오는 일상의 반짝거리는 의미들을 다 놓치고 산다면, 과연 그것을 좋은 인생이라 할 수 있을까? 〈순간 울컥〉이란 책은 바로 그 점을 우리에게 환기시키더군. 그래서 아주 좋은 책이라 생각해.

정미 나는 이제 사는 것에 감사하며 사소한 일에도 따뜻한 마음으로 살아가겠어!! 안 그러면 '순간 울컥'이 '순간 욱'으로 변할 수도 있으니.

성신 그래! 욱하면 안 되지. 욱해서 외롭다고 아무 남자에게나 마음 주고 그러면 절대 안 돼! 하핫~

오늘 하루도 또 열심히 바쁘게 살아보자구. 대신 바쁜 시간의 틈 사이에 수시로 울컥거리는 내 인생의 순간들을 하나하나 전부 느끼고 사랑하면서 말이야. 오늘도 좋은 하루~~

정미 우리 꽃중년 님도 좋은 하루 보내세요~ (어때, 순간 울컥 하지?! 푸하하)

성신 그래 순간 울컥이다, 이 아가씨야! 하하하~

✏ 이 책이 궁금하다

순간 울컥 : 화가 이장미의 드로잉 일기
(이장미 지음 | 이장미 그림 | 그여자가웃는다 | 2013년)

일상의 틈에서 발견되는 소소한 것들을 바라보는 작가의 따뜻한 시선을 글과 그림을 통해 보여 주고 있다. 누군가에게는 하찮은 풀 한 포기, 작은 돌멩이 하나지만 작가에겐 땅을 뚫고 꽃을 보여주러 찾아온 손님이 되고, 반짝이는 보석이 된다. 작가는 길고양이, 이웃의 개 한 마리와도 시선을 마주하고, 냉장고의 시끄러운 소음을 듣고도 얼음을 만들어 주기 위해 기꺼이 '24시간 근무'에 열중해 준 냉장고에게 미안함을 말한다. 작가에게는 매일 뜨고 지는 달조차도 모두 특별한 의미가 있는 것들이 된다. 얼핏 별것 아닌 듯 보이지만, 작가가 발견해 낸 아름답고 소중한 가치들은 읽는 이의 마음을 따뜻하게 밝혀준다.

절대 그만둘 수 없다는 그 무서운 중독

〈마흔 이후, 인생길〉

 때때로 이렇게 조금은 희한한 책들을 만날 때가 있어요.

희한한 책이라니?

 책 제목이 그 책의 내용을 한마디로 모조리 설명하는 거야. 직설적인 제목이지. 그런데 그렇게 제목이 다 말해버리면 내용이 별로 안 궁금해야 하잖아? 그런데 책 제목을 보는 순간 '이건 내 책이다, 반드시 이 책을 읽어야겠다!' 이런 일종의 의지가 생기는 거야. 이런 경우는 책의 방향과 취지가 아주 좋은 경우지.

출판평론가로서 아주~ 까다로운 성신 쌤의 그 눈에! 과연 어떤 책이 그런 칭찬을 받는지 두구두구두구~~?

 〈독서 100권으로 찾는-마흔 이후, 인생길〉 어때? 내 말이 맞지? 제목이 내용을 몽땅 다 말해주지? 그런데도 막 읽고 싶지?^^

정미 아! 그 책 제목을 보자마자 '한국을 빛낸 100명의 위인들'에 맞춰 개사한 다음, 라임의 왕으로 〈쇼 미 더 머니〉에 나가고 싶단 생각이 막 들던데요?

성신 ㅋㅋㅋ 그러시던지~

이 책에서 말하는 '100권의 독서'는 평생 읽을 책 백 권이나 추천도서 백 권, 뭐 그런 게 아니라, 일주일에 2권, 1년에 100권을 작정하고 읽는 것을 의미해요. 요즘 정미 씨가 실행하고 있는 독서법 그대로지요.

정미 이 책을 쓴 한기호 소장은 한국 출판계의 살아 있는 증인 같은 존재지요? 이분 책 여러 권 봤어요. 〈새로운 책의 시대〉, 〈한국의 출판기획자〉, 〈다독다독〉, 〈우리가 사랑한 300권의 책이야기〉 등등 '책에 관한 책'만 주로 내셨잖아요. 이 분! 나에게 '코미디언 서평가'로서의 꿈을 구체화해 준 사람 중 한 분이지요.

성신 한기호 소장은 우리나라에서 '출판평론'이라는 영역을 처음 만든 제1세대라고 할 수 있어요. 그리고 그 이전에는 창비(창작과비평사)의 영업책임자로 있으면서 한국에서 출판마케팅 분야의 새 지평을 열었죠. 1998년부터 한국출판마케팅연구소를 설립해 지금까지 15년 이상 출판 관련 연구를 해오고 있는 타고난 출판장이지요.

정미 아, 그렇구나! 개인적으로 페이스북이나 블로그 그리고 신문 칼럼 등을 통해서 요즘 이분 글 자주 접하고 있는데, 현 시대 문제점에 대해 매섭고도 정확하게 포인트를 짚어내시더라고요.

성신 이 나라에 서식하는 50대들과는 좀 다르게, 늘 '정의로움'을 이야기하려 하니 팬도 많고 안티도 많고…^^

정미 정의로움! 어, 맞아! 지금 이 나라엔 '현실적인 50대'는 있어도 '정의로운 50대'는 멸종위기니까…. 어쩌다가 쯧쯧~ 실은 얼마 전에 한기호 소장님과 개인적으로 이야기 나눌 기회가 있었어요.

성신 그렇군요. 만난 소감은?

정미 그날 나누었던 이야기는 'IT산업의 발전과 문화 양상'에 관한 것이었는데, IT산업이 만들어내는 변화의 속도를 우리 사회가 문화적으로 소화하지 못한다면 매우 위험해질 수 있다는 요지의 이야기가 기억에 남아요. 독서가 왜 필요한지 저에게 핵심을 콕콕 짚어주었지요.

성신 공부가 많이 됐겠군요.

정미 이번에 새로 펴낸 〈마흔 이후, 인생길〉에서 가장 기억에 남는 대목은 이 거예요.

정신 못 차리고 방황하던 제자가 있었답니다. 어느 날, 쌀가마니 등에 메고 그를 찾아가서는 '너 이러면 어떡하느냐, 다시 한 번 잘해보자. 잘할 수 있다.' 그렇게 다독거린 후, 손을 붙잡고 같이 일자리를 구하러 다니셨다더군요. '내가 보증하는 아이올시다.' 이러면서 같이 고개 조아렸겠지요. 그 대목 읽으면서 바로 이런 것이 인간에 대한 존중이고 믿음이 아니었을까 생각했어요. 그저 '좋은 인간'이 되어주기만을 바랐던 그 시절 제자들은 이제 다들 잘살고 있고, 지금도 가끔씩 모여 술 한잔 함께 나눈다더라고요.

성신 나는 이번 책에서, "40대는 '내가 정말 하고 싶었던 것'을 다시 시작할 수 있는 가장 젊은 나이"라고 말해주는 문장이 마음에 와 닿았어요. 내가 40대라 그랬을 거야.

정미 그런데 이 책은 비단 40대들만을 위한 책은 아닌 것 같아요. 오히려 저와 비슷한 30대들이나 20대 청년들에게 더 필요한 책이라는 생각이 들었어요.

성신 맞아요! 30대가 읽으면 가장 적절할 것 같아요. 나이 마흔으로 상징되는 중년을 어떻게 준비해야 할지 정확하게 알려주거든요.

정미 OECD 국가 중 비정규직 비율 1위, 계층 간 소득 격차 1위, 자살률 1위.

이런 나라에서 경제적 · 사회적 희망을 강탈당해 '3포 세대'*를 지나 '7포세대'로 불리는 우리들 아닙니까!

성신 그렇지요. 이 책은 바로 그런 청년 세대가 삶의 난국을 헤쳐 나갈 방법이 '100권 독서'다, 바로 이런 이야기를 해주는 것이지요. 나 또한 출판평론가로서 이 말의 뜻을 아주 정확하게 이해해요.

정미 쌤의 이해가 궁금해~

성신 많은 사람들이 '할 일 없으면 책 읽는다'고 생각하지만, 사실 자신이 하고 싶은 일을 정해놓고 그 분야의 책 100권! 아니, 딱 10권만 읽어도, 세상에 무서운 것이 없어져요. 알게 되니까요.

정미 인간에게서 모든 두려움의 근원은 '무지'인 것 같아요.

---

* **3포 세대** 연애 · 결혼 · 출산을 포기한 세대들을 말한다. 여기에 내집 마련과 인간 관계를 포기한 5포세대를 지나 꿈과 희망까지 포기한 세대를 7포 세대라 부른다.

성신 정확하게 맞는 말씀! 오늘날 청년들이 희망을 품지 못하고 자꾸 포기하게 되는 것도 다 실패에 대한 막연한 '두려움' 때문인데, 지식과 지혜로 무장하고 나면 뭐가 두렵겠어요? 그러니 100권의 책을 읽은 사람은 가히 천하무적이 된다는 말씀~

정미 또 저는 이 책에서 "이제 우리는 'expert'가 아닌, 'professional'을 추구해야 한다."고 했던 부분도 인상 깊었어요. 전기드릴이 잘 팔리는 상황을 보고 '더욱 성능이 뛰어난 드릴을 팔자.'라고 생각하는 자가 엑스퍼트라면, '고객이 원하는 것은 드릴이 아니라 구멍을 뚫는 일이구나.'를 생각하는 자는 프로페셔널인 것이라고 설명하는데…. 정말 머리에 쏙쏙 박히던데요.

성신 그러한 진정한 프로페셔널이 되기 위해서는 책을 통해 인문학적 교양부터 쌓아야 한다는 설명이었지요.

정미 맞아요. 주어진 상황에, 주어진 정보만 보고도 즉각적으로 최적의 판단을 내릴 수 있으려면 통찰력이 있어야 하는데. 그런 통찰력은 책을 읽으면 반드시 생긴다는 이야기였지요.

성신 나 역시 그 대목 보면서, 책을 읽어야 할 이유를 이토록 간단명료하게 설명하다니 싶었어요.

정미 그런데 말입니다. 정말 책을 일주일에 2권씩 읽을 수 있을까요? 아침 출근길 지하철에서 옆에서 조는 사람 어깨 빌려줘야지, 때때로 메신저 온 거 확인해야지. SNS 들어가서 댓글 달린 거 봐야지. 게임 하트 온 거 써야지…. 도대체 책 읽을 시간이 없잖아, 시간이!

성신 그 이야기는 거꾸로 우리 일상에서 그만큼 자투리 시간이 많다는 명백한 증거이기도 해요. 일주일에 고작 두 권 읽는 게 뭐가 어려워요? 작정만 한다면 말이에요. 하루 24시간 중에 단 한 시간 만 독서 시간으로 배치한다 해도, 그럼 사흘이면 3시간이고, 그럼 웬만한 분량의 책 한 권은 충분히 읽고도 남잖아요. 그럼 일주일에 2권 읽고도 하루는 놀 수 있겠네.

정미 그렇지! 결국 책 읽을 시간이 없다는 말은 그냥 핑계야. 변명의 여지없이 그냥 게으른 거네요.^^

성신 정미 씨는 잘 알 것 아니에요. 연예인으로 살다가 어느 날부터 서평가가 되겠다고 마음먹고는 그때부터 본격적으로 책을 읽기 시작했잖아요? 요즘 일주일에 최대 몇 권까지 읽을 수 있던가요?

정미 정말 읽으니까 늘긴 하더라고요. 일주일에 네댓 권을 동시에 읽는 것도

가능하던데요.

성신 거봐요. 그렇다니까?

정미 실은 요즘…, 책 없이는 불안해서 못 앉아 있을 지경에까지 이르렀어요.

성신 '독서중독' 이군. 한번 걸리면 뭔가 위대한 인물이 될 때까지 절대 그만 둘 수 없다는 그 무서운 중독! ㅋㅋ

정미 석가는 숨 거두기 전에 이런 말을 했답니다. "저마다 자신을 등불로 삼아야 하며, 누군가가 밝혀주는 등불에 의지해 어둠 속을 걷지 말고 스스로 등불이 되어야 할 것이다." 내 인생의 등불 켜는 일이 책 100권이면 충분하다는데 그 간단한 걸 못 할 게 어디 있겠어요?

✎ 이 책이 궁금하다

마흔 이후, 인생길 – 독서 100권으로 찾는
(한기호 지음 | 다산초당 | 2014년)

20대에는 취업 전선에 뛰어들고, 30대에는 가정을 꾸려 직장에 매진하고, 40대가 되면 슬슬 앞으로 무엇을 하고 살아야 할지 치열하게 고민하는 시기가 온다. 다시 한 번 혹독한 '중년의 사춘기'를 겪게 되는 것이다. 그렇다면 이러한 난국을 헤쳐나갈 방도는 없는 걸까? 날카로운 안목으로 한국 사회를 진단해 온 한기호는 이 책에서 '100권 독서'를 해결책으로 제시한다. '100권 독서'는 자신이 정한 분야의 책을 입문서부터 전문서까지, 일주일에 2권, 1년에 100권을 읽는 것을 의미한다. 저자는 100권의 책을 읽으면 세상을 읽어내고 인간의 가치를 성찰하며 자신을 키워내고 버텨낼 수 있는 힘을 얻을 수 있다고 말한다. 그리고 '100권 집중독서'를 통해 새로운 인생을 시작할 수 있다면서, 40대는 '내가 정말 하고 싶었던 것'을 다시 시작할 수 있는 가장 젊은 나이라고 응원한다.

인간에게서
모든 두려움의 근원은
'무지' 인 것 같아요.

정확하게 맞는 말씀!
오늘날 청년들이 희망을 품지
못하고 자꾸 포기하게 되는 것도
다 실패에 대한 막연한 '두려움'
때문인데, 지식과 지혜로
무장하고 나면 뭐가 두렵겠어요?
그러니 100권의 책을 읽은
사람은 가히 천하무적이
된다는 말씀~

"이제 가난한 사람들은 자발적으로
자기 시간을 헌납하면서 돈까지 낸다.
비싼 스마트폰 값과 사용료를
지불해야 하는 것이다. 반면 부자들은
이들이 자발적으로 제공한
시간과 돈을 거둬들인다. 어떻게?
애플과 삼성 같은 글로벌 IT기업의
주식을 사는 것이다. 이런 세계에서
어떻게 우리의 소중한 시간을 지킬 것인가."

깨달음

말로 선을 행할 수는 없다

〈먼 북쪽〉

 하이~ 정미 씨? 확실히 12월이 되니까 매우 정직한 겨울이 오는군요. 이 추위에 어떻게 지내고 계신가?

아! 출퇴근길 양 볼따구니 후려치는 칼바람 때문에 매일매일 안면홍조증 걸린 촌 아가씨가 되고 있어요.

 원래 촌 아가씨가 본 모습으로 돌아가는 것이니, 그건 하등 문제될 것이 없고…. 어쨌든 이런 겨울날엔 싸돌아다니지 말고 방구석에 콕 처박혀서 소설책이라도 한 권 읽지 그래요.
요즘엔 뭘 읽어요?

〈먼 북쪽〉이라는 소설을 읽었어요. 마르셀 서루라는 작가가 쓴.

 하하하, 최신간 소설을 벌써 읽었군요. 그 작품 무지무지하게 재미있는데! 내가 좋아하는 근미래소설!

정미 아! 그런데 마르셀 서루라는 작가 이름이 왠지 어디서 들어본 듯, 아닌 듯해요.

성신 역시! 잘나가는 서평 전문가답군요. 사실 내가 〈먼 북쪽〉이라는 작품을 찾아내게 된 사연이 있는데요. 마르셀 서루가 폴 서루의 아들이라고 하지요. 일전에 최고의 기행문학 중 하나라면서 내가 정미 씨에게 강추했던 〈아프리카 방랑〉의 저자가 바로 폴 서루! 마르셀 서루는 바로 이 양반 아들!

정미 그래서 저도 찾아봤는데, 그쪽 집안사람들 대단하더구먼요. 일가족이 전부 글을 쓰는 특이하고도 유니크한 집안!

성신 아, 그래요? 난 거기까진 몰랐네.

정미 얼핏 생각하면 선대의 영향으로 작가로서의 기초를 남다르게 닦을 수 있었겠구나 하는 생각도 들지만, 반면 선대의 명성이나 영향력에서 자유롭지 못했을 테니, 훨씬 더 많이 노력해야 하는 부담도 있겠지요. 만일 우리 아버지가 코미디언이셨으면 난 이 길을 절대 선택하지 못했을 것 같아요.

성신 내가 가만히 말씀 들어보면, 정미 씨 아버님이 정미 씨보다 훨씬 재미있으신 듯. 당장 지난주에도 안동 고향집에서 메주 쑤는데, 메주 닮은 애가 있어야 장이 맛있다면서 내려오라고 하셨다면서요? 하하하하~ 하나밖에 없는 딸에게 그런 말씀을! 그 이야기 듣고 한참 웃었네!

정미 울 아부지 쫌 미워!

성신 하하하~ 〈먼 북쪽〉 소설 내용이나 좀 설명해 봐요. 혼자 사는 여자 주인공의 이야기라서 정미 씨가 굉장히 공감했을 것 같기도 한데…. 하하하~ 아버님 말씀 계속 떠올라서 미치겠다!

정미 에잇! 하여튼 〈먼 북쪽〉 내용은 이래요. 때는 앞으로 30년 후쯤, 이야기의 배경은 시베리아의 극북(極北)이에요. 온난화 때문에 인간이 살 만한 곳은 극북 지역밖에 남지 않은 거죠. 이미 문명은 전쟁으로 모두 무너지고 굶주림이 인간성을 모조리 빼앗아버린, 한마디로 종말의 시대예요.

성신 설정부터 참 흥미롭죠?

정미 여자 주인공은 '메이크피스' 예요. 번역하면 '평화 만들기' 겠죠? 인사동 카페 이름이네요.^^ 하여튼 메이크피스는 매일 아침 권총 두 자루를 챙겨 암울한 도시 '에반젤린' 을 순찰해요. 하지만 도시엔 그녀밖에는 살지 않아요. 이 도시 사람들은 서로 싸우다 다 죽은 거예요. 혹한의 시베리아, 이 죽은 도시에서 메이크피스는 읽지도 못하는 책들을 무기고에 가져가 모으며 하루하루 고독하게 살아갑니다. 그러던 어느 날 우연히 한

명의 중국인 아이를 만나게 되는데, 그때부터 주인공의 운명은 전혀 예측할 수 없는 방향으로 흘러가기 시작하지요.

성신 이후 메이크피스가 길을 나서면서 만나는 인간 군상들의 모습. 이후 소설은 주인공이 보게 되는 인간의 본성을 진절머리 나게 묘사해 가지요.

정미 메이크피스가 종교인 마을에 들어갔을 때, 계략에 휘말려서 이유 없이 사형까지 당할 뻔하는데…. 아휴~ 소설 중간밖에 안 되었는데, 주인공이 진짜 죽나 싶더라고요.

성신 하하하 스토리에 푹 빠지셨군.

정미 속고 속이고, 인간의 선의에 기대하지만 또 실망하고, 절망하고…. 정말 시간 가는 줄 모르고 책장을 계속 넘기게 만들더라고요. 근래 보기 드물게 흥미진진한 스토리텔링이었어요.

성신 그런데 그거 알아요? 이 소설의 진짜 모델이 있다는 거요.

정미 아! 이 소설의 진짜 모델이 있어요?

성신 작가 마르셀 서루는 소설가일 뿐 아니라 다큐멘터리 작가이기도 해요.

작가는 다큐 제작 일로 체르노빌 거주 금지구역에서 실제로 살고 있는 '갈리나'라는 여성을 취재했답니다. 그녀는 체르노빌 지역의 접근금지령을 무시하고 고향의 작은 마을로 돌아가 방사능에 오염된 땅에서 농사를 짓고 살고 있어요. 거기서 마르셀 서루는 마치 인류의 먼 과거로 돌아간 것 같은 단순한 생활 속에서, 그 어떤 자기연민도 없는 한 여성의 자립심을 목격했다고 이야기합니다. 그때 작가는 문명에 찌든 우리의 나약함을 통감하면서 이 소설을 구상했다고 해요.

정미 아! 이 소설이 무슨 메시지를 보내고 싶어 했던 건지 그 맥락을 정확히 알겠네요. 그리고 또 처음에 희한했던 것이, 무라카미 하루키의 후기가 실려 있더라고요.

성신 그렇지요. 미국 작가가 쓴 이 소설에 일본 작가의 후기라 좀 이상하지요.^^

정미 알고 보니, 하와이에 있는 아버지 폴 서루의 집에 무라카미 하루키가 방문했을 때, 폴 서루가 자기 아들이 쓴 이 소설이 전미도서상 후보에 올랐다면서 추천을 하더래요. 그래서 하루키는 그 자리에선 '꼭 읽어보겠습니다.' 하고 약속을 했지만, 그러면서도 처음엔 그다지 큰 기대는 안 했던 모양이에요. 어쨌든 약속은 지켜야겠다는 생각에 그 책을 읽었는데….

성신 그렇지! 나도 내가 직접 고르는 책 아니면 영 읽기 싫더라고요. 하지만 별 기대 없이 그 책을 읽은 하루키는 깜짝 놀랐겠군요. 너무 재미있어

서? 하하~

정미 맞아요! 그래서 일본에서는 이 책을 무라카미 하루키가 번역했어요. 2010년 여름에 번역해야겠다고 생각했는데 이듬해 삼월에 일본에서 지진과 쓰나미가 있었잖아요. 그 때문에 후쿠시마 원전이 작살나서 방사능 유출이 시작됐고요. 한마디로 시의성이 생긴 거죠.

성신 맞아요. 2011년 발생한 후쿠시마 원전 사고! 사고난 날이 3월 11일 하필 내 생일날이라 더 기억이 생생하네!

정미 −_− 갑자기 왜 뜬금없이 이 타이밍에서…, 자기 생일을 상기시키는 걸까요?

성신 아! 이제 얼마 안 남아서… 헤헤~

정미 잠깐!! 이 시점에서… '삐릭!' 영화 〈맨 인 블랙〉에서 기억 지우는 그거, 뉴럴라이저 한방 셀샷으로 쏘고! 으하하, 선생님의 생일은 이제 제 기억에서 싹 지워졌소!

성신 자꾸 그런 걸로 기억 지우는 짓이나 하니 머리가 나빠지지! 그거 배터리 남았으면 나한테도 한방 쏘시오. 정미 널 아예 잊어버리게! ^^

어쨌든 이 소설은 미래의 디스토피아를 묘사하는 SF소설의 외피를 가지고 있지만 읽으면서 자꾸 소름끼치더라고요. 우리가 아주 가까운 미래에 딱 저렇게 살 수도 있겠다 싶어서 말이죠.

정미 위대한 스토리텔링은 예지력도 가진다든데, 읽으면 읽을수록 머지않아 정말로 우리에게 다가올 수 있는 일이란 생각이 들더라고요.

성신 나는 이 책에서 다음 대목이 잊혀지지 않아요.

"세상은 이제 단순한 사실들밖에 남지 않았다. (중략) 아버지는 6개 국어를 하지만 못 하나 제대로 박지 못했다. (중략) 인생이 어때야 한다는 비전을 수만의 어휘로 포장할 능력도 있었지만, 정작 그 가치를 방어할 때는 힘 한번 제대로 써보지 못했다. 세상을 선하게 가꾸자는 주장으로 평생을 버티면서도, 그의 선은 이 땅을 손톱만큼도 바꾸지 못했다. 말로 선을 행할 수는 없는 법이다."

정미 이 소설이 결국 우리에게 하고 싶은 단 하나의 문장이 거기 나오는군요. "말로 선을 행할 수는 없는 법이다."

성신 오호! 사무라이처럼 핵심을 단칼에 내려치는군요. 그렇지요. 결국 선을 행하는 것은 '실천'이라는 메시지! 그런데 노처녀 시집가는 것도 이와 같소! 결국 '실천'의 문제라는 거요. ㅋㅋ

정미 '말로 선을 행할 수' 없듯이, 스승님(선생님)의 말로 내 사랑을 행할 수는 없는 법이다!

성신 헉~ 당했다!

✏️ **이 책이 궁금하다**

먼 북쪽
(마르셀 서루 지음 | 조영학 옮김 | 사월의책 | 2014년)

일본에서는 무라카미 하루키가 직접 번역하여 큰 화제를 모았던 이 소설은 종말 이후 황폐한 세계에서 홀로 살아가는 한 여자의 이야기를 담고 있다.

이야기의 배경은 앞으로 30년 후쯤 시베리아의 극북(極北)이다. 온난화의 가속화로 인간이 살 만한 곳은 극북 지역밖에 남지 않았다. 온대 지역의 대도시 문명은 인간들 사이의 전쟁으로 모두 무너지고 굶주림이 인간성을 모조리 빼앗아버린 종말의 시대. 매일 아침 권총 두 자루를 챙겨 암울한 도시를 순찰하는 보안관 '메이크피스'가 주인공이다. 책을 읽지는 못하지만 누군가를 위해 책을 보존하던 그녀는 어느 날 소년 '핑'에게 총을 쏘고 만다. 다친 핑을 집으로 옮긴 그녀는 소년과 함께 살아가기로 하고 고기를 구하기 위해 여행을 떠나면서 상상할 수 없는 사건들을 만나게 된다. 이 작품에 대해 〈뉴욕 타임스〉는 '참을 수 없이 슬프지만 그만큼이나 숭고한 소설'이라는 찬사를 보냈으며, 이 작품은 전미 도서상과 아서 클라크 상 최종 후보에 올랐다.

혼신의 힘을 다해 가장 아름다운 생을 살 테다!

〈들꽃편지〉

 헤이! 정미 씨! 거두절미하고 이 문장 좀 읽어봐!

안농~ 성신 샘! 자, 무얼 읽어볼까용?

 "꽃들에게 말을 걸면서 깨달은 것 중 하나는 세상엔 허투루 피는 꽃이 없다는 겁니다. 인간만이 오늘 일을 내일로 미루며 게으름을 피울 뿐 제아무리 작고 보잘것없어 보이는 식물도 지극정성으로 꽃을 피웁니다. 삶은 항상 지극하고 간절해야 한다는 것을 작은 들꽃에게 배웁니다." 어때? 문장 죽이지?

그거 백승훈 글, 김정란 그림, 제목 〈와일드 플라워 레러〉에 나오는 말이잖아요.

 와일드 플라워 레러?

정미 네, 〈들꽃편지〉요. 히히 맞죠?

성신 맞아요. 〈들꽃편지〉는 인터넷과 과도한 영상매체의 영향으로 감성을 잃어가는 현대인들의 감수성을 촉촉하게 자극하는 글로 꾸며져 있죠. "화려한 것은 화려한 대로, 소박한 것은 소박한 대로, 꽃은 저마다 아름답다는 것을 알게 되었습니다. 큰 꽃이나 작은 꽃이나 지극정성으로 피어난다는 사실, 세상에 목숨 지닌 것치고 귀하지 않은 게 없다는 사실도요…."라는 문장도 감동적이죠.

왼쪽 위부터 시계방향으로 산수국, 닭의장풀, 가시연꽃, 원추리

정미 세상엔 허투루 피는 꽃이 없다는 말…, 왜 감흥이 없겠어요?

성신 그렇지! 짠하게 감동적이지?

정미 네. 이 책은 야생화에 미쳐서 10년이 넘게 전국의 산과 들을 돌아다니면서 들꽃과 사랑을 나누는 한 남자의 이야기잖아요. 나, 그 책 읽으면서 세 번 감동했잖아요.

성신 세 번?

정미 일단은 들꽃에 대한 그 해박함에 감동했고, 아름다운 들꽃이 우리 주변에 지천으로 그렇게 많다는 것에 두 번째 감동했죠. 그리고 마지막으로 백승훈 시인의 묘사와 문체에 감동했어요!

성신 옳아! 들꽃 한 송이 한 송이를 묘사하는 그 따뜻하고 섬세한 문장들이 읽는 내내 어찌나 가슴을 후벼파든지…. 그런데 정미 씨는 어떤 문장이 기억나나요? 어느 꽃을 이야기하는 대목이었어요?

정미 저는 요즘 관상용으로 사람들이 마구 채취해 가는 '노루귀' 란 꽃을 설명하던 대목. "어여쁜 꽃이 먼저 꺾이고 곧은 나무가 먼저 베어지는 게 세상 인심이라지만, 한 걸음만 물러서서 생각하면 그것은 인간이 만물의 영장이라는 착각에서 비롯된 오만일 뿐이라는 것을 알 수 있습니다. (중략) 목숨 지닌 것치고 눈물겹지 않은 것은 없으니까요."

성신 가끔 교외 나들이라도 나갔다가 문득 눈을 돌려보면 들에 핀 이름 모를 꽃들이 눈에 들어올 때가 있잖아요. 그러면 그 들꽃에 시선을 던져놓고는 망연히 바라보게 되는데…, 그럴 때마다 매번 느끼는 것이지만, 들꽃에는 하나같이 처연한 아름다움이 있는 것 같아요. 아무도 귀하게 여겨주지 않지만, 저 혼자서 지극한 아름다움을 향하는 그런 모습이랄까? 그래서 그런지 들꽃을 보면 자꾸 인생을 생각하게 되는 것 같아요.

정미 '세상 그 누가 알아주지 않아도, 나는 혼신의 힘을 다해, 가장 아름다운 생을 살 테다!' 바로 이런 삶의 의지를 갖게 된다는 뜻이죠?

성신 개떡같이 말해도 찰떡같이 알아들으시는구먼! 기특하여라~ 하하! 그런데 이 책을 보면 여러 종류의 들꽃이 등장하잖아요?

정미 그렇죠. 그런데요?

성신 그 들꽃들 중에서 정미 씨 자신과 꼭 닮은 꽃이 있지 않던가요?

정미 음…, 산수유!

성신 '남자한테 참 좋은데. 정말 좋은데~~~' 하던 그 산수유~? 왜? 산수유가 어떤 꽃인데 자신과 닮았다고 생각해?

정미 왜, 구례 산동마을의 산수유 열매가 유명하잖아요? 예전에 씨와 과육을 분리할 때 처녀들이 그것을 전부 입으로 했대요. 그러다 보니 앞니가 많이 닳아서 산동마을 처녀는 쉽게 알아볼 수 있었답니다. 그런데 그렇게 산수유를 입에 달고 지낸 처녀와 입을 맞추면 보약을 먹은 것과 같다고 해서, 예부터 산동마을 처녀들을 일등 신붓감으로 꼽았대요. 그래서 산수유의 꽃말은 '영원히 변치 않는 사랑'이래요. 캬~ 얼마나 좋아!

성신 뭔 소리야? 그러니까 본인께서 이른바 '보약처녀'다. 뭐 그딴 소리이신가?

정미 여러모로, 뭐랄까… 딱 집어 내 입으로 말하기에는 매우 부끄부끄하지만, 산수유와 남정미는 괴엥~~장히 가까운 어떤 유사점을 가지고 있다! 요렇게 봐야죠.

성신 푸하핫~ 진정 그딴 소리를 하고 싶으냐? 정말 빵 터진다. 하하하하.

정미 뭐야! 남산수유를 비웃어? 그럼 선생님은 어떤 꽃을 닮았다고 생각이 듭디까? 어디 한번 들어나 봅시다!

성신 비웃어서 미안! 그런데 좀 비웃을 만하잖아? 보약처녀라니! 흐흐흐~ 어쨌든 나는 '닭의장풀'이라는 요상한 이름의 들꽃에 끌렸어요. 백승훈 시인이 정말 멋지게 묘사해 놨더라고요.

정미 어떤 묘사요?

성신 달개비라고도 불리는 '닭의장풀'은 그 괴상한 이름과 달리 파란색의 꿍장히 아름다운 꽃인데, 그 꽃말이 '짧았던 즐거움'이라네요.

정미 아! '짧았던 즐거움'이라. 캬아~ 멋있다!

성신 "세상에 피는 꽃치고 지는 것을 두려워하는 꽃이 없는 것처럼 닭의장풀도 그 짧은 순간을 가장 화려하게, 눈부시게 피어납니다." 이렇게 묘사하는데, 그만 눈물까지 핑 돌더라고. 어렵사리 피어나지만 단 하루도 채우지 못하고 져버리는 꽃. 그토록 짧은 생이기에 외려 가장 눈부시게 빛나는 꽃, 닭의장풀!

정미 왠지 좀 슬픈데요?

성신 바로 그런 인생이면 좋겠다 싶더라고요. '짧더라도, 눈부신 존재로 영원히 기억되는 인생을 살 수 있다면…' 책을 읽다가 문득 그런 생각이 들더군요.

정미 닭의장풀…, 샘 이야기 듣고 보니 그 괴상한 이름마저 서글프게 느껴지네요.

성신 들꽃들은 이름마저 처연해. 며느리밥풀꽃, 동강할미꽃, 쑥부쟁이….

정미 술패랭이꽃, 배롱나무, 진노랑상사화, 두메부추…. 근데 두메부추는 무슨 브라질 원주민 이름 같지 않아요? 두메부추! 히히 쌤! 〈들꽃편지〉는 우리가 잊고 살았던 작고 소박한 것들의 소중함을 일깨워주는 책 같아요.

성신 맞아요. 나도 같은 생각이에요. 아무도 귀하게 여겨주지 않아도, 선량하고 정직하고 강인하게 살아남아 가장 아름다운 꽃을 피워내고…. 그렇게 자신의 존귀함을 스스로 만들어내는 그런 들꽃들의 모습은 마치 우리 민초들의 삶과 같다는 생각이 들어요.

정미 산수유도 좋고, 닭의장풀도 좋고, 다 좋은데…, 나 진짜 내 꽃 하나 정했어요. 나는 나중에 커서 섬백리향이 될 거예요.

성신 섬백리향?

정미 울릉도 나리분지가 고향인 이 꽃은 천연기념물 제52호이기도 하죠. 옛말에 '화(花)향 십리에 주(酒)향 백리이고 인(人)향 천리'라고 했는데, 섬백리향은 자잘한 꽃송이가 피워 올리는 맑은 향기가 100리까지 퍼진대요. 그래서 울릉도 뱃사람들의 길잡이가 됐다고도 해요. 나도 책 많이 읽고, 재미있는 책 소개 열심히 해서 수많은 젊은이들의 인생 길잡이가 될 거라고, 이 연사 큰 소리로 외칩니다!

성신 와우! 기특기특~ 그래 정미 씨는 세상 떠난 후에 섬백리향이 되고, 난 닭

의장풀이 되고…, 야호! 다시 만날 일은 전혀 없겠네. 피어야 할 곳이 다
르니. 나는 자유다! 푸하하~.

정미 성신의장풀 피기만 해봐라. 가서 똑 꺾어버려야지!^^

성신 그러니 죽어 꽃 되기 전에, 사는 동안 열심히 같이 책 읽고, 수다도 떨고,
여한 없이 그렇게 어울려 즐겁게 삽시다.^^

✏️ **이 책이 궁금하다**

들꽃편지 : 마음을 향기롭게 하는 들꽃 이야기
(백승훈 지음 | 김정란 그림 | 여성신문사 | 2014년)

시인 백승훈의 들꽃 에세이. 저자는 이른 봄의 변산바람꽃에서 한겨울의 동백까지, 강원도의 한
계령풀에서 제주도의 수선화까지 수많은 꽃과 나눈 이야기를 펼쳐놓는다. 이 책은 들꽃에 관한
정보만을 나열하는 것이 아니다. 들꽃의 생태, 나물과 약초로서의 쓰임새, 꽃에 얽힌 전설 등과
더불어 들꽃에게 얻은 지혜와 삶의 통찰을 정감 있는 문장으로 우리에게 전한다. 제아무리 보잘
것없어 보이는 식물도 꽃을 지극정성으로 피우는 모습에서 우리 삶도 항상 지극하고 간절해야
한다는 것을 배울 수 있다고 저자는 말한다. 산과 들에 핀 들꽃이 우리의 인생에 어떤 교훈과 감
동을 줄 수 있는지를 잘 보여주는 책이다.

'걷게' 만들어주는 책 10+1

걷기 예찬 (다비드 르 브르통)

프랑스의 사회학자 다비드 르 브르통은 이 책에서, 인간은 걷기를 통해 비로소 자신의 존재를 찾는다고까지 말한다. 건강을 위하여 걷기를 권장하는 책이 아니라 삶의 예찬이요, 생명의 예찬인 동시에 인간 인식의 예찬에 대해 말하고 있다. '걷기'의 바이블이라고 할 만큼 걷기를 사랑하는 수많은 사람들에게 끝없이 회자되는 산문이다.

느리게 걷는 즐거움 (다비드 르 브르통)

〈걷기 예찬〉후 10년, 사람들은 이제 일부러 걷는다. 몸뿐만 아니라 '마음'을 잃지 않기 위해서다. 갈수록 번잡해지는 세상과 잠시 단절을 통해 사람들은 자기만의 길을 되찾으려 하고 있다. 〈느리게 걷는 즐거움〉은 걷기에 대한 인식이 달라진 지금, 길을 걷는 사람들에게 다시 한 번 걷는 즐거움을 일깨워주는 책이다.

프로방스에서의 완전한 휴식 (정수복)

파리의 수많은 길을 샅샅이 걸어본 산책 전문가 정수복이 대도시를 떠나 아름다운 시골 마을 프로방스를 걸으며 써내려간 이야기를 소개하는 책이다. 프로방스에 매혹된 정수복은 그곳에서 수많은 예술가들의 흔적을 찾고, 현재 예술적인 인생을 살아가는 평범한 사람들을 만난다. 사적인 동시에 역사적인 삶의 체험들이 녹아 있는 멋진 여행 에세이다.

파리의 장소들 (정수복)

1980년대와 2000년대 두 번에 걸쳐 15년 넘게 파리에 살고 있는 저자는 파리의 거의 모든 길을 다 걸었다고 한다. 이 책에서는 파리의 수많은 장소들 가운데 16개의 장소에 중점을 두고, 그 장소들이 담고 있는 의미들을 찾아낸다. 자신의 전공인 사회학은 물론, 문학, 예술, 철학, 역사학, 인류학, 지리학, 도시계획 등의 분야를 넘나드는 해박한 지식으로 파리를 바라본다.

걷고 느끼고 사랑하라 − 2014 우리 땅 걷기 세트 (신정일)

저자가 마음에 새긴 고향·사람·예술 이야기 〈모든 것은 지나가고 또 지나간다〉와 그가 걸어온 한국 문화예술운동의 발자취를 담은 〈홀로 피는 꽃이 어디 있으랴〉를 함께 담은 세트이다.

걷기 두 발로 사유하는 철학 (프레데리크 그로)

프랑스 파리12대학의 철학 교수인 프레데리크 그로의 에세이다. 이 책은 '걷기'라는 인간의 행위에 대해 저자의 경험과 풍부한 인문학적 지식을 바탕으로 섬세하게 고찰한다.

소로우에서 랭보까지, 길위의 문장들 (헨리 데이비드 소로우 외)

이 책은 위대한 작가 대부분이 열정적인 '걷기 애호가'였다는 사실에서 착안하여, 걷기와 우리 존재와의 관계, 걷기의 일상성, 걷기와 상상력, 걷기와 문명의 시작 등에 관한 작가들의 사유를 묶어냈다.

존 뮤어 걷기 여행 (김영준)

세상의 모든 아름다운 풍경을 다 간직한 트레킹 코스로 알려진 존 뮤어 트레일을 여행하는 방법을 쓴 책이다.

베네치아 걷기여행 (조앤 티트마시)

'물의 도시' 베네치아의 진정한 매력을 느낄 수 있는 좁은 골목길을 구석구석 소개한 책이다. 관광 책자에 나오지 않는 조용한 골목길, 소박한 주택가에 이르기까지 베네치아 전역을 깊숙이 파고든다.

산티아고 가는 길 (세스 노터봄)

네덜란드 작가, 세스 노터봄이 스페인을 수차례 방문하면서 보고 느낀 것을 정제하여 기록한 책이다. 세계 수십 개 언어로 번역되어 여행기를 예술의 차원으로 끌어올렸다는 평가를 받은 역작이다.

걷기 좋은 서울길 : 언제 걸어도 좋은 서울 산책길 50 (최미선 , 신석교)

조선왕조 궁궐을 구석구석 엿볼 수 있는 고궁길을 비롯하여 빌딩 숲 속에 살포시 숨어 있는 오래된 한옥 골목길, 가난한 민초들의 애환이 서린 산기슭 달동네에서 아기자기한 갤러리 골목길로 변신한 이화마을 등 걷기 좋은 서울의 길을 소개한다.

전설의 칼 엑스칼리버 그게 바로 알고리즘
〈만물의 공식〉

 쌤! 나 어제 완전 끝내주는 책을 읽었어요.

 잠깐! 그대가 무슨 책을 말하려는지 알 것 같소.

 선생님이 무슨 점쟁이예요? 수많은 책 중에 내가
어제 무슨 책을 읽었는지 대체 어떻게 안단 말이에요?

 잠시만 기다려보시오. 음….
그 책 혹시 〈만물의 공식〉 아니오? 푸하하하하~

 흐헉! 뭐야? 어떻게 알았어요? 혹시 나한테
도촬카메라라도 달아놨어요? 어휴, 아저씨 정말 섬뜩하네.

성신 내가 맞혔어요? 하하 재미있네. 너무 무서워하지 마시오. 나름 과학적인 것이니깐! 그대는 요즘 과학과 인문학이 결합된 책들에 호감을 보여왔어요. 그리고 평소 그대가 '선생님'이라 호칭하는 나에게 아주 당당한 어투로 말을 거는 것으로 봐서는 내가 미처 읽지 못했을 가능성이 높은, 최근 한두 주 사이에 출간된 '신간'일 가능성이 높지요. 그렇게 범위를 좁히니까 금방 찾겠던걸~ 사실 최근 한 달 사이에 '완전 끝내준다'는 표현에 걸맞은 책은 누가 보더라도 달랑 그 책 한 권뿐이잖소.^^

정미 쳇! 돗자리 까시오.

성신 나는 남정미라는 사람의 일상적 습성에 대해 일종의 '빅 데이터'를 가지고 있어요! 우리가 자주 '빅 수다'를 떠니 '빅 데이터'가 쌓일 수밖에! 나는 그것을 가지고 말하자면 '알고리즘', 즉 공식을 만든 것이지.

정미 우이씨! 생각해 보니 괘씸하네! 나를 가지고 그딴 알고리즘을 왜 만들었대요? 나한테 관심 있어요?

성신 별 관심은 없지만…, 나를 '선생'이라 부르는 사람들 앞에서 계속 '선생님' 소리를 듣기에는 다소 필요한 일이라 판단했소. ㅋㅋㅋㅋ

정미 은근히 성질나네. 그럼 오늘 북톡카톡은 이만!

성신 그대가 '이만' 이라는 단어를 쓸 때마다, 그것이 실제로 그만하겠다는 뜻이 절대 아니라는 것도 알고리즘으로 파악하고 있다오! 그대가 진짜 끝내고 싶을 때는 '졸려!' 라는 단어를 사용합니다. 오타도 급격히 많아지고….

정미 쳇!

성신 끝내준다는 〈만물의 공식〉 이야기나 계속 해봐요.

정미 우리 인간의 관계, 미래, 사랑까지도 수량화한다는 그 알고리즘의 세계. 안 그래도 책을 읽어보니 진짜 엄청납디다. 신기함을 넘어서 무섭던데요.

성신 나도 똑같은 감상! 지금까지는 '알고리즘' 같은 것은 컴퓨터 프로그래머들에게나 필요한 것인 줄 알았는데, 그 수학적이고 공학적인 세상이 이미 우리의 일상을 지배해 버렸더군요. 책 읽으면서 정말 깜짝 놀랐어요.

정미 연예계 이야기라 눈길이 확 가는 내용도 있었어요. 통계학자인 가스 선뎀이라는 학자는 2006년 〈뉴욕타임스〉로부터 한 가지 의뢰를 받게 되죠. 그 내용이 황당한데, '유명인의 결혼이 깨질 확률을 예측하는 공식을 만들어 달라는 것' 이었다지요.

성신 그래요. 그 대목 나도 기억나요. 그 통계학자의 연구 결과, '노출 의상을 입은 여배우에 대한 구글 검색 건수와 결혼 지속기간 사이에 정(正)관계가 있음'을 알아냈다죠. 또 배우자가 야한 옷을 입은 횟수가 많을수록 결혼이 오래 지속된다는 규칙도요. 그런데 이 황당한 '공식'은 엄청난 주목을 끌죠. 실로 놀라운 적중률을 발휘했거든요. 가령 그 공식을 대입해서 '케이티 홈스와 톰 크루즈의 결혼 생활이 5년은 넘기겠지만 15년까지 갈 가능성은 거의 없다'고 미리 예측했는데, 실제로 그들은 딱 5년 반을 살고 이혼했으니까요.

정미 내가 시집갈 확률은 얼마나 되는지 그 양반에게 당장 물어보고 싶네요!

성신 나에겐 절대 물어보지 마시오. 그대에게 물어뜯기고 싶지 않소!^^

정미 우리 둘 다 페이스북을 사용하잖아요? 미국의 페이스북 이용자 5만

8,000명의 데이터에 알고리즘을 적용해 인종, 나이, 지능지수, 성적 선호, 성격, 약물 사용, 정치적 성향 등의 특질을 정확하게 예측할 수 있다는 결과가 나왔답니다. 달랑 '좋아요' 클릭 하나만 가지고요.

성신 충분히 가능한 이야기죠. 그런데 문제는 이게 재미있기만 한 현상이 아니라 굉장히 무서운 일이라는 거예요. 데이터와 간단한 공식만으로 인간의 모든 행동이 예측 가능해진다는 것이니까 말이지요.

정미 그러게요. 정말 무섭다는 생각이…. 나의 삶이 이토록 세밀하게 분석되고 있다는 것은, 다시 말해 내 일거수일투족이 평생 동안 누군가에게 감시받고 있는 것과 똑같잖아요.

성신 그렇지요. 인간은 이제 인간이 만든 시스템에 의해 완벽하게 통제 가능한 존재, 즉 일종의 '가축'이 된 겁니다. 나는 바로 그런 의미로 〈만물의 공식〉을 읽었어요.

정미 그럼에도 불구하고 왜 우리는 알고리즘에 몰입하게 된 걸까요?

성신 나는 이렇게 비유하고 싶어요. 알고리즘은 엄청난 위력을 가진 무기라

고. 이를테면 전설의 칼 엑스칼리버 같은. 이 보검을 손에 쥔 자는 세상을 지배하게 되는 거지요. 그런데 문제는 그것을 아서왕 같은 인간적 영웅이 갖게 된 것이 아니라 인간이 아닌 존재. 즉 '자본'이 소유하게 되었으니…. 그래서 정말 큰일이 난 것이죠. 인간의 입장에서는 거의 재앙.

정미 재앙씩이나? 왜요? 알고리즘은 세상을 더 효율적으로 만들기 위해 고안되는 것 아닌가요?

성신 정확한 지적! 문제는 바로 그 '효율의 지배권'이 평등하지 않다는 점이죠. 알고리즘을 동원하는 효율의 주체가 인간이 아니라 자본이니까요. 쉽게 말해서 무엇을 위한, 누구를 위한 효율이냐는 것이에요. 즉 '모든 인간'의 이익과 편리를 위해서가 아니라 순전히 '자본'이 '자본'을 증식시키는 도구로서만 인간을 사용하기 위해 알고리즘이 동원된다고 생각해 보세요. 그건 민주주의가 붕괴되고 다시 지배와 피지배의 구조로 사회가 재편될 수도 있다는 뜻이죠. 알고리즘이란 것을 '적용할 수 있는 자'와 '적용되는 자' 사이에 말이에요.

정미 가령 초등학교까지 다닌 생활기록부만 가지고 알고리즘을 적용하면, 이 친구가 나중에 범죄자가 될지, 아니면 충실한 개처럼 쓸모 있는 인적자원이 될지, 반체제 인사로 '활약'하게 될지, 그런 것을 전부 미리 판단할 수 있다는 것이로군요. 완전 디스토피아네!

성신 그렇지요.

정미 하다하다 결국 인간의 정자와 난자도 알고리즘으로 만들 수 있겠네요. '이런 류의 정자를 저런 류의 여자가 생산하는 난자와 합체시키면 이러 저러한 인간이 만들어진다!' 데이터만 충분하다면 알고리즘은 쥐뿔도 아닌 방법으로 만들 수 있겠네요. 아주 쉽고 간편해서 오히려 무섭다!

성신 지금이야 고작 소비자들의 상품구매 양상이나 패턴 정도를 파악해 장사 에 써먹는, 그런 귀여운 짓 정도에 불과해요. 하지만 조만간 인간의 모든 삶에 알고리즘이 적용되어서 이후로는 거기에 인간이 맞추고 살아야 하 는…, 그야말로 거대한 판옵티콘(중앙에서 모든 수감자를 감시할 수 있는 구 조의 감옥)이 지금 만들어지고 있는 중이라는 것이죠.

정미 판옵티콘! 게다가 그게 특별히 잘못을 저질러서 들어가는 감옥이 아니라 인간으로 태어났기 때문에 죽을 때까지 빠져나올 수 없는 감옥인 것이니 참 끔찍하네요. 근데, 알고리즘이라는 이 기막힌 구상을 좀 좋은 쪽으로 활용할 순 없나요?

성신 그 '좋은 쪽'이라는 것이 다시 말해 인간의 입장에서 '도덕적'인 것을 의 미한다면, 그것은 효율성의 원칙에는 위배되는 것이죠. 우리가 별 뜻 없 이 좋게 여겨온 이른바 '효율'이라는 것이 이제는 괴물이 된 겁니다. 더 이상 우리가 통제할 수 없는 거대하고 무서운 괴물! 극단화된 '효율'은 결국 인간을 다 잡아먹을 겁니다.

정미 조지 오웰의 〈동물농장〉에 나오는 구절이 생각나네요. 거기 빗대면 '모든 숫자는 평등하다. 그러나 어떤 숫자는 다른 숫자보다 더 평등하다.' 이렇게 되는 것이군요.

성신 오호~ 매우 문학적이면서도, 매우매우 정확한 표현이오.

정미 인간의 운명 전체를 예측할 수 있는 알고리즘이 만들어지면 대체 어떤 결과가 나올지, 갑자기 궁금하네요.

성신 분명…, '멸망'이라고 나올 것!

정미 멸망이라….

성신 저 구조를 만들고 운영하는 것이 이미 인간이 아니기 때문이지요. 인간과 분리된 인간성! 말하자면 그런 것이 아닐까 싶어요. 가령 권력, 자본, 시스템… 바로 이런 것이지요. 모두 인간에 의해 고안된 것이지만, 저것들이 어느 순간부터 인간을 위해 존재하지 않고 인간을 지배하기 위해 존재한다는 것입니다.

정미 〈만물의 공식〉은 이런 끔찍한 일이 실제로 이루어지고 있는 실체와 현장을 보고하고 있는 셈이로군요. 그런데 쌤! 그렇다면 이렇게 무서운 세상에서 우린 어떻게 살아야 하지요?

성신   그런 거대한 질문에 대해선 나 따위가 감히 답을 줄 수는 없어요. 하지만 난 이 책에서 단서를 하나 찾았어요. 결국 인간의 삶에서 '도덕성'을 제거하면 멸망할 수 있다는 것! 이 책 〈만물의 공식〉에 등장하는 수많은 사례들은 결국 인간이 '효율'과 '도덕' 사이에서 '어떤 위치'를 선택해야할지 바로 그것을 지적해 주는 아주아주 중요한 단서를 보여준다고 생각해요.

정미   책은 그리 심각하지 않은데 오늘 우리 북톡카톡 수다는 무지하게 심각하군요. '멸망'이라니! 컥!

성신   그럴 때도 있는 거지 뭐.

✏ 이 책이 궁금하다

만물의 공식 : 우리의 관계, 미래, 사랑까지 수량화하는 알고리즘의 세계
(루크 도멜 지음 | 노승영 옮김 | 반니 | 2014년)

'알고리즘'은 컴퓨터에서 단계별로 진행되는 일련의 명령을 뜻한다. 흔히 알고 있는 인터넷 검색뿐 아니라 오락, 연애, 결혼, 이혼, 법률을 비롯해 영화, 음악에 이르기까지, 인간의 삶을 모두 설명할 수 있을 만큼 알고리즘이 그 속에 얽혀 있다. 이 책은 우리가 살아가는 삶을 알고리즘으로 풀어간다. 알고리즘의 시대가 인간의 창조성, 인간관계, 정체성 개념, 법률 문제 등에 어떤 영향을 미치는지 살펴본다. 자신의 몸을 숫자로 측정하는 자기 수량화 운동, 인간의 행동을 분석하고 예측하는 알고리즘 등 다양한 분야에서 볼 수 있는 알고리즘의 흥미진진한 사례를 들려주고, 알고리즘의 미래에 대해 전망하고 있다.

정말 '노인'이라는 이름의 별종으로만
⟨100살이다 왜!⟩

 하이 정미~ 얼마 전에 과학자 · 의사 · 미래학자들이 등장해서 가까운 미래를 예측하는 과학 다큐멘터리를 봤는데, 앞으로 70년 정도 이후엔 이론적으로 인간을 영원히 살리는 의학기술이 적용될 거라더군.

와우! 정말요?

 손상되지 않는 세포분열이 특징인 암세포처럼, 인간의 정상세포를 유전적으로 개조하면 이론적으로는 인간이 영원히 살 수 있다는 논리였어요.

오래 사는 것은 바라지만, 영원히 사는 것은 좀 끔찍한데요? 죽지 않는 인간들이 사는 세상이라니…. 좀비 영화 같아요. 무서워!

  전송

성신 맞아요. 그런데 먼 미래가 아니더라도 지금 40대 정도의 연령대라면, 평균 기대수명이 120세 정도가 될 거라는 예측도 있어요. 남정미 양이 지금 30대 초반이니 90년 정도 더 살게 될 것이란 말이지요. 잘하면 한국프로야구 120주년 기념 경기에 가서도 고래고래 욕하고 소리 지를 수 있겠네.ㅋㅋ

정미 "평생을 야구장에서 살다시피 하시다 올해로 120살이 되신 남정미 할머니께서 기념 시구를 하시겠습니다!" 괜찮은데? 하지만 솔직히 좀 막막하네요. 100살까지 살아야 한다면 대체 뭐하고 살아요? 예순만 돼도 은퇴하고 나가라고 하는 이런 세상에서….

성신 그렇지. 현재로서는 우리가 아무런 대비도 하고 있지 않으니까. 60살쯤 되면 사회에서 퇴출시켜 버리고는 '그냥 각자 알아서 버텨라', 대충 이런 식이잖아요? 이것이 벌써 심각한 사회문제를 만들고 있어요. 사회안전망이 급속히 붕괴돼 가는 이 신자유주의 체제에서 공포에 질린 노인들은 믿고 기댈 언덕이 없으니 자꾸 심정적으로 극우화돼 가고….

정미 그게 왜 그런 거지요? 좀더 쉽게 설명해 보세요.

성신 왜냐하면 생존 그 자체가 극도로 불안해진 상황에서, 사람은 그나마 자신이 가진 것을 눈곱만큼도 더 잃어서는 안 된다고 생각하기 때문이에요. 다시 말해 당장 '지금 여기서' 살아남는 것만이 삶의 유일한 문제가 된 거지요. 그러면 이제 사회가 극도로 불안정해지는 겁니다. 미래를 지향하지도 않게 되고 말이지요.

정미 그런데 어쩌다가 이렇게 된 건가요?

성신 어디서부터 잘못됐는지는 여러 가지 측면에서 세밀하게 따져봐야겠지만, 어쨌든 노인들이 젊은이들에게 더 이상 존경받는 분위기도 아니고, 그러다가 이제 노인들도 젊은 사람들의 의견이나 정치적 성향을 놓고 어깃장이나 놓는 식으로 나오게 되고…. 그런 노인들의 어깃장을 두고 청년층은 아예 경멸하거나 멸시해 버리는 상황이니….

정미 거대한 악순환의 고리군요.

성신 맞아요. 게다가 이런 악순환 속에서 바로 이러한 문제를 해소해야 할 정치인들은 오히려 이것을 교묘하게 조장하고 악용하니 문제가 더 심각해져 가는 것이지요. 이젠 세대 간 단절의 수준이 아니라 세대 간 전쟁이 벌어지고 있는 거예요.

정미 단절을 넘어 세대 간의 전쟁이라. 휴대폰 처음 나왔을 때 엄마나 할머니가 문자 메시지 보내는 법 가르쳐 달라고 하시면 처음에 몇 번 알려드리고 나서는 '아, 몰라도 돼. 그냥 전화 걸고 받는 거만 써요'라고 했던 것이 갑자기 팍 찔리네요. 내가 전쟁 발발의 도화선이었군요 ㅠㅠ. 정말 어른들과 대화를 많이 해야겠어요.

성신 최근 이런 사회 분위기에서, 모두들 꼭 한번 읽어보면 좋을 책이 한 권 출간됐던데, 제목이 〈100살이다 왜!〉예요. 읽어봤나요?

정미 네, 얼마 전에 저보고 읽어보라고 추천해 주셨잖아요. 그 100살 드신 일본 할아버지 진짜 대단하시던데요. 현역 회사원이더군요, 매일 전철 타고 출퇴근하시는!

성신 책을 쓴 후쿠이 후쿠타로 씨는 태어난 해가 1912년! 그러니까 무려 100살이 넘으셨다는 사실!

정미 그 책 제목의 말투가 되게 귀엽지 않아요? 뉘앙스가 꼭 이렇게 느껴져. "뭐? 왜? 나? 난 100살! 100살이라고…, 그래서 왜? 100살이 뭐가 어때서? 100살인데 나는 회사 다닌다! 뭐 그게 왜? 100살이다 왜!"

성신 하하하~   그렇게 푸니까 꼭 야쿠자 할아버지 같잖아! 굉장히 인자한 할아버지께 그런 실례를.

정미 어쨌든 제목 덕분에 할아버지가 더욱 건강하고 씩씩해 보여서 좋았어요.

성신 나는 이 책에서 이런 대목을 읽으면서 정말 감동받았어요. 사람이 어떻게 늙어야 되는지 정답을 알려주는 것 같았어요.

어떤 대목요?

성신 왜 100살이 넘도록 현역으로 일을 하시느냐고 물으니 이렇게 답을 해주
시는 대목이 있지요. "'이타심.' 그게 내가 여태 현역일 수 있는 이유야.
인간은 너무 불손해졌어. 지구와 자연과 역사와 심지어 인간에게까지. 인
간의 삶이 고양이의 삶보다 낫다면 그건 나와는 다른 누군가의 존재를 인
지하고 그와 더불어 살 줄 알기 때문이야. 내가 100년이 넘게 살 수 있던
것은 다른 누군가가 나를 위해 일해주고 기도해 주었기 때문일 거야. 나
역시 내 친구와 아내와 이웃들과 더불어 살기 위해 애썼고. 그게 다야."

깨달음 **301**

정미 맞아요, 맞아! 정말 그래요. 뭐 엄청난 성공담이나, 허세부리는 이유 같은 것은 전혀 없었어요. 건강에 이상이 없는 한 인간은 계속 일해야 한다고 말하시더라고요. 그 대목에서 어떤 위대한 마음 같은 것을 느꼈어요.

성신 그리고 이 할아버지가 말이에요, 입사 26년 만인 96살이 되던 해에 사표를 냈다고 하지요. 너무 많은 자신의 나이 때문에 회사에 폐가 될까 걱정이 되어서…, 하지만 계속 남아서 일해 달라는 회사 경영진의 간곡한 만류로 지금까지 일하고 있다는 거예요.

정미 그분이 특출한 분이라서가 아니라, 남을 먼저 생각하고 배려하는 유니크한 '직딩'이시기 때문에 회사에서 그렇게 귀하게 모시는 것이겠지요?

성신 맞아요. 아주 정확한 지적이에요. 〈100살이다 왜!〉는 늙어서도 질기게 살아남는 방법 따위에 대해 이야기하는 책이 아니었어요. 그 대신 이런 메시지를 던져주지요. '노인'이라는 이름의 별종으로 살 것이 아니라 보편적 '인간'으로서, 그리고 사는 날까지는 충분히 존중받을 수 있는 '사회의 일원'으로서, 그렇게 멋지게 늙고 나이 드는 법을 이야기하고 있는 것이죠.

정미 후쿠이 후쿠타로 할아버지는 저에게 타인을 진심으로 배려하는 마음이 왜 중요한지를 깨닫게 해주셨어요. 저는 아직 어리지만, 이제부터라도 잘 늙어갈 수 있도록 계속 고민하려고 해요. 늘 깨어 있는 어른이 돼야겠다는 결심도 했어요. 그러기 위해서는 먼저 오늘을 치열하게 살아야겠죠?

성신 내 참! 어떻게 책 한 권씩 읽을 때마다 그렇게 인생의 중차대한 결심을 하나씩 할 수가 있는 걸까? 혹시 남정미 씨는 결심편집증이오? 하하하~

✎ **이 책이 궁금하다**

100살이다 왜! : 100세 현역 회사원이 알려주는 인생에서 은퇴하지 않는 법
(후쿠이 후쿠타로, 히로노 아야코 지음 | 이정환 옮김 | 나무발전소 | 2014년)

100세에 현역 회사원으로, 전철로 1시간 거리에 있는 일터로 출근하고 있는 후쿠이 후쿠타로 할아버지의 자전적 에세이다. '평범한 일'을 마라톤하듯이 완수해 온 후쿠타로의 강인함에는 '이타주의'에 대한 신념이 항상 자리하고 있다. 저자는 백 살이 넘었음에도 계속 일하는 이유에 대해 이렇게 설명한다. "일은 살아 있는 사람의 의무이고 사명이고 본능이며, 언제나 인간을 위해 '일'을 하며 살아야 한다." '학교-취업-은퇴'라는 근대 공업사회의 전통적 라이프사이클에서 벗어나 '학교-취업-학교-취업'으로 인생 설계를 할 것을 조언하고 있다.

'사람'으로 만들어주는 책 10+1

타인의 고통 (수전 손택)

이미지 과잉의 시대를 사는 우리 현대인들은 타인의 고통마저도 일종의 스펙터클로 소비해 버린다. 자식 잃은 세월호 부모를 두고도 조롱을 감행하는 그 극악무도함이 대체 어떤 연원으로 발생했는지 아주 명료하게 알려주는 책. 수잔 손택은 말한다. '너희들이 그런 짓이나 할 줄 내 진즉부터 알고 있었다.'

털 없는 원숭이 (데즈먼드 모리스)

인간을 동물 중 하나의 '종'으로 보고, 다윈의 진화론을 바탕으로 인간 진화에 대해 세부적으로 살펴본 책이다. 짝짓기, 기르기, 모험심, 싸움, 먹기, 몸손질, 다른 동물들과의 관계 등 본능에 의한 생활습관을 동물학적 관점에서 관찰하면서 인간에 대해 설명한다. 1967년 원작의 출간 당시 판매금지 처분을 받았지만 후에 세계적으로 번역된 베스트셀러다.

저널리즘 (조 사코)

"어떤 정치인이 하는 말을 충실하게 받아 적고 보도하는 것은 저널리즘이 아니다. 그 정치인의 말을 현실과 비교하는 것이 저널리즘이다." 언론이 정의를 이야기한다. 놀랍게도 말이다. 전세계 분쟁지역을 취재하여 만화로 그려내는 작가이자 저널리스트 조 사코.

조화로운 삶 (헬렌 니어링, 스코트 니어링)

자연 속에서 서로 돕고 기대며, 자유로운 시간을 마음껏 누리면서, 좋은 것을 생산하고 끊임없이 창조하는 삶. 의지에 따라선 인간 세계가 진짜 그렇게 될 수도 있다는 것을 우리 눈앞에 펼쳐 놓는다.

살아야 하는 이유 (강상중)

불안과 좌절 때문에 미치광이 변태가 될 것이냐, 아니면 고통을 통해 진정한 힘을 얻을 것이냐? 사유의 힘이 그대의 운명을 결정하리라.

죽음이란 무엇인가 (셸리 케이건)

죽음은 과연 '나쁜 것'인가? 이 책은 우리가 죽음의 본질을 이해하면 가치 있는 삶을 살 수 있다고 말한다.

디아스포라 기행 (서경식)

디아스포라는 우리 밖의 또 다른 우리다. 서경식은 마이너리티의 관점을 크게 확장시킨다. 이 책은 '우리'의 범주를 '인간'의 범주로 넓혀야 하는 이유를 설명한다.

월든 (헨리 데이빗 소로우)

자연과 조화를 이루는 삶, 소박하고 검소한 삶만이 인간에게 진정한 행복을 가져다줄 것이라는 소로우의 사상이 담긴 불멸의 고전.

정의란 무엇인가 (마이클 샌델)

타인의 것을 빼앗고, 짓밟고, 죽여야만 얻어지는 풍요와 그로 인한 행복이라면? 우리가 왜 다시 '도덕'을 이야기해야 하는지를 납득시킨다.

센스 오브 원더 (레이첼 카슨)

우리가 태어나 처음으로 자연을 대하며 느낀 그 생생한 감동과 경외감을 어떻게 하면 일생 동안 잃지 않고 살 수 있을지 바로 그것을 알려주는 책.

사람은 무엇으로 사는가 (레프 니콜라예비치 톨스토이)

"사람의 마음에 무엇이 있는가, 사람에게 주어지지 않은 것은 무엇인가, 사람은 무엇으로 사는가." 이것은 답을 요구하는 질문이 아니다. 이것은 질문 그 자체이다. 사는 동안 가슴에 꼭 지니고 있어야 할….

논어는 요물

〈논어〉

스승님, 한 해 동안 수고 많으셨습니다. 그리고 참 감사합니다.

 오호 평소 그대로부터 볼 수 없었던 예절이로군요. 평소 같으면 '쌤 안녕?' 그 따위로 날 불렀을 터인데, 대체 어찌된 일이오?

이제 곧 해가 바뀌면 함께 책을 읽고 이야기 나눈 지 어느 덧 2년으로 접어 듭니다. 돌아보면 스승님을 뵌 뒤로 소 녀에게 참으로 많은 변화가 있었습니다.

스승님 덕분에 비로소 문장의 즐거움을 알 수 있었고, 읽음의 가 치를 알게 되었으며, 스승님의 말씀을 통해 세상의 이치를 조금 이나마 깨닫게 되었으니 제 인생에 이보다 더한 귀함이 있겠나이 까? 이에 소녀 마음 경건히 가다듬어 인사드리는 것이옵니다.

  ……

 진송

정미 쌤! 지금 뭐하세욧? 어쩌자고 그리 뭉개고 있답니까? 베리 큐티(Very cute)한 제자가 나름 정성스레 인사를 하면 후딱후딱 겉치레라도 해주실 일이지요?

성신 세상에 태어나서 지금껏 가장 잘한 일이 무엇이냐고 누군가 나에게 물어본다면, '말로써 세상을 즐겁게 만드는 재주를 가진 남정미라는 아주 특별한 규수를 만나, 이제부터는 그대가 책으로도 세상을 행복하게 해주었으면 한다' 고 꼬드겼던 일이라 말해줄 것이오.

정미 허걱! 아…! 그렇게 깊고 아름다운 문장을 톡에 적고 계시었나이까? 소녀 너무 서둘렀사옵니다. 부디 용서하시와요~

성신 사람과 사람이 말을 통해 마음을 나누는 것이 바로 이런 것이라오. 먼저 예를 갖추어 말을 걸면, 상대 또한 정중히 자세를 잡고 충분한 생각을 하고 난 후 가장 적절한 대답을 찾게 되는 법이라오. 인지상정(人之常情), 즉 사람이라면 누구나 가지는 보편적인 생각이라오. 미쿡사람 쓰는 말로는 휴먼 네이처(human nature)라고 하지요. ㅋㅋㅋ

정미 —.,—  쌤! 그냥 우리 하던 대로 하죠.

성신 대환영! 일단 말 품새를 조선풍으로 바꾸니 나부터 답답해서 안 되겠네. 그냥 21세기스러운 싸가지 말투로 갑시다. 역시 우리에겐 이게 어울려!

정미 ㅋㅋㅋ그럼 인사부터 다시! 한 해 동안 보살펴주셔서 감사했어요. 진심이에요. 이 은혜는 잊기 전까지 안 잊을게요. 은혜 너무 망극하지만, 너무 망극한 나머지 제가 갚을 길이 없으니 갚지 않고 그냥 패스!

성신 닥치시고! ㅋㅋㅋ  자~ 오늘도 책 이야기나 해봅시다.

정미 닥치라니? 닥치라니! 그냥 닭을 시켜주시오. 그런데 진짜 그러네요. 누군가 먼저 예를 갖추어 말을 걸어오면 내 자세부터 곧바로 바로 잡게 되는 것. 마치 거울현상 같네요.^^

성신 맞아요. 사람 사이에 오가는 말은 마치 천칭과 같지요. 반대편에 늘 같은 무게가 실리는 겁니다.^^ 그러니 사람이 살면서 예와 격을 갖춘다는 것이 바로 이렇게, 생각해 보면 참 쉬운 거예요. 내가 먼저 예를 갖추고 품위를 보여주면 되는 것이죠.

정미 그렇다면 내년엔 예를 다해 살아볼까요? 스승니임~~~ 이 제자를 어여삐 여기시어 도움이 될 만한 책이 있으면 한 권 하사하여 주시옵소서!

성신 연말도 되고 했으니, 아예 책의 정수 그 한복판에 우리 수다의 깃발을 꽂아볼까요? 그런 의미에서 따란~~~~ 오늘은 공자님의 〈논어〉!

정미 노… 노노노논어!!!!! 공자~~님의 〈논어〉!

성신 '노노노노노논어'가 아니라 그냥 〈논어〉요.

정미 헤헤~ 언젠가 한번은 꼭 읽어봐야지 생각했는데, 드디어 걸렸군요. 오늘이 그날이군요.

성신 사실 우리가 지금 하고 있는 이 '북톡카톡'의 시조새 같은 존재가 바로 〈논어〉예요. 〈논어〉는 공자와 제자들과의 문답을 주고받은 기록이기도 하니까 말이지요.^^

정미 아! 그렇군요. '북톡카톡'의 시조새! 우린 지금 이렇게 책을 빌미로 하여 세상사를 논하고 있으니까요.

성신 그러니 우린 공자의 적통인 것이오. 음하하하하하!

정미 공자님과 내가 동급라니! 역시 책은 위대해!

성신 여보세요! 이 사람이 지금! 동급은 아니지. 그건 너무 나간 거지! '우리가 지금 공자님의 코스프레를 최대한 저렴하게 하고 있다.' 요렇게 보면 간이 딱 맞는 표현이겠지요.^^

정미 스탠리 밀그램의 '6단계 분리이론'에 따르면, 단 여섯 명의 링크만 거쳐도 전세계 사람들이 다 연결된다고 하던데…, 달랑 칼럼 하나로 공자님과 우릴 직접 연결하다니! 참 대단하셔 공자님은!!

성신 논어는 참 묘해요.

정미 어떤 점에서요?

성신 정말 평범하지 않아요? 그런데 생각해 보면 어떻게 이토록 평범한 이야기가 그토록 오랜 세월을 고스란히 내려오고, 아직도 이렇게 많은 사람에게 강력한 영향을 미칠 수 있었을까요? 그런 면에서 생각해 보면 진짜 신기하지 않나요?

정미 그러네요. 신기해요. 그런데 〈논어〉의 그런 점은 뭘 뜻하는 것일까요?

성신 나는 〈논어〉의 평범함을 부족함이나 모자람이 아니라 보편성이라고 생각해요. 아무리 오랜 세월이 흘러도 인간의 삶에서 절대 변하지 않는⋯! 바로 그런 위대한 보편성!

정미 공자는 어려서 축사지기 노릇도 해야 했을 만큼 불우했고 공부도 그다지 특출 나게 잘하지 못했다지요. 뜻을 품고 세상을 떠돌았지만 정치인으로서 제대로 뜻을 펼쳐보지도 못했고요. 그런데 공자가 인생에서 겪은 바로 그런 질곡과 좌절이 '삶의 보편성'을 말할 수 있게 했다는 것이로군요. 그리고 우리가 아직도 여전히 그 이름을 간직하게 된 중요한 포인트가 되었다는 것이고요?

성신 그래요. 나는 그렇게 생각해요.

정미 어쩐지 인간미가 느껴지긴 하더라고요.

성신 그래서 난 공자가 부족해서 종교가 되지 못한 것이 아니라 스스로 종교가 되는 것을 거부한 것이라 생각해요. 종교가 되지 않고도 세상을 교화할 수 있다고 본 것이 아닐까 하고 말이지요.

정미 아하 그렇군요! 멋있다!!

성신 '인간의 지성으로써, 그리고 사람 사이의 관계로써 세상을 구원할 수 있다.' 이렇게 공자의 사상에는 그 근원에 보편적 휴머니즘이 있으니까 진정으로 멋진 것이지요.

정미 인(仁)! 공자의 사상을 상징하는 단어! 이것은 '사람 인(人)'에 '두 이(二)'가 합쳐진 것이니 사람과 사람 사이의 관계에 대해 평생을 생각하신 것이로군요. 아! 여러 가지가 한꺼번에 이해되네요. 정말 재미있어요.

성신 공자의 출발점이자 〈논어〉의 핵심이지요.

정미 아하! 바로 그러니 인(仁)을 추구하려면 예(禮)를 실천해야 하는 것이네요. 서로가 배려하는 이상적인 관계 말이지요.

성신 〈논어〉를 그저 달달 외우는 것이 중요한 것이 아니라, 그 출발점이 무엇

을 의미하는지 이해하는 것! 논어 읽기는 바로 거기서부터 시작해야 해
요.

정미 〈논어〉가 어려울 줄 알았는데⋯, 그 시작과 핵심은 결국 '사람을 사랑하
라' 군요. 쉬워요. 정말 쉬워요! 잇힝~

성신 쉽죠? 물론 한도 끝도 없이 들어갈 수 있고, 그러면 한도 끝도 없이 생각
을 해야 하니 한도 끝도 없이 어려울 수도 있지만⋯. 그런데 요즘 〈논어〉
읽기가 우리나라에서 완전 붐이에요.

정미 맞아요. 그것도 궁금했어요. 왜 그럴까요?

성신 내가 늘 말하지만, 당대의 독서는 당대의 결핍을 상징해요. 그 시대에 뭐
가 비어 있기에 사람들이 그걸 찾고 채우려고 하느냐는 것이죠.

정미 사랑이 결핍되었다는 것을 느껴서 그러는 것 아닐까요?

성신 맞아요. 정확하게! 공자를 읽는다는 것은 공자의 철학이 절실하다는 것
인데, 그 핵심이 '인간과 인간의 진정한 관계' 잖아요. 현실에서 그걸 잃
어버렸으니, 다시 찾고자 하는 것이겠지요.

정미 그렇군요. 현대 자본주의는 사람과 사람을 서로 끝없이 질투하게 만들고 '쟤가 가졌으니 너도 안 가지면 안 돼! 빨리 이걸 사란 말이야!' 이런 식으로 사람 사이를 이간질하고 있으니까요. 그러다가 '관계' 그 자체를 잃어버린 것이군요.

성신 그렇지요! 정미 씨가 하도 빨리, 깊이 있게 이해해 버리니, 내가 정신이 하나도 없네. ㅋㅋㅋ

정미 과찬이십니다요. ㅋㅋㅋ

성신 사람이 사람답게 살 수 있어야 하는데, 지금 사람답게 못 살잖아요? 무슨 가축처럼 일만 하다가 죽어나가야 하잖아요. 그래서 사람들이 논어를 다시 찾고 있다고 난 생각해요. 지금 이 시대는 〈논어〉를 읽음으로써 사람다움을 다시 열망하고 있는 것이라고 봅니다.

정미 아! 사람답게 살아야 하는데…. 방법을 모색하고 싶다.

성신 〈논어〉를 다시 읽어보세요.

정미 〈논어〉는 나이에 따라, 경험에 따라 그 깊이가 완전히 다른 차원으로 해석되는 요물!

성신 요물? 하하, 당신이 무슨 중국 공산당이야? 중국 문화대혁명 공식 구호에 '비공(批孔)'이란 말이 들어갔어요! 공자의 〈논어〉 자체를 일종의 '요물'로 규정했던 거지.^^

정미 헉! 그럼 다시! "공자께서 말씀하셨다. 천명을 알지 못하면 군자가 될 수 없고, 예를 알지 못하면 세상에 당당히 나설 수 없으며, 말하는 법을 알지 못하면 사람의 진면목을 알 수가 없다!"

성신 이제야 제대로 말하는 법을 깨우쳤네. 역시 〈논어〉야! 하하하~

 이 책이 궁금하다

논어
(공자 지음 | 최영갑 옮김 | 펭귄클래식코리아 | 2009년)

공자 사상의 집약이라고 할 수 있는 〈논어〉를 한글로 옮긴 책이다. 〈논어〉는 개인과 시대의 차원을 뛰어넘어 인류의 보편적인 가치를 담고 있는 경전이라고 평가할 수 있다. 공자의 어록이 담긴 〈논어〉는 동양 문화와 사상에 큰 영향을 끼쳤으며, 동아시아 최고의 고전으로 꼽는다. 여기에는 공자의 실천적 도덕철학과 인(仁), 정치철학, 학문관 및 교육사상 등이 담겨 있다. 〈논어〉는 공자가 세상을 떠난 후에 제자들이 공자의 말씀을 기록한 책으로 알려져 있다. 전 20편으로 이루어져 있으며, 주로 공자의 말과 제자들과의 문답, 공자와 당시 사람들과의 대화, 제자들의 말, 제자들끼리의 대화로 구성되어 있다.

웃기는 서평가와
웃기는 것만 못하는 서평가의 만남

　출판평론가 김성신의 소개로 〈스포츠경향〉에 실린 '북톡카톡'을 처음 보았을 때, 거짓말을 조금 보태면, 나는 놀라 자빠질 뻔했다. 말로만 듣던 서평의 신세계가 그곳에 펼쳐지고 있었기 때문이다. 명색이 서평을 쓰는 게 주업인 출판평론가로서, 나는 서평이란 모름지기 기승전결이 완전한, 책의 내용과 함의를 일목요연하게 정리한 그 무엇이어야 한다는 신념을 갖고 있다. 이른바 젠체하는 서평 말이다. 하지만 젠체하는 그렇고 그런 서평 말고 독자들이 공감할 수 있는 방식이 무엇일까 하는 고민으로 마음 한구석이 늘 번다하다. 출판평론가이자 출판전문잡지 〈기획회의〉의 편집주간인 내게 새로운 형식의 서평을 찾고 독자들과 호흡하는 것만큼 중요한 일은 없기 때문이다.

　단도직입적으로 말하자면, '김성신·남정미의 북톡카톡'은 정형화된 틀이 없음에도 잘 짜여진 한 편의 서평을 볼 수 있는 책이다. 기존의 서평에서 대화체 형식은 찾아볼 수 없었다. 그러나 북톡카톡은 대화체 형식의 장점을 고스란히 살리면서 책의 핵심에 육박해 들어간다. 주절주절 내용을 설명하지 않거니와 사회적 함의를 거창한 용어로 포장해서 말하지 않는다. 그럼에도 두 사람의 대화를 따라가다 보면 어느새 한 권의 책을 읽어낸 듯한 기쁨을 충분히 누릴 수 있다. 적재적소에 던지는 김성신의 시니컬한 질문과 그걸 받아치는 남정미의 유머가 그만큼 조화롭다는 말이다. 감히 말하건대 '웃기는' 서평가 남정미와 '웃기는 것만 못하는' 서평가 김성신의 '케미(조화)'는 환상 그 자체다.

대화체 형식의 서평은 요즘 트렌드와 부합된다. 이제 독자들은 딱딱한 문장을 참아낼 이유가 없다. 짧게, 심지어 트위터는 140자 안에서 모든 걸 말하라고 하는 세태에 꼬이고 꼬인 문장, 즉 문어체는 감각에 뒤쳐져도 한참 뒤쳐졌다. 반면 입말, 즉 구어체는 사회관계망서비스(SNS)의 약진과 더불어 새롭게 조명받고 있다. 태초부터 있던 말이 글이 되고, 그 글은 다시 말이 된다. 책을 말이라는 매체에 태워 새로운 서평으로 선보인 것이니 '북톡카톡'은 오히려 트렌드를 앞서 간다고 할 수 있다. 바야흐로 구어체 서평의 시대가 '북톡카톡'을 통해 열린 셈이다.

'북톡카톡'은 서평사적(?) 관점에서 보자면 일대 혁명과도 같은 일이다. 이제까지 서평은 전문가들의 몫이었다. 오래전에는 교수를 비롯한 학자들의 전유물이었고, 지금은 출판평론가·도서평론가, ·북칼럼니스트·서평가 등 다양한 명칭으로 불리는 사람들이 그 짐을 나눠지고 있다. 또한 우리가 주목할 대목은 '남정미'라는 서평가의 탄생이다. 서평가라지만 그이는 전문가 냄새를 풍기려고 하지 않는다. 오히려 삶 속에 녹아 있는 책의 원리를 찾고자 나섰다.

원래 책의 평가는 전문가가 내리는 것이 아니라 그 책을 읽는 독자들의 몫이다. 그런 점에서 이들의 참신한 도전은 서평의 대중화에 기여할 만한 도전이다. 그 맨 앞자리에 남정미와 그의 파트너 김성신이 있다고 감히 말하고 싶다.

이들이 '카카오톡'이라는 익숙한 스마트 도구를 이용한 점 또한 높이 사고 싶다. 대한민국 대부분의 사람들이 스마트폰을 들고 있고, 스마트폰 사용자들은 어김없이 카카오톡을 사용한다. 그 흔한 매체를 통해 서평을 할 수 있다니, 이것이야말로 21세기의 위대한 발견 중 하나가 아닐까! 숱한 '카톡' 울림이 귀찮을 때도 있지만, 서평이 올라오는 소리라면 그 정도 소음은 참아줄 만할 것 같다.

오랫동안 두 사람의 북톡카톡을 지켜본 바로는, 단언컨대 이보다 더 좋은 조합은 없다. 책을 선정하는 데 매의 눈을 가진 김성신의 선구안과 웃음을 잃지 않는 남정미의 뒷받침도 여유롭다. 한 권의 책으로 엮어놓고 보니, 두 사람이 슬쩍 역할을 바꾸고 있는 것 아닌가 하는 착각이 들기도 한다. 촌철살인의 대가였던 김성신은 웃음을 얻었고, 남정미는 나날이 책에 대한 안목과 해석의 깊이를 더해간다. 새로운 서평의 세계가 궁금한 이들은 '북톡카톡'을 펼쳐 보시라!

장동석(출판 평론가, 〈기획회의〉 주간)

ㄱ

ㄴ

나는 말랄라 (말랄라 유사프자이, 크리스티나 램 지음 | 문학동네 | 2014년)

나는 셰프다 (목혜숙 지음 | 호미 | 2014년)

나의 밥 이야기 (김석신 지음 | 궁리 | 2014년)

나이든 고양이와 살아가기 (댄 포인터 | 여인혜 | 포레 | 2013년)

난 단지 토스터를 원했을 뿐 (루츠 슈마허 지음 | 김태정 옮김 | 을유문화사 | 2013년)

논어 (공자 지음 | 최영갑 옮김 | 펭귄클래식코리아 | 2009년)

느리게 걷는 즐거움 : 걷기예찬 그 후 10년 (다비드 르 브르통 지음 | 문신원 옮김 | 북라이프 | 2014년)

ㄷ

다이어터(전3권) (네온비 지음 | 캐러멜 그림 | 중앙북스 | 2012년)

당신은 개를 키우면 안 된다 (강형욱 지음 | 동아일보사 | 2014년)

당신의 하우스헬퍼 시즌 1 (승정연 지음 | 북스토리 | 2014년)

더 클래식 : 바흐에서 베토벤까지 (문학수 지음 | 돌베개 | 2014년)

돈 착하게 벌 수는 없는가 : 깨어 있는 자본주의에서 답을 찾다
　　(존 매키, 라젠드라 시소디어 지음 | 유지연 옮김 | 흐름출판 | 2014년)

동물농장 (조지 오웰 지음 | 도정일 옮김 | 민음사 | 2001년)

동물 홀로코스트 : 동물과 약자를 다루는 '나치' 식 방식에 대하여
　　(찰스 패터슨 지음 | 정의길 옮김 | 휴 | 2014년)

동물원 동물은 행복할까 (로브 레이들로 지음 | 박성실 옮김 | 책공장더불어 | 2012년)

동물은 답을 알고 있다 (마타 윌리엄스 | 금호세 옮김 | 젠토스 | 2014년)

둥글이의 유랑투쟁기 : 자발적 가난과 사회적 실천의 여정 (박성수 지음 | 한티재 | 2014년)

들꽃편지 : 마음을 향기롭게 하는 들꽃 이야기 (백승훈 지음 | 김정란 그림 | 여성신문사 | 2014년)

디아스포라 기행 (서경식 지음 | 돌베개 | 2006년)

디자인유머 (박영원 지음 | 안그라픽스 | 2013년)

ㄹ

런던의 착한 가게 : 모두가 함께 살아가는 세상을 꿈꾸는 런던의 디자이너 메이커 13인
　　(박루니 지음 | 아트북스 | 2013년)

레이첼 카슨 : 환경운동의 역사이자 현재 (윌리엄 사우더 지음 | 김홍옥 옮김 | 에코리브르 | 2014년)

로드리고, 그 삶과 음악 (그레이엄 웨이드 | 이석호 | 포노(PHONO) | 2014년)

로미오와 줄리엣 (윌리엄 셰익스피어 지음 | 최종철 옮김 | 민음사)

료마가 간다 (시바 료타로 지음 | 이길진 옮김 | 창해(새우와 고래) | 2005년)

리스크없이 바람 피우기 (자네비 에르트만 불프 슈라이버 지음 | 이명희 옮김 | 만물상자)

살아야 하는 이유 (강상중 지음 | 송태욱 옮김 | 사계절)
서울대 인문학 글쓰기 강의 : 놀이와 수업의 경계를 허무는 글 놀이판
　(이상원 지음 | 황소자리 | 2011년)
설국 (가와바타 야스나리 지음 | 유숙자 옮김 | 민음사 | 2009년)
세상물정의 사회학 : 세속을 산다는 것에 대하여 (노명우 지음 | 사계절 | 2013년)
센스 오브 원더 (레이첼 카슨 지음 | 표정훈 옮김 | 에코리브르)
소로우에서 랭보까지 길위의 문장들 : 대문호 12인의 걷기 예찬
　(헨리 데이비드 소로우 외 지음 | 윤희기 옮김 | 예문 | 2013년)
소비를 그만두다 (히라카와 가쓰미 | 정문주 옮김 | 더숲 | 2015년)
소통유머 : 인간관계의 장벽을 뛰어넘는 (김진배 지음 | 나무생각 | 2013년)
순간 울컥 : 화가 이장미의 드로잉 일기 (이장미 지음 | 이장미 그림 | 그여자가웃는다 | 2013년)
스토리 메이커 : 창작을 위한 이야기론 (오쓰카 에이지 지음 | 선정우 옮김 | 북바이북 | 2013년)
신 백과사전 : 고대부터 인간 세계에 머물렀던 2,800여 신들
　(마이클 조던 지음 | 강창헌 옮김 | 보누스 | 2014년)
신의 호텔 : 영혼과 심장이 있는 병원 라구나 혼다 이야기
　(빅토리아 스위트 지음 | 김성훈 옮김 | 와이즈베리 | 2014년)
심리학에 속지 마라 : 내 안의 불안을 먹고 자라는 심리학의 진실
　(스티브 아얀 지음| 손희주 옮김 | 부키 | 2014년)
쓴맛이 사는 맛 : 시대의 어른 채현국, 삶이 깊어지는 이야기 (채현국 · 정운현 지음 | 비아북 | 2015년)

⭘

악마 백과사전 : 고대부터 악흑세계를 지배했던 3,000여 악마들
　(프레드 게팅스 지음 | 강창헌 옮김 | 보누스 | 2014년)
어떻게 미치지 않을 수 있겠니? (김갑수 지음 | 오픈하우스 | 2014년)
어이없게도 국수 : 인생의 중심이 흔들릴 때 나를 지켜준 이 (강종희 지음 | 비아북 | 2014년)
에피소드 음악사 (크리스티아네 테빙켈 지음 | 함수옥 옮김 | 열대림 | 2014년)
연애 바이블 (송창민 지음 | 해냄출판사 | 2013년)
연장전에 들어갔습니다 (오쿠다 히데오 지음 | 임희선 옮김 | 작품 | 2009년)
왜 나는 너를 사랑하는가 (알랭 드 보통 지음 | 정영목 옮김 | 청미래)
왜 세계의 절반은 굶주리는가 (장 지글러 지음 | 유영미 옮김 | 갈라파고스 | 2007년)
요가하는 강아지 (노나미 지음 | 엘컴퍼니 | 2013년)
요리의 거장 에스코피에 (미셸 갈 지음 | 김도연 옮김 | 다우 | 2005년)
용의자 X의 헌신 (히가시노 게이고 지음 | 양억관 옮김 | 현대문학 | 2006년)
우리는 차별에 찬성합니다 : 괴물이 된 이십 대의 자화상 (오찬호 지음 | 개마고원 | 2013년)
우리도 행복할 수 있을까 - 행복지수 1위 덴마크에서 새로운 길을 찾다
　(오연호 지음 | 오마이북 | 2014년)

주거 정리 해부도감 : 정리수납의 비밀을 건축의 각도로 해부함으로써 안락한 삶을 짓다
  (스즈키 노부히로 지음 | 황선종 옮김 | 더숲 | 2014년)
죽음이란 무엇인가 (셸리 케이건 지음 | 박세연 옮김 | 엘도라도 | 2012년)
지상의 식사 : 국경 없는 식욕의 향연 (나카무라 가즈에 | 홍성민 옮김 | 작은씨앗 | 2014년)

ㅊ

참 좋은 당신을 만났습니다 : 세 번째 온정 가득한 사람들이 그려낸 감동 에세이
  (송정림 지음 | 박경연 그림 | 나무생각 | 2014년)
철학 브런치 : 원전을 곁들인 맛있는 인문학 (사이먼 정 지음 | 부키 | 2014년)
청년에게 고함 (P. A. 크로포트킨 지음 | 홍세화 옮김 | 낮은산 | 2014년)

ㅋ

캐릭터 웹툰을 팔아라 (박현배 지음 | 커뮤니케이션북스 | 2013년)
콜레라 시대의 사랑 (가르시아 마르케스 지음 | 송병선 옮김 | 민음사 | 2004년)
콩 고양이 (네코마키 지음 | 장선정 옮김 | 비채 | 2014년)
클래식 상식백과 (이헌석, 이정현 | 돋을새김 | 2014년)
클래식 오디세이 (진회숙 | 청아출판사 | 2014년)

ㅌ

타인의 고통 (수전 손택 지음 | 이재원 옮김 | 이후 | 2007년)

ㅍ

파란달의 시네마 레시피 (파란달 정영선 | 미호 | 2014년)
파리의 장소들 : 기억과 풍경의 도시미학 (정수복 지음 | 문학과지성사 | 2010년)
펫로스 – 반려동물의 죽음 : 미안해 사랑해 고마워
  (리타 레이놀즈 지음 | 조은경 옮김 | 책공장더불어 2009년)
펭귄 러브스 메브 in the UK. 1 (펭귄 지음 | 애니북스 | 2013년)
풍년 식탁 : 전라도 어매들이 차린 풍성하고 개미진 밥상 (황풍년 지음 | 르네상스 | 2013년)
프로방스에서의 완전한 휴식 (정수복 지음 | 문학동네 | 2011년)

ㅎ

하루키 레시피 – 무라카미 하루키의 책에서 꺼낸 위로의 요리들 (차유진 지음 | 문학동네 | 2014년)

한국 맛집 579 : 깐깐한 식객 황광해의 '줄서는 맛집' 전국편 (황광해 지음 | 토트 | 2014년)
한상우의 클래식 FM (한상우 지음 | 북랩 | 2014년)
행복의 기원 : 생존과 번식, 행복은 진화의 산물이다 (서은국 지음 | 21세기북스 | 2014년)
흔적의 역사 : 이기환 기자의 이야기 조선사 (이기환 지음 | 책문 | 2014년)
힘 있는 글쓰기 : 옥스퍼드 대학 33년 스테디셀러, 가장 실용적인 글쓰기 매뉴얼
  (피터 엘보 지음 | 김우열 옮김 | 토트 | 2014년)

100명 중 98명이 틀리는 한글 맞춤법 : 한국어 사용자의 필독서 (김남미 지음 | 나무의 철학 | 2013년)
100살이다 왜! : 100세 현역 회사원이 알려주는 인생에서 은퇴하지 않는 법
  (후쿠이 후쿠타로, 히로노 아야코 지음 | 이정환 옮김 | 나무발전소 | 2014년)

● 북톡카톡을 사랑하여 입소문 내주실 감사한 분들

김양환(아버지) 김정숙(어머니) 유영숙(장모님) 강경희(아내) 김성은(동생) (이하 존칭 생략)

한기호 장동석 엄민용 이용훈 김명숙 이선명 전정숙 양석정 한정혜 이기환 이장미 강성식 김정신
임무성 강경자 박인재 강인경 김성일 강미경 강예지 임승현 강예정 임정현 박준석 박민석 박경석
김현구 강인구 김윤구 신종식 이규혁 김선범 맹성호 한성수 김혜정 김혜경 황성민 김정주 김성자
이형로 이종혁 홍순철 이하영 신기수 오효영 김세나 김미향 이하영 이은진 유명숙 김성남 김한균
선우도식 백건일 유재덕 고성호 이남숙 조인수 이정엽 김희석 김태형 권용해 곽인진 구은희 금동일
김미선 김지연 김수진 김윤주 주현영 김정완 김진아 배 혁 박재영 백혜원 배지연 서지윤 소경화
안오현 양정윤 여인혁 김금선 윤배근 윤현우 이형준 유찬욱 이광렬 이기명 이기호 이돈아 이민수
이은주 이자현 이지수 장예경 전수연 전혜정 정미영 정소현 지혜은 최은석 최진범 최형섭 황재용
황지원 박 혁 박명규 정창훈 신지혜 정연주 송원섭 안선경 조휴정 김영동 강원래 김 송 강연정
강유정 강정민 강현정 고규홍 고명철 명로진 고정란 정 승 고혜윤 공훈주 곽희옥 구효서 국혜정
권경희 권미경 권영석 박은선 김경화 김경희 김기현 정유미 김남일 김 숨 김도형 홍선애 이진주
유정인 김정민 김도언 김문식 김미경 김미월 김상목 김선정 김성욱 김수연 이윤일 김연정 김우성
김영한 김주성 김은섭 김정권 김종수 김중진 김현숙 김현정 김형주 김혜선 김환호 윤경호 김효권
김효진 김희성 김희정 남애리 노동효 도경완 류시현 맹한승 문영심 민경미 민점호 박가영 박건삼
김은하 박경란 박서진 박시은 박윤신 박윤아 박은숙 박재철 김찬희 박종홍 박연선 박주희 박철준
박태승 박태원 박하얀 박현주 배수원 백원경 백희성 서현명 선완규 성기영 성용승 소병철 소유진
소은주 송세인 송효진 신윤식 신현림 안희곤 양영은 양은하 엄혜숙 오언종 오영민 오현석 오지현
우현진 원재훈 원순식 유재영 유선경 유시민 유은재 유정연 유진우 유하나 윤단우 윤승재 윤인기
이은정 이경하 이근삼 이동수 이명랑 이민주 이선애 이소망 이승욱 이영웅 송효진 이윤수 이정순
이종록 이준호 임장혁 장수연 장유림 전미옥 정소연 정여울 정재민 정진아 조은희 조지민 조호영
채대광 채사장 천수림 최기훈 최준란 박복선 한미정 한성봉 한영애 한지희 황세희 남기두 박영주
김종수 정연경

● Thanks to

나의 사상, 철학, 가치관, 사람을 대하는 태도, 먹고사는 데 상당히 지장을 준 순발력까지 이 모든 것을 탑재하여 낳아주신 나의 아버지, 어머니 아울러 두 분의 욕정에 무한한 감사를!
친구 같은 나의 형제 좋은 사람 남수근. 물심양면 나를 챙겨주는 따뜻한 권민정.
그리고 지금부터 호명 할 그대들은 내 인생에 큰 즐거움이자 기쁨을 주는 벗이다. 앞으로도 나를 버리지 말고 어여삐여겨 함께 놀아 주거라. 그럼 복 받을 지어다. (이하 존칭 생략)

한기호 김성신 장동석 엄민용 이용훈 이선명 정찬우 김태균 박 철 고명환 김선정 원선빈 김수연 김광수 김한배 이용보 박범준 이용수 손영민 윤정진 김영웅 안주은 Leena 안주영 박미주 조엘렌 김항규 고정인 임병석 임세은 이세령 서재경 강경희 김명숙 박희영 노동효 김세나 김미향 오효영 고카렌 남민옥 정환재 전유성 김미진 김대희 김생민 권진영 정삼식 서승만 장동국 전영미 박준형 심현섭 황영진 홍현희 조원석 김일희 조현민 김주철 박재석 박재승 이재형 현병수 한현민 홍성기 이문원 이종호 손민희 박 호 임효민 위양호 그리고 컬투패밀리 장 웅 안지환 은정 주현영 한상권 오언종 진보라 강미정 정다은 박혜진 최 희 이세라 권재일 주혜빈 고가혜 정홍파 이규연 이창구 박윤경 김윤식 오순태 박정옥 이수연 박진구 박정미 양정윤 박혜자 송재우 김양경 김경희 이태문 박지영 박현주 조은희 변수경 신상훈 강정연 박은선 김성관 김하늘 이용선 신영균 최송이 이은정 김여은 이덕환 허 련 이영돈 송용권 이고은 고영산 문봉기 진교승 안종호 심택월 홍성미 임정희 최영석 김소현 장시은 장진호 장은호 강희석 박혜영 박재훈 지민수 옥종호 신소연 윤은미 오지향 박새별 변수연 김미정 김은진 임혜경 전미소 정송윤 장서희 김태희 이미선 홍승희 조설규 최기훈 박서진 박정희 박종연 홍선애 진아현 이지현 이태진 조미소 김종력 노우래 이선애 채대광 김찬희 박종하 이경원 맹영기 김현정 조휴정 류계영 홍원빈 배윤빈 정해진 이주희 양준석 최재훈 홍석영 최지영 채왕일 전지선 배예환 백혜경 남송섭 권종기 남현정 (故 남재욱) 정현희 남정임 남정아 홍의혁 홍다솜 홍다온 남재광 추미숙 남창석 신은진 남은자 남재륙 박계용 남효정 남정현 남윤자 양덕암 양성희 양재순 (故 이상목) 모순대 이분자 권천수 이복희 권순걸 이분남 김홍동 이조희 강영수 이명란 김춘갑 이보희 김명욱 이국자 김환철 이준걸 제갈 성 이선무 이상희 권선애 이가원 이치헌 이재원 이재선 이재향 장보변 전신애 한석준 윤건우 윤신혁 이충범 정은희 은해성 김창희 최진호 황연동 전정숙 정 산 김요한 최인숙 황희연 유흥렬 신용민 이홍숙사비나 김대훈미카엘 김연정 이수영 윤민영 허 혁 김경인 박균호 김경수 김나연 노희양 문병진 정재호 엄병민 한수영 이수열 정은미 김광주 최정은 김옥희 장경애 최완규 김원전 양준모 김형수 김형준 임용택 한다빈 양승권 오성균 장대훈 장주진 김은섭 권진우 박희진 정수환 이재웅 조현구 엄두섭 이지훈 이 준 황석윤 지웅배 시아짱 타츠 그리고 가온힐조 몽실 경옥 이현승 이훈제 이훈국 이훈진 전성재 장형욱 하주연 하지화 이소라 김은희 이한나 한정원(원갈드) 김희훈 엄혜숙 정현희 조아라 정연주 원용임 김민지 김민재 Eun Ae Kim Bryant Sang Zoh. 이연희 김효선 조민선 유석현 박준범 최병임 강혜란 김두환 이은영 김학도 상아샘 류근원 민봄례 배수원 김진희 김민경 홍원근 りかりん 西川有紗 김경집 김영창

- 행여나 못 적은 이가 있다면…미안. 두고두고 내 뺨을 내어 줄 것이야!